이현 新무협 판타지 소설

水國

수국 6

이현 新무협 판타지 소설

초판 1쇄 찍은 날 § 2005년 3월 31일
초판 1쇄 펴낸 날 § 2005년 4월 10일

지은이 § 이현
펴낸이 § 서경석

편집장 § 문혜영
편집 § 장상수 · 김민정 · 최하나

등록번호 § 제1081-1-89호
등록일자 § 1999. 5. 31
어람번호 § 제2-0563호

주소 § 경기도 부천시 원미구 심곡1동 350-1 남성B/D 3F (우) 420-011
전화 § 032-656-4452 팩스 § 032-656-4453
http://www.chungeoram.com
E-mail § eoram99@chollian.net

ⓒ 이현, 2004

ISBN 89-5831-488-5 04810
ISBN 89-5505-973-6 (SET)

水國

수 국

이현 新무협 판타지 소설

Fantastic Oriental Heroes

6

완결

여인의 나라

도서출판

청어람

6 여인의 나라

제1장

정면금두(青面金頭)

전란이 스치고 간 황도는 언제 그랬냐는 듯 안정을 되찾았다.

대명의 황제는 자신을 배신한 신하들을 원망하며 나무에 목을 맸지만, 사람들은 더 이상 그를 기억하지 않았다.

저마다 손에 뭔가를 들고 바쁘게 저잣거리를 오가는 사람들의 관심사는 어떻게 살아남느냐 하는 것이 전부였다.

한때 오랑캐로 멸시받은 동북 변방의 야인이 야금야금 중원을 파고들다 마침내 황도까지 파고든 청조(淸朝)를 함부로 입에 담는 사람은 더 이상 없었다.

청조에 반역을 하지 않는 이상 아무도 다치지 않을 거라는 공포에도 불구하고, 세인들은 막연한 두려움에 말발굽 소리만 들리면 허리를 굽히고 다녔다. 그 두려움의 원천은 바로 휘황한 갑주에 중무장을 한 만주 철기들이 굳게 지키는 자금성 오문(午門) 안에 있다.

전란 중이다.

비록 청군이 중원의 대부분을 장악하였다고 하지만 아직도 장강 이남에는 명의 황족들이 곳곳에서 잔당을 소집하여 대항해 오고 있다.

지금 명군이나 청군 쌍방 모두에게 절실히 필요한 것은 전비(戰費)다. 싸우려면 병사와 무기와 군량이 있어야 하고, 그것을 위해서는 자금이 필요하다. 그래서 생각해 낸 것이 상인들을 쥐어짜 숨겨놓은 재산을 빼앗아오는 것이었다.

하지만 짜는 것에는 한계가 있다. 눈치 빠른 상인들은 온갖 방법을 동원해 자신의 재산을 숨긴다. 그런 일이라면 관이 상인을 당할 수 없다. 그래서 생각해 낸 것이 스스로 헌납하게 만드는 방법이다.

상인이란 그렇다. 그들은 이문을 위해 움직이는 사람들이다. 작은 이문에는 작은 상인들이 붙고, 큰 이문에는 큰 상인들이 붙는다. 작은 상인은 돈을 좇아 움직이고, 큰 상인은 기회를 좇아 시류를 타고 이득을 챙긴다.

상인이 제 발로 들어와 재물을 헌납하는 경우란 그런 일이 더 큰 재물을 보장할 때다. 나라에서 그런 보증을 일일이 해줄 방법도 없고, 또한 보증을 선다 하여 믿는 상인들도 많지 않다. 그래서 생각해 낸 것이 상권의 보장이다.

다이곤은 먼저 비협조적인 상인들에 대해서는 그 기반을 철저히 파괴해 다시는 재기가 어려울 정도로 만들었고, 그 반대로 협조적인 상인들에 대해서는 일체의 간섭도 피해 그들의 기득권에 대해서는 확실히 보장해 주었다.

재물을 바치는 상인에게는 과거의 행적을 불문하고 현재의 상권은 보장하며, 액수가 많으면 황제를 알현할 기회까지 준다는 공포(公布)는 상인들의 귀를 솔깃하게 하기에 충분했다.

작은 상인들은 바리바리 보따리를 싸 들고 관청을 들락거렸고, 큰 상인들은 마차의 행렬을 이끌고 황도로 올라왔다.

상인들이야 실권자인 섭정왕(攝政王)인 다이곤을 만나고 싶을지도 모른다. 하지만 그는 정사에 바빠 한가하게 상인들이나 대면해 줄 수 없기에, 복림이 만나는 것은 바로 그런 큰 거상들이다.

엄생은 그 기회를 잡았다.

내전,

"그대는 나를 허수아비에 빗대는 것인가?"

어린 황제의 아미가 상큼 하늘로 치솟았다.

아직 십여 세도 되지 않은 앳된 황제다. 명을 쓰러뜨린 청이 내세운 황제였지만, 보위를 차지할 힘이 있어 이 자리에 오른 것은 아니다. 지금 이 자리의 나이 어린 황제는 황위를 놓고 벌어진 후계 갈등 속에서 나온 타협의 산물일 뿐이다. 치열한 물밑 세력 다툼 속에서도 황제가 정해지지 않자 제왕회의(諸王會議)를 통해 양보와 타협으로 선출된 황제다.

방금 전 엄생은 그 점을 빗대어 슬쩍 황제의 의중을 떠보았다. 상대는 예민하게 반응했다.

'가능성이 없는 것은 아니군. 아니, 상당히 크지. 그리고 그 시기도 결코 멀지 않아. 몇 년 안이야. 기다려라, 다이곤! 몇 년 안이다!'

엄생은 내심 흡족해했다. 상대의 반응이 예민하다는 것은 그만큼 그 말에 대한 생각이 평소에 많았다는 반증이다.

게다가… 열 살도 되지 않은 황제가 세상 물정을 어찌 알겠는가. 평소 옆에서 은근히 그런 생각을 부추기는 자들이 있었을 것이다.

권력과 물욕, 인간의 이 두 가지 욕심은 인생의 화두이리라.

딴에는 짐짓 화를 낸다고 목소리를 가다듬었지만 아직 젖비린내도 가시지 않은 영락없는 어린아이의 목소리였기에 얼핏 듣기에 어른들의 짓궂은 장난에 발끈하며 반항하는 어린아이의 투정 같았다.

엄생이 바라는 그 반항이다.

'익을 때까지 기다리리라!'

군자의 복수는 십 년을 기다려도 결코 늦지 않다고 했다.

떠보는 말이 과했다. 어리다고 얕보는 마음이 있었던 것일까.

엄생도 안다. 황제는 오늘 그런 상인들 중 하나를 접견하고 있을 뿐이다. 그는 고개를 들지 않고도 어린 황제의 화난 모습을 상상할 수 있었다.

"폐하, 폐하의 옥음을 들어보니 이 나라에 머지않아 태평성세가 도래함을 알 수 있을 것 같사옵니다."

일단 이 어린아이의 노여움을 풀어주는 일이 중요했다. 하지만 어린 황제는 그리 녹록치 않았다.

"나는 그대가 나라의 기둥을 바로 세우는 것이 중요하다고 한 말의 진의를 묻고 있다."

"촌부에 지나지 않는 제가 무엇을 알겠습니까마는, 집을 지을 때 가장 먼저 해야 할 일은 그 중심이 되는 기둥을 바로 세우는 것임을 알기에 한말씀 드린 것이 전부이옵니다."

갑자기 등에서 식은땀이 났다.

아직은 이름뿐이라고 하나 상대는 스스로 대청(大淸)이라 일컫는 천하의 패자다. 적어도 지금 이 순간만큼 그의 한마디는 자신의 목을 딸 수도 있다. 엄생은 황급히 자세를 가다듬고 충성을 다짐했다.

'너무 깊이 나갔군.'

어리다고 얕보는 마음이 있었던 것일까. 거의 직설적이라 할 만큼 지나쳤다. 그것은 엄생이 원하던 바가 아니다. 떠보는 말이 과했다.

황제는 잠시 입을 닫았다.

말없는 긴장이 어전을 감돌았다.

엄생은 때를 기다려야 함을 알았다. 그가 요로에 어렵게 줄을 대 허수아비에 지나지 않는 황제를 만나는 까닭은 자신의 웅지를 새로이 펼 근거를 어떻게 세우면 좋을까 타진하기 위해서다.

어떤 왕실의 역사라 해도 정권의 중심이 바뀌면 소용돌이가 치게 마련이다.

어린아이가 어른이 되는 것은 잠깐이다.

이 어린 황제 역시 수년 내에 자신의 역할을 깨달을 것이다.

그리고 그때가 오면 암중으로 혹은 겉으로 드러나는 매서운 피바람이 불 것이다.

그 중심에 서야 한다.

바람을 맞으며 더욱 강해져야 한다. 중원천하를 오시하는 황제를 등에 업는다면 하지 못할 일은 없다.

'과하기는 했지만… 기억에 남을 테지. 그러면 언젠가 나를 다시 찾게 마련일 것이고……'

엄생은 섭정왕 다이곤이 출정을 한 관계로 경사에서 자리를 비운 틈을 노려 막대한 보물을 황실에 헌납했다.

명분으로 내세운 것은, 자신은 그저 세월을 타고 돈을 벌려는 상인일 뿐인데 황제의 덕으로 편히 장사를 할 수 있어 감사의 뜻을 전한다는 것이 전부였다.

"폐하, 신이 죽을죄를 졌습니다. 감히 함부로 입을 놀려 폐하의 심기를 어지럽힌 죄 죽어 마땅하옵니다."

미흡함을 보충하듯 엄생은 얼른 자세를 바로 하고 바닥을 향해 힘차게 머리를 찧어갔다.

삼배구고두(三拜九叩頭). 황제를 알현하는 신하는 세 번 무릎을 조아려야 하고, 그때마다 매번 세 번씩 머리를 바닥에 찧어야 한다. 비록 형식이라고는 하나 결코 가벼이 행할 수만도 없는 절차이다. 우스갯소리로 머리를 찧을 때 나는 소리로 황제에 대한 충성심을 평가한다는 말이 있기도 하다.

오늘 엄생의 삼배구고두는 특별했다.

쿵! 쿵! 쿵!

얼마나 세게 부딪쳤던지 그의 이마에서 금세 붉은 피가 줄줄 흘렀다. 비록 그의 무공이 가볍지는 않으나 그렇다고 고통이 없는 것은 아니다.

엄생은 이를 악물었다.

"……!"

복림(福臨).

여섯 살에 황제에 즉위한 그다.

정사는 보정왕(輔政王)인 예친왕(睿親王) 다이곤(多爾袞)에 의하여 행해지고, 황제인 그가 하는 일이란 그저 형식적인 자리에 얼굴만 내미는 정도다.

그런 여러 행사 중에서 복림이 가장 재미있어 하는 것은 한족 상인들이나 명(明)의 구관(舊官)들을 접견하는 일이다. 황제는 그들에게서 중원에 대한 호기심을 차례로 푼다.

쿵! 쿵! 쿵!

엄생은 머리 방아질을 계속했다.

숱한 사람들이 찾아와 빠짐없이 고두를 하였지만 오늘처럼 피를 흘려가며 확실하게 한 사람은 아무도 없었다. 어린 황제는 놀라 잠깐 동안 아무 말도 하지 못했고, 뒤쪽에 시립하고 있던 내관도 마찬가지였다.

쿵! 쿵! 쿵!

마침내 마지막 세 번의 고두가 끝났다. 그런데……

쿵! 쿵! 쿵!

엄생의 고두는 끝나지 않았다.

'기억에 남겨야 해!'

그는 피를 철철 흘리면서도 그러기를 계속했다. 표정에는 충성을 다짐하는 듯한 결연한 맹세를 담았고, 규율있는 행동은 그런 맹세가 더욱 확실함을 보여주었다.

마침내 황제는 참지 못했다. 그는 용상에서 벌떡 일어나 엄생에게 달려 내려와 그의 어깨를 잡았다.

"되었소, 되었소."

누구의 말이라고 거역하랴. 아니, 엄생이 바란 바에야.

열 살도 되지 않은 황제가 어른의 행동을 말릴 힘이 있을 턱이 없겠지만, 엄생은 거짓말처럼 행동을 멈추고 그 자리에 부복했다.

"성은이 하해와 같사옵니다."

목소리는 감격에 못 이겨 벌벌 떨렸다.

그런 행동은 아직 나이가 어린 황제에게 믿음을 심어주기에 충분했다.

어리기는 하지만 군주의 교육을 받고 있는 그다. 자신에게 충성을 다하겠다는 백성을 어찌 어여삐 여기지 않을 것인가.

"비록 신이 미흡하여 폐하의 근심을 덜어드리지는 못하고 있지만, 폐하에 대한 충성심만큼은 절대 변하지 않을 것입니다."

"임 대고, 장래에 내 편이 되어주겠다고 약속할 수 있는가?"

소주의 상징, 풍정원의 원주, 그 엄생이 갈의현에게 무너진 후 그곳을 탈출하여 만든 새로운 이름이 바로 임충이다.

임충의 명성은 엄생의 재력이 이루어낸 결과다.

그는 비밀리에 황도로 올라와 황제와 손이 닿는 곳곳에 수만금의 재물을 뿌려 임충이라는 가공의 인물을 창조했다.

그것을 위해 이곳에 와서 그가 가장 먼저 한 일은 천하의 명의라는 국의원을 찾아가 얼굴의 살점을 이리저리 도려내 전혀 다른 인물이 되게 하는 작업이었다. 그런 후에 귀신도 부린다는 돈을 이용해 급속히 새로운 벗들을 만들었다.

그가 황도에 올라온 표면상의 이유는 신변의 안전을 이유로 전란에 휩싸인 강남을 당분간 떠나 있겠다는 것이었고, 사람들은 그의 말을 당연한 말로 받아들였다.

"고개를 들라!"

황제의 이름은 복림(福臨)이다.

황태극(皇太極)의 아홉 번째 아들로 태어난 그는 일찍부터 군왕으로서의 교육을 받아왔고, 지금도 그런 가르침을 싫도록 받고 있다.

궁중은 온갖 암투가 난무하는 곳이다. 어린 황제는 이미 그 이치를 터득했고, 이런 곳에서 살아남으려면 실권을 쥔 권력자나 자신을 위해 그런 권력자들을 포섭해 줄 수 있는 재력가들임을 안다.

황제가 듣기로 오늘 찾아온 상인은 강남에서 둘째가라면 서러워할 재력의 소유자라고 했다. 명성에 걸맞게 수레 다섯 대 분의 금을 헌납했다던가.

엄생의 실체로라면 그 또한 거짓이 아니겠지만, 임충의 이름으로라면 절대 아니라는 사실을 그가 알 까닭이 없다.

황제의 지시에도 불구하고 엄생은 따르지 않았다. 다만 화들짝 놀란 듯 몸을 더욱 움츠리는 반응을 보였다. 누가 보기에도 그의 행동은 황송에 겨워 감히 따르지 못하는 것으로 보이게 했다.

"고개를 들라는데 그러는구나."

젖비린내도 가시지 않은 낭랑한 목소리다.

"성은이 하해와 같사옵니다."

엄생은 그제야 천천히 고개를 들었다. 이마에서는 아직도 피가 멎지 않았고, 흘러내린 피는 값비싼 비단옷을 그대로 적시며 안쪽으로 스며들고 있었다.

"허어! 저런! 저런! 내 아직까지 그대처럼 고두하는 자는 보지 못했구나. 삼배구고두가 다만 형식에 불과한 것을 모른다 말이냐?"

"폐하 면전에서 어찌 형식만 있는 것이 있겠사옵니까."

엄생은 다시 머리를 조아렸다.

"음, 좋군, 좋아. 임 대고, 가끔씩 찾아와서 중원 상계의 재미있는 얘기를 들려주었으면 좋겠구나."

"어떤 분부시라고 감히 거역하겠습니까. 그저 성은이 하해와 같을 뿐입니다."

엄생은 다시 삼배구고두를 시작했다.

쿵! 쿵! 쿵!

청수장(清水莊).

이마에 두건을 두른 엄생은 이층 창가에 놓여진 의자에 앉아 팔걸이에 손을 얹고 발이 쳐진 창문을 통해 밖을 내다보며 깊은 생각에 잠겼다.

엄생이 이 장원을 구입한 것은 몇 달 되지 않는다. 얼마 전까진 북직례 일대의 자금줄로 불렸던 산서상방(山西商幫) 소유였는데, 그들은 전란이 터지자 강남으로 옮겨가면서 장원을 팔아버렸다.

정보가 빠른 그들은 이자성의 군대가 황도를 공격해 오기 직전에 값싸게나마 장원을 팔아버리려고 했고, 좋은 물건이 나오면 때를 가리지 말고 사두라는 지시를 받고 있던 엄생의 대리인은 청수장을 십만 냥에 매입해 두었다.

지금 시세로 따지면 삼십만 냥을 호가한다고 하니 비록 큰 장사는 실패를 보았어도 제대로 된 작은 땅 장사 하나는 잘했다고 생각하는 엄생이다.

"으음……"

문득 지난날을 돌아보던 엄생의 입에서 깊은 신음성이 나왔다.

자신의 실패는 스러지는 왕조에 대한 연민 때문이었을 것이다.

명조는 이미 스러졌다.

비록 금전을 좇는 상인이기는 하지만, 자신도 대명의 신민임을 자부했기에 다이곤과 암묵의 거래를 하면서도 작은 도움이라도 주고자 했었다.

장강을 경계로 명군이나 의군들이 진을 치고 시간을 번다면 천하는 양분될 것이고, 그러면 장강 이북의 만주 오랑캐들은 자연히 힘을 잃을 것이라 예상했었는데…….

한 번 뚫린 경계선, 장마철에 무너진 둑처럼 무섭게 범람해 겉잡을 수 없는 파도를 일으키며 강남을 휩쓸어갔다.

"명이 무너진 것은 속이 썩었기 때문이지. 과일이든 사람이든 속이 썩으면 버티지를 못해. 그렇지 않느냐?"

"지당하신 말씀입니다."

탈혼검(奪魂劍) 방고(方固)는 엄생의 눈을 좇아 담장 밖 골목길을 지나는 행인들을 보며 대답했다.

후원 앞 담장 너머로 행인들은 예전처럼 바삐 오갔다.

"후후후! 다이곤은 역시 만만히 볼 상대가 아니로군. 놈이 쳐들어올 날을 정확히 예상하지 못했다면 지금쯤 풍정원 지하에서 불귀의 객이 되었겠지."

"알려온 바에 의하면 놈은 바닥까지 샅샅이 파헤쳐 장주님의 시신을 확인하려고 했다 합니다."

"그러고도 남을 놈이야. 놈이 내 시신을 확인하려 했다는 것은 그놈 역시 내가 그리 호락호락한 사람이 아니라는 것을 알기 때문일 것이다. 하지만 전황이 어지러이 돌아가니 더 이상 내게 신경 쓸 겨를은 없을 것이다."

"장주님께서 협조 의사를 밝히셨음에도 그리 모질게 한 까닭을 모르겠습니다."

"헛헛헛! 당연하지 않느냐? 그자도 나를 오른팔로 하느냐, 아니면 이참에 제거하느냐 하는 고민을 많이 했을 것이다. 하지만 두고 두고 골치를 썩을까 그게 귀찮았을 것이고. 또 다른 이유는… 이게 진짜겠지만, 강남 상인의 상징과 같은 나를 없애는 것으로 청국에 비협조적인 상인들에 대한 일벌백계의 교훈을 내려 다른 상인들의 협조를 구하려는 생각이 더 강했겠지. 지금 황도에 줄을 잇고 있는 거상(巨商)들의 바쁜 발길을 보면 그의 판단이 옳았다고 할 수 있지. 나를 놓친 단 하나의 실수를 제외하면 괜찮은 생각이기는 했지."

"놈이… 장주님께서 이곳 황도로 스며든 것을 알고 있을까 궁금합니다."

"내가 그자라면 당분간 나에 대한 생각은 덮어둘 것이다. 애초 그가 원했던 것은 강남 상인들의 협조였는데, 그게 잘되고 있지 않느냐?"

뒤에 시립한 방고가 고개를 끄덕이자 큰길 쪽을 향하고 있던 엄생은 마치 그런 반응을 뻔히 보고 있다는 듯 말을 이었다.

"놈은 나를 너무 쉽게 보고 있다. 나는… 반드시, 반드시 놈을 없애고 말 것이다. 그게 내가 황도에 온 이유지!"

엄생은 자리에서 벌떡 일어났다.

청면금두(靑面金頭) 19

"내가 무슨 생각을 하고 있는지 아느냐?"

"제, 제가 감히……!"

"놈은 어차피 천하를 장악하게 될 것이다. 그럼 내가 어디에 숨더라도 좋은 모습으로 있을 수는 없겠지. 선택은 하나야. 놈을 죽여야 내가 자유로워지고, 그래야 중원제일 거상이 되려는 내 꿈을 이룰 수 있어!"

주먹을 불끈 쥔 엄생은 자리에서 벌떡 일어났다. 손등 위로 튀어나온 파란 심줄이 성난 독사처럼 요동쳤다.

방고는 그를 이해했다. 십수 년을 걸쳐 이룬 모든 것들이 하루아침에 날아갔다.

"하, 하오나 놈은 너무 강합니다."

"황제보다도?"

엄생이 발끈했다.

순간 방고의 어깨가 움찔했다.

엄생이 이토록 화난 것을 단 한 번도 본 적이 없었다. 언제나 한없이 깊은 눈으로 천하를 바라보시던 분이었는데……. 어쩌면 딸 엄영에게 닥친 최근의 재난이 이분을 이렇듯 예민하게 만들었는지도 모른다. 하지만 방고는 그런 반응에도 물러서지 않았다.

방고는 그의 예민한 반응에 찔끔하면서도 말대답을 했다.

"그자는… 섭정왕(攝政王)입니다. 그의 말 한마디가 지금은 청국의 황명보다 몇 배는 더 위력이 있습니다. 장주께서도 아직은 어린아이에 불과한 황제를 접견하셨으니 잘 아실 게 아닙니까?"

"바보! 내가 지금 당장 그를 죽이겠다고 했느냐?"

"그럼?"

"황제는 아홉 살에 불과하다. 하지만 삼 년 후에는 열두 살이고, 그 삼 년 후에는 열다섯이 되지. 그 삼 년 후에는 또 그만큼 나이를 먹고. 모든 인간은 권력을 탐하게 되어 있다. 지금은 어린아이에 불과하지만 복림황제도 그 언젠가는 다이곤의 섭정을 즐거워하지 않을 날이 올 것이다. 그날이 올 때까지 조용히 기다릴 생각이다. 물론 그냥 있지만은 않지. 나도 다시 기반을 다질 시간이 필요한 터이니 더욱 잘되지 않았느냐?"

"그때쯤이면 놈이 다시 장주님을 찾아 나서지 않을까요?"

"너도 가끔은 너무 답답하구나. 그들이 수십 년에 걸려 중원천하에 기반을 잡았다 해도 결코 게으름을 피웠다고 할 사람은 아무도 없을 것이다. 아직도 강남 땅에서는 전투가 치열하지 않느냐. 그들을 처리하는 데만 해도 십 년은 더 걸릴 것이다. 게다가 그저 상인에 불과한 나에게 그토록 주목할 시간이나 있을까? 그러니 아무리 그가 중원의 지배자로 있다 해도 우리 둘의 싸움에 관한 한은 앞으로의 시간이 결코 그에게 유리하다고만은 할 수 없지 않겠느냐."

방고는 이제 잠자코 듣고 있었다. 엄생은 한 번 마음에 품은 일은 결코 포기하는 법이 없다는 것을 잘 알기 때문이다. 이제껏 그래 왔듯이 자신도 한껏 도울 것이다. 다만 바라는 것이 있다면 엄생이 지난 실패를 거울삼아 더욱 치밀하게 일을 도모하기를 바랄 뿐이다.

"팔기(八旗)를 아느냐?"

"듣기는 했습니다."

팔기란 청국 병제(兵制)의 기본이다.

정황기(正黃旗), 양황기(鑲黃旗), 정홍기(正紅旗), 양홍기(鑲紅旗), 정백기(正白旗), 양백기(鑲白旗), 정남기(正藍旗), 양남기(鑲藍旗)로 이루어진 팔기는 노이합적(努爾合赤)이 처음 조직했다.

각 기(旗)는 칠천오백 명의 장정으로 구성되어 있는데, 노이합적 자신은 정황기(正黃旗), 양황기(鑲黃旗)의 기주가 되었다.

"다이곤은 원래 정백기(正白旗) 기주(旗主)다. 한데 정적들을 차례로 제거하고 이제는 정남기(正藍旗)까지 휘하에 두었다. 게다가 다이곤은 오른팔인 다탁의 양백기(鑲白旗)까지 더하면 팔기 중 삼기가 그의 직접적인 통솔 하에 있다고 보아도 무방하다. 하지만 황제는 양황기주(鑲黃旗主)일 뿐이지. 어떻게 생각하느냐?"

돌연한 질문에 그의 의중을 짐작하지 못한 방고가 당황해 머뭇거리자 엄생은 빙그레 웃었다.

"간단하다. 황제를 비롯한 다른 다섯 기주(旗主)의 심기가 편치 않을 거라는 얘기지. 그가 조금만 허점을 보인다면 절대 그냥 두지 않을 것이다. 아니, 지금 이 순간에도 혹시라도 있을 허점을 찾아 그를 예의 주시하고 있겠지. 다이곤도 그 점을 알기에 자신의 세력을 확실히 굳히려고 그토록 나를 설득하려 했겠지. 자신의 든든한 금고로 말이다. 하지만 강남의 숱한 부호들이 그에게 추파를 던지는 순간 마음이 바뀌었던 모양이지. 약속을 어기고 나를 땅속에 묻으려고 한 걸 보면……."

"마음에 두지 마십시오. 어차피 장주님과 그 사람은 경쟁자로 남을 수는 있어도 한배를 타기는 어렵습니다."

엄생은 방고를 돌아보았다. 그가 보는 방고란 멍청할 때가 더 많지만 가끔씩은 똑똑한 구석이 있는 놈이다.

"그런데 그의 곁에는 이제 갈의현과 용진우가 있는데……."

"항상 옆에 있는 것은 아니지. 게다가 그 둘이 한곳에 있으면 아무리 다이곤이라 해도 피곤하기 그지없을 것이고, 무엇보다도 그들은 호위병으로만 쓰기에는 아까운 인물들이니 이것저것 할 일이 많을 게다. 그러니 기회가 없지는 않을 것이야."

"대항마는 누구로 생각하고 계신지……?"

또 멍청한 질문이다. 사군 놈에게 그토록 공을 들인 것을 알면서도 그런 질문을 하는 방고를 보는 엄생의 입가에 옅은 미소가 번졌다. 방고는 그제야 엄생의 심중을 눈치챘다.

"너무 기울지 않을까요?"

다이곤을 상대하기에는 사군이 부족하지 않느냐는 뜻이다.

"달리 방책이 있느냐?"

엄생의 말에 잠시 생각하는 듯하던 방고가 입을 열었다. 무척이나 조심스런 태도였다.

"대야에게 부탁을 하심이……."

"다시는 내 앞에서 그분의 이름을 올리지 말라고 했지 않느냐? 무공에 미쳐 버린 분이다. 평생 그렇게 풍정원 지하에서 무공이나 닦다 가실 분이지. 그렇게 되리라고는 전혀 예상치 못했는데……. 그리고 보면 사람이란 것이 약하긴 약한 존재인가 보구나."

엄생은 고개를 설레설레 저었다.

방고라고 그런 사정을 모르지는 않았다. 다만 답답해서 해본 말이었다.

"그럼 차라리 용진우를 쓰심이……."

"이미 돌아선 자다. 무인이라 부를 만한 자니 옛 주인인 내게 칼을 들이대지는 않겠지만, 나를 위해 다시 일하지는 않을 것이다. 게다가 새 주인으로 모시기로 한 자가 다이곤이 아니더냐. 사실 무광(武狂)이라 불러도 섭섭다 하지 않을 그놈에게는 더 필요한 사람이지. 그리고……."

엄생의 눈이 한없이 깊어졌다.

"사군, 그놈이라면 가능해!"

다이곤은 청국의 전임 황제 황태극의 황후이며, 순치의 친모인 모후와 혼인하여 지금 청국은 다이곤의 수중에 있다 해도 과언이 아니다. 현재 청 조정 내에서 감히 그의 세력에 도전할 자는 아무도 없다. 그럴 만한 세력들은 이미 모두 숙청되었다.

하지만 누군가 그 불씨를 다시 지핀다면……

"흐흥……!"

기분 좋은 콧소리다.

엄생의 눈이 더욱 그윽해졌다. 그는 머리 속으로 엄청난 생각을 하고 있었다.

'아무도 못하는 일이라 해도 나라면……'

상대가 없다면 죽이는 수밖에 없다.

사군이다. 놈이라면 할 수 있다. 놈에게는 받아낼 빚이 많다.

차도살인(借刀殺人)!

아니, 엄생의 입장에서는 이이제이(以夷制夷)가 맞는 표현이다. 엄생이 바라는 가장 행복한 결말은 놈과 다이곤이 동시에 죽어주는 상황이다.

놈에게 자신은 이미 사자(死者)니 직접 시킬 수는 없다.

성사를 한 후도 대비해야 꿈이 보장된다. 놈이 호위들에게 붙잡혀 포로가 되었을 때에도 자신의 이름을 불지 않게 만드는 것은 중요하다.

"후후후!"

평생을 사람을 다루는 일로만 보냈던 자신이다. 그런 어린 놈을 다루는 일은 손바닥을 뒤집는 것과 같다.

놈이 반드시 해야 할 일로 스스로 믿게 만드는 것!

엄생의 두 눈에서 순간적으로 형형한 안광이 번뜩이더니 사라졌다.

"가라! 강남으로 가라!"

"옛?"

"사군과 조금이라도 연관이 있는 자들을 최대한 이용해라!"

"예?"

"필요하면 죽여도 좋다. 단, 다이곤의 이름으로! 너는 절대 겉으로 드러나서는 안 된다. 이용 가치가 있는 자들은 철저하게 활용하도록. 내 뜻을 알 것이니 잘하리라 믿는다."

방고는 그제야 엄생의 생각을 읽었다.

"설아, 얼굴 좀 펴거라. 네 마음이 편치 않은 것 같아 아버님께 힘들게 허락을 얻어 무림대회 길에 동행하는데, 계속 수심에 잠겨 있으면 이 오라비 마음을 너무 몰라주는 것이 아니냐?"

단우평은 말 위에서 동생을 돌아보며 짐짓 어색한 미소를 띤 채 말했다. 얼마 전부터 사람을 기피하고 부쩍 말수가 줄어든 여동생의 최근 행태는 언뜻 사춘기 소녀의 흔한 증세로 여길 수도 있지만, 유달리 막내 여동생을 아끼는 단우평은 그것마저 그냥 보아 넘기지 못하고, 이번 행로에 등을 떠밀다시피하여 무림대회의 동행을 강권했다. 무림인들의 호쾌한 비무를 관람하게 하는 것으로 동생의 울적한 마음이 조금이나마 나아지기를 바랐던 것이다.

하지만 그의 질문에도 단우설은 아무런 대답도 하지 않았다.

"헛헛헛! 설아, 한마디라도 좋으니 대답 좀 해보렴. 언제 네 목소리를 들었는지 기억조차 가물가물하구나."

"죄송해요."

모기가 말을 하면 저 정도 소리가 날까. 단우설은 마지못해 대답했다. 얼굴에 드리운 암운은 여전히 그대로인 채였다. 단우평은 다시 앞쪽으로 고개를 돌렸다. 동생의 반응에 더 이상 말을 걸기가 겸연쩍었던 까닭이다. 뒤를 따르는 두 명의 호위 무사는 영춘장에서 십수 년을 동거동락한 처지이기에 한마디 거들 법도 하건만, 그들 역시 그런 분위기를 알기에 말없이 뒤를 따를 뿐이었다.

두두두두!

돌연 그들 뒤에서 거칠게 말을 몰아 달려오는 사람이 있었다.

네 사람의 시선이 자연스럽게 뒤를 향했다.

"이봐요! 거기 앞서 가시는 분들!"

자그마한 체구에 뾰족한 말소리의 경장 차림의 여자였다.

"만리월표(萬里月豹) 음설봉(陰雪鳳)이군."

단우평은 나직한 어조로 말했다. 하지만 얼굴에는 불안한 기색이 완연했다. 문파를 떠나 중원으로 향하던 중 어쩌다 이상한 사건에 휘말려 한번 조우한 적이 있는 음설봉이었는데, 그가 장원으로 돌아간 후로는 한동안 모습을 보이지 않아 안심하고 있었는데…… 자신이 나오기를 기다렸을 것이라는 생각이 퍼뜩 그의 머리를 스쳤기 때문이다.

'제길, 귀찮게 생겼군!'

단우평은 쓴웃음을 지었다.

우연히 만난 것이 오늘 처음이 아니었다.

줄곧 쫄랑거리며 귀찮게 굴고 있어 은근히 피해 다니는 처지였다. 하지만 기막힌 우연이 계속되자 이상하게 여겼었는데, 그녀의 출신을 알고는 그 질긴 우연의 정체도 알 수 있었다.

음설봉은 하오문 부문주 음아생(陰我生)의 딸이었다.

하오문도들의 소식망을 이용하니 자신의 행적을 알아내는 일 따위는 식은 죽 먹기보다 쉬웠을 것이다.

어쨌거나 오늘 단우평은 여간 곤혹스럽지가 않았다. 몇 번 만나보니 하오문 출신으로는 드물게 문무를 겸비한 여자였지만, 청성파 적전제자 신분인 그로서는 명문정파의 한 축을 자처하는 사문의 입장을 생각해 함부로 처신을 할 수가 없었다. 그는 가능한 마주치는 것을 피했다.

어느새 음설봉은 단숨에 오륙 장 가까이까지 다가왔다. 자그맣고 둥근 얼굴에 눈이 큰 여자였다.

"오랜만이에요. 제가 이 근처에 와 있다는 것을 아시면서도 아무런 연락도 없다니 정말 너무하세요. 사전에 본 문 제자들에게 언질을 해두지 않았더라면 대회에 참석해서나 얼굴을 마주 대했을 거예요."

음설봉은 상큼한 아미를 곧추세워 가며 단우평을 흘겨보며 말했다. 마치 연인 사이라 짐작하게 하는 대담한 언행이었다. 그 말에 어두운 표정이던 단우설까지도 놀라며 그녀의 얼굴을 쳐다보았다.

동생을 의식한 단우평은 그녀의 대담한 말에 당황했다.

"그, 그랬을 거요."

그는 얼굴까지 붉혀가며 말까지 더듬었다.

음설봉의 시선이 말 머리를 나란히 하고 가는 단우설에게 꽂혔다. 마치 이 여자는 누구냐는 듯 위아래로 훑어보는 눈매에는 은근한 적의가 담겨 있었다.

"내 누이요."

단우평은 마치 변명이라도 하듯 다급한 어조로 말했다. 그 말에 음설봉의 표정은 순식간에 바뀌었다.

"어머! 미처 몰랐네. 미안해. 난, 음… 오라버니와 매우 가까운 사람이야. 우린 깊은 얘기를 많이 나누었지. 앞으로 잘 부탁해."

'헉!'

언뜻 듣기에는 부부가 될 사이로 오인하기에 딱 좋은 말이 아닌가. 단우평이 헛바람을 들이키는 것은 너무도 당연했다. 너무 놀란 나머지 동생이 오해할까 싶어 단우설의 눈치를 살피기까지 하는 그였다.

워낙 말수가 적은 단우설은 음설봉이 처음 나타났을 때만 잠시 힐끔거렸을 뿐 더 이상 관심을 두지 않고 있었기에 말도 건성으로 들었다.

"어머! 안색을 보니 좋지 않은 일이 있었나 보구나. 이 언니와 잠시만 얘기하면 금세 기분이 좋아질 거야."

초면이건만 음설봉은 천연덕스럽게 단우설의 누이를 자처했다. 그녀는 내심 단우평을 차지할 욕심이 있었다. 온갖 지저분한 인간들만 주변에 득실거리는 하오문에서 자란 그녀였기에, 선비 집안의 장자로서 청성파 제자가 된 단우평의 모습에서 고고한 문사의 냄새를 맡은 이래 그에게 이끌리는 마음을 어쩌지 못했다.

자신과 단우평 사이에 무림 정파와 잡배 집단이라는 보이지 않는 벽이 있다는 것을 알지만, 그것 때문에 좋아하는 사내를 포기하지 못하는 것 또한 자신의 현실이기도 하기에 이토록 너스레를 떨어가며 접근하는 것이다.

'단 하룻밤만이라도 좋아요!'

겉으로는 짐짓 헤픈 여자처럼 행동했지만 단우평에 대한 마음 깊은 곳에 숨겨진 솔직한 감정이었다. 드러내지 못하는 것은 하오문 출신이라는 약점을 가졌기 때문이다. 젊은 날 누구에게나 스쳐 가는 잠깐의 풋사랑일지언정 상대에게 좋지 않은 인상을 심어주고 싶지는 않았다.

상대의 의도적인 관심에도 불구하고 단우설은 대답을 하지 않았다.

음설봉은 그런 단우설에게 관심을 끊고 다시 단우평에게 붙어 재잘거리기 시작했다.

"제가 단우 소협과 한조가 아닌 것이 정말 다행이에요. 만약 서로 검을 마주해야 하는 상황이 온다면…… 후우, 차라리 기권하겠어요."

'제길, 누가 들으면 내 체면을 봐준다고 하겠군.'

단우평은 쓴웃음을 지었다.

만리월표 음설봉이 이번 비무에 끼게 된 것은 전적으로 제갈홍의 적극적인 추천 때문이었다. 강호의 정보의 핵심이라 할 수 있는 개방과 하오문, 그리고 제갈세가를 하나로 묶어 거대한 정보망을 형성한다는 것이 그의 생각으로, 대회의 격이 떨어진다는 다른 문파의 반대에도 불구하고 하오문을 특별 초청했던 것이다.

단우평도 청성파 대표로 참석하기에 그런 속사정을 모르지 않았기에, 그녀가 자신의 맞수가 될 만하다고 생각한 적은 단 한 번도 없었다.

음설봉의 수다를 들어가면서도 산 정상으로 이어지는 길을 재촉한 그들은 산모퉁이를 돌자 웅장한 도관(道觀)을 마주하게 되었다.

복성관(福星觀).

비무장 앞에는 커다란 천막이 쳐져 있었고, 가장 상석에 제갈세가의 가주 제갈옥이 초조한 표정으로 앉아 있다. 그녀는 계속 전해져 오는 잇따른 참변 소식에 안색이 시커멓게 변해 있었다.

제갈옥의 발걸음이 휘장이 내려진 천막으로 향했다. 그곳에는 옥황산 인근에서 죽음을 당한 참석자들의 시체가 놓여 있었다.

진가보(陳家堡) 철담무정(鐵膽無情) 진웅(陳雄).

추일산장(楸溢山莊) 무적창(無敵槍) 혁무련(赫茂鍊).

해남검문(海南劍門) 독안마객(禿顏魔客) 축량(逐亮).

모두 한지역에서 명성을 날리던 무림의 영웅들이었다.

"내부에 간자(間者)가 있지 않고서야!"

이미 태호에서 큰 실패를 본 마당이었다.

흰 천으로 덮힌 시신을 대하는 제갈옥의 안색은 한층 더 침중해졌다. 비무대회는 참석자들만이 알 수 있도록 극비리에 추진된 일이었다. 그런데 참석자들 중 벌써 셋이나 당해 시신으로 올라왔고, 이곳에 없지만 남궁세가의 운몽쾌검(雲夢快劍) 남궁필(南宮必) 또한 도중에 암습을 당했다는 전언을 받은 터니 모두 네 명이 당한 셈이었다.

청면금두(靑面金頭) 장척(長尺).

산서(山西) 일대에서 숱한 음행을 저지른 자였다. 그의 사타구니 제물이 된 여인들은 수를 헤아리기 어려울 정도였기에 숱한 정파 인물들이 그를 노렸지만 오히려 그의 검 아래 제물이 되었다. 내력도 알 수 없는 그의 무공을 두고, 혹자는 잔인한 무공으로 보아 마교의 후예라고도 했고, 또 어떤 사람은 천산신마(天山神魔)의 제자일 것이라고도 했는데, 백여 년 전 천산 일대에서 온갖 음행을 저지른 그와 당금의 장척의 수법이 비슷하다는 이유에서였다.

원래 산서에서 활동했던 장척은 자신의 무공과 음약(淫藥)을 이용해 양갓집의 숱한 부녀자들을 겁탈하는 만행을 저질렀다. 한때 무림첩(武林帖)까지 돌았기에 그를 주살하기 위해 소림사가 주동이 되어 체포조까지 조직했지만 전란이 일며 농민군과 관군, 청병이 산서 일대를 교대로 휩쓸고 지나가는 터라 무림인들도 숨을 죽였기에, 장척을 잡아들이는 일은 결국 흐지부지 되었다.

장척은 지금 옥황산 중턱에 몸을 숨기고 누군가를 기다리고 있었다.

'오는군!'

세 명의 여인이 천천히 산정을 향해 걸어가고 있었다.

스님 복장에 어울리지 않게 등에 장검을 멘 그들은 동해검희(東海劍姬) 왕예(王霓)와 시중을 드는 두 명의 비구니 제자로, 제갈홍이 주동이 된 무림대회에 참석하기 위해 오는 중이었다.

그들이 가는 길 옆에 몇 그루의 매화가 떼를 지어 피어 있었다. 고고하게 피어나 청초한 자태를 자랑하는 붉은 매화는 사방을 뒤덮고 있는 흰 눈 위에 고개를 내밀고 있었는데, 그 아름다운 자태가 정녕 사군자(四君子)의 으뜸이라 할 만했다.

"어머! 저기 매화가 피었네!"

왕예의 뒤를 따르던 비구니 중 하나가 눈 옆에 소담스럽게 피어난 빨간 매화를 보고 반색을 했다. 십칠팔 세는 되었을까. 스님이라고는 하지만 청춘의 물오른 나이는 어쩔 수 없는 듯 매화 가까이로 다가가 신기한 듯 구경했다. 보타산(普陀山)의 본산이라 할 수 있는 보제사(普齊寺)에서 불법을 닦고 있는 수련(水蓮)이었다. 이번 왕예의 강호출도에 동행해 잔일을 거들며 중원 구경이나 하라며 동문수학하는 청련(靑蓮)과 함께 딸려 보낸 비구니 중 하나였다. 평소 동료들 간에 새침하다는 평을 듣고 있는 수련도 만물이 얼어붙는 적설(積雪) 속에 피어난 매화를 보고는 참지 못했던 것이다.

"호호호! 매화를 일컬어 영춘화(迎春花)라 하지 않느냐. 세상의 꽃들 중 가장 먼저 피어나 봄을 기다리기에 하는 말이란다."

왕예도 엄동의 한설(寒雪) 속에 피어난 꽃을 보고 신기한 듯 다가와 코를 벌름거렸다. 청초한 매화 향이 코로 스며들었다.

몇 년 전 무림에 출도해 강호의 마두 몇을 제거해 보타 신니의 제자로서 남부끄럽지 않은 무명(武名)을 떨치기도 했던 그녀는, 매화를 무척이나 사랑해 승복을 제외한 모든 옷이나 손수건 등에 붉은 매화를 수놓아 가지고 다녀 매화검희(梅花劍姬)라고 불리기도 했다.

아름답게 핀 매화의 완전한 자태를 보고 싶었던 왕예는 매화 위에 쌓인 눈들을 입으로 후후 불어냈다. 피는 지역에 따라 미세하게나마 매화의 모양이나 크기가 조금씩 다르다는 것을 알기에 그것을 확인하려는 것이기도 했다.

수련은 신기한 듯 조심스레 꽃술을 쓰다듬었다.

'흐흐흐! 그렇게까지 하지 않아도 되는데…….'

몸을 숨기고 그들이 하는 양을 지켜보던 장척은 입가에 기괴한 미소를 띠었다. 매화 주변에 미혼약(迷魂藥)을 뿌려두었기 때문이다. 그가 사용하는 약제는 화향을 발산하기에 여인들이 좋아하는 꽃을 이용해 암수를 펼치기에는 더할 나위 없이 좋았다.

그는 미혼약을 꽃술 밑에 숨겨두었는데, 겨울만 아니라면 꽃 위에 뿌려두면 그만이겠지만 날씨를 고려해 특별히 신경을 썼던 것이다. 빠른 효과를 위해 양도 듬뿍 사용했다. 그가 쓰는 미혼약의 특징은 단순히 정신만 잃게 만드는 것이 아니라, 만졌을 경우 강력한 음약의 기능을 한다는 점에 있었다.

역시 입으로 꽃을 불어댔던 왕예의 반응이 가장 빨랐다.

"그런데 왜 이리 머리가 어지럽지?"

눈을 내리깔고 손을 머리로 가져가며 하는 말이었다. 미처 그 말이 끝나기도 전에 수련이 무릎을 꿇으며 풀썩 눈 위로 쓰러졌다.

그 소리에 주변에 다른 매화가 있나 찾아보던 청련이 퍼뜩 돌아다보았다. 그녀도 이번 행보가 어떤 것인지는 대충 알고 있었다. 보타산 출신의 왕예가 이겨 사문의 이름을 떨치기를 바라고 있었기에, 오는 도중에도 행여 그녀의 몸에 이상이라도 생길까 싶어 건강에 각별히 신경을 쓰기까지 했는데…….

"아……!"

이마에 손을 얹고 잠시 서 있던 왕예는 돌연 가벼운 비명과 함께 몸을 비칠거렸다. 수련이 쓰러진 것을 보며 놀라던 청련은 황급히 왕예를 부축해 갔다. 순간 그녀의 몸도 비틀했다.

"아!"

그녀는 나직한 비명을 지르며 왕예와 한데 엉켜 눈길 위에 쓰러졌다.

그와 동시에 오류 장 밖의 눈이 들썩거리더니 그 안에서 장척이 모습을 드러냈다. 그는 눈을 뿌려둔 거적을 덮고 숨어 있었다.

"흐흐흐! 한꺼번에 셋이나 되니 그것도 문제이군."

하지만 문제라는 말과는 달리 그의 입은 한껏 찢어져 있었다. 미혼약에 취한 세 여자는 눈 위에 널브러져 정신을 잃고 있었다. 장척은 왕예와 수련을 양 옆구리에 끼고 나는 듯이 신형을 날려가더니 이내 다시 돌아와 청련마저 어깨에 메고 사라졌다.

옥황산 일대에는 토굴들이 적지 않았다.

늦여름 무렵이면 항주 일대의 집 없는 유랑민들이 삼삼오오 토굴을 차지하고 한여름을 보내다가 날이 추워지면 떠나곤 했기에, 엄동설한이라는 말이 딱 어울리는 이런 날씨에는 이 일대 토굴 대부분이 비어 있었다.

장척은 미리 봐둔 곳이 있었다.

"끙!"

아무리 무공이 높다 해도 남들의 눈치를 의식해 빠른 순간에 세 여자를 옮겨야 했던 그는 토굴 안에서 용을 써가며 여자들을 가지런히 눕혀 놓았다. 거리가 제법 되었기에 힘을 많이 쓴 탓인지 이마 주변에 축축한 땀까지 보였다.

안에는 작은 모닥불이 피워져 있었고, 짚으로 만든 바싹 마른 돗자리까지 깔려 있어 이번 일을 얼마나 철저히 준비했는지 여실히 보여주었다.

산비탈을 파고들어 간 토굴 문도 거적으로 두 겹이나 가렸기에 안에는 훈훈한 온기마저 감돌았다.

순서를 정하기 위해 가지런히 눕혀둔 여자들의 용모를 차례로 살피던 눈길은 의외로 왕예가 아닌 수련의 얼굴에 가서 꽂혔다.

"흠!"

백향눈윤(白香嫩潤)!

아름다운 용모에 윤기가 흐르는 우유빛 피부에서는 향기가 나고, 언뜻

대면해도 감칠맛이 나는 여자!

장척은 여자를 나름대로 네 단계로 분류했는데, 지금 눈앞의 계집은 그 기준에 따라 약간 모자란 듯했지만 최고 분류인 백향눈윤이라는 표현으로 칭할 만했다. 그의 안목과 경험에 의하면 이런 계집은 나름대로의 특징이 있다. 그는 자신의 안목을 확인하기 위해 서둘러 수련의 옷을 벗겨갔다.

승복이 풀어헤쳐지고, 젖가리개가 벗겨지며 눈부신 나신과 함께 알맞게 살이 오른 봉긋한 육봉이 드러났다. 깎은 머리만 아니라면 어디 내놓아도 절로 감탄사를 들을 만한 몸매였다. 하지만 장척은 만족스런 표정이 아니었다.

"이상한데?"

고개를 갸웃하던 그는 이번에는 아랫도리를 벗겼다.

"헛! 역시!"

백호(白虎)!

하체까지 모두 벗긴 수련의 그곳에는 털이 하나도 나 있지 않았는데, 어린 계집아이의 그곳처럼 도톰한 둔덕에 속 깊은 계곡만이 빼꼼히 그 모습을 드러내고 있었다. 백호살성(白虎煞星)이 틀림없는 것이다.

"흐흐흐흐!"

장척은 욕망이 가득 담긴 웃음을 터뜨리고는 자신의 옷을 벗었다. 그의 가슴은 아랫배에서 배꼽 위까지 무성한 털로 가득 덮여 있었다.

청룡(靑龍)!

가슴에 털이 무성한 사내를 이르는 말이다. 백호는 청룡을 만나야만 제대로 진가가 발휘된다는 말이 있다. 지금 장척과 수련의 만남은 그런 속설에 딱 들어맞는 경우였다.

이내 벌거숭이가 된 장척은 서서히 수련의 젖가슴을 더듬는 것으로 자신의 양물을 일으켜 세웠다. 이윽고 적당한 크기가 되자 벗어놓은 옷에 손을 집어넣어 뒤적거리더니 금환(金環)을 꺼내 고개를 쳐든 용두(龍頭)에 끼워 넣었다. 무장을 한 탓인지 굵고 긴 양물이 허공에서 힘차게 버둥거렸다.

청면금두(靑面金頭) 장척(長尺)!

청면이란 푸르스름한 기운이 도는 그의 얼굴을 뜻했고, 금두는 장척이 계집을 품을 때 용두에 금환을 끼우는 습관을 빗대어 부르는 말로, 세인들은 그 때문에 장척의 외호를 청면금두라 칭했다. 하지만 금두를 끼우는 행사는 누구에게나 진행하는 것이 아니라 바로 수련과 같이 가치있는 여자에게만 행하는 특별한 행사였다.

팟!

몸 어딘가를 건들자 수련이 꿈틀했다.

"응… 으응……."

수련은 입가에서 미약한 신음성을 내며 눈을 떴다. 아직도 몽롱한 상태인지 눈에 초점이 맺히지 않고 있었다.

그것을 본 장척은 빙그레 미소를 지으며 수련을 살며시 안아갔다.

수련은 이런 상황이 벌어진 영문을 알지 못했다.

'이, 이게 어떻게! 이런! 이런!'

이성은 사내를 밀쳐 내야 한다고 말하지만 음문에서 뻗치는 강렬한 욕망과 사내의 손이 닿을 때마다 느껴지는, 몸을 떨게 만들고 입에서는 열락의 신음성을 뱉어내게 하는 짜릿한 그 감촉을 거부하지 못했다. 의지와 달리 하얗게 뻗은 두 다리는 사내의 허리를 조이며 허공에서 요동을 쳤고, 아득한 쾌감을 발산하려는 듯 두 손은 목과 등을 번갈아 오가며 사내를 끌어안았다.

장척은 슬며시 손을 내려 계집의 도톰한 그곳을 만져 보았다.

'흐흐흐!'

예상대로 그곳은 질펀한 이슬로 가득 젖어 애타게 사내를 갈구하고 있었기에 그는 저으기 만족했다.

"제발! 날 좀 어떻게……!"

수련의 입에서도 이런 행사를 벌일 때면 장척이 늘 듣던 그 말이 터져 나왔다.

"후후후! 걱정일랑은 붙들어두어라!"

마침내 때가 되었음을 알았다. 여체는 애타는 갈구에 목말라 남아 있던 작은 이성마저 내던져 버렸다. 기다림에 힘들어하는 가녀린 나신 위에 몸을 싣고는 꽃잎을 헤치고 미지의 세계로 향한 항해를 시작했다.

음약의 약효는 대단했다.

"아학! 아학! 아학!"

까마득한 뇌성(雷聲)이 들릴 때마다 여체는 활처럼 휘어져 육중한 사내를 받아냈고, 눈에 환한 빛살을 비추는 벽력(霹靂)이 칠 때마다 육신은 엄청난 경기를 일으켰다. 절정에 이른 신음성을 연이어 토해냈다. 그 격렬함은 이마의 실핏줄마저도 고스란히 드러나게 했고, 육신의 지독한 흥분은 얼굴에 짙은 홍조마저 띠게 만들었다. 양물에 반지처럼 낀 금환이 주는 강렬한 쾌감 또한 음약의 효과 못지않았고, 그에 더한 장척의 현란한 애무와 율동은 수련을 미치게 만들었다.

안타깝게도 왕예와 청련은 옆에서 일어나는 상황을 조금도 모른 채 정신을 잃고 쓰러져 있을 뿐이었다.

그곳으로 오던 철담무정 진웅과 무적창 혁무련이 시체로 발견되었다는 소식에, 비무를 준비하고 있던 제갈가 사람들은 개방, 하오문, 그리고 걸개방 등 복성관에 모인 무인들은 날카롭게 신경을 곤두세우고 철통같은 경계를 펼쳤다.

하지만 젊은 사람들은 참지 못했다.

먼저 비무장에 도착해 곧이어 벌어질 비무를 준비하고 있던 사군은 무림대회를 향해 오던 참석자들이 피습을 당했다는 소식을 듣고는 자리를 박차고 밖으로 나갔고, 그 뒤를 따라 미리 도착한 몇몇 사람들도 달려나왔다.

모두 이번 비무의 참가자들이었다.

각 문파의 대표답게 그들 모두 남다른 무공을 자부하던 터라 소식을 들은 즉시 반응했던 것이다. 하지만 그들도 무림에 제법 이름이 알려진 진웅이나 혁무련이 당했다는 소식에, 경계심을 늦추지 않고 모두 사군과 한 덩어리가 되어 달려나간 것이었다.

휘익! 휘익! 휙! 휙!

네 개의 신형이 앞서거니 뒷서거니 눈발을 날리며 쏜살같이 산중턱 아래로 내달렸다. 뽀오얀 눈발들이 신형들이 지나간 후에 어지러이 날아오르며 그 뒤를 덮었다.

그리 멀지 않은 거리임에도 젊은 신예들은 각자의 가문이나 문파의 경공절기를 한껏 펼쳐 은근히 자신의 무공을 과시하고 있었기에, 옥황산 중턱은 과히 중원의 내로라하는 경공들의 시연장이라 할 만했다.

서열은 이내 판가름이 났다.

잠깐이나마 한 덩어리로 가던 신형들은 산허릴 몇 바퀴 감아 돌자 일직선 형태로 바뀌었다. 사군이 가장 앞섰고, 그 뒤를 청축취개 남환, 만리월표 음설봉, 그리고 청성일검 단우평의 순서였다.

'다들 대단한 자들이로군!'

단우평은 내심 고독검 사진이라 불리는 자에 대해 막연한 두려움을 가졌다.

문파를 떠나 장원으로 돌아온 후에도 청성파의 후기지수 가운데서 제일이라는 은근한 자부심이 오늘 이 자리에서 여지없이 무너지고 있었다.

그는 영춘장 내에서도 특이한 존재였다.

대대로 문사 집안에서 무인이 탄생한 것도 그렇고, 그런 여건에서도 그 실력이 결코 녹록치 않다는 것 또한 그랬다. 무공에 남다른 열의를 보였던 그는 어린 나이에 절동(浙東)에서 수천 리 떨어진 청성파를 찾아가 대장로의 제자가 되었고, 그곳에서 각고의 노력 끝에 청성파의 이름을 떨칠 만한 그릇으로 다시 태어났다.

지금에 이르러 단우평은 강호 후기지수 중에서 감히 대적할 자를 찾기 힘들다는 평까지 듣고 있었다.

오늘 오누이인 단우설과 말 머리를 나란히 하고 옥황산 정상으로 오를 때만 해도 그런 자부심은 일견 당연하다고 생각하던 그였다.

단우평은 무림대회에 참석하기 위해 두 명의 수하를 대동하고 옥황산에서 열리는 무림대회에 참석했다. 오랫동안 집 안에서만 있던 동생 단우설까지 동행한 것은 오라비의 성취를 여동생에게 자랑하고픈 마음이 없지 않기도 했기 때문이다.

사춘기에 접어든 동생인지라 한동안 얼굴을 붉히며 사람을 기피하는 듯했기에 특별히 바깥바람이라도 쐬라며 아버님의 허락까지 얻어 데려왔는데…….

'복성관(福星觀) 밖이니 망정이지 하마터면 동생 앞에서…….'

말석을 차지하는 자신의 경공 실력에 단우평은 내심 쓴웃음을 지었다.

순간 앞장서 달려가던 음설봉이 힐끗 뒤를 돌아보다가 단우평과 눈이 마주치자 살짝 어색한 웃음을 짓더니 이내 고개를 돌려 앞 사람들을 따랐다.

단우평의 얼굴이 붉게 물들었다.

설마 그녀의 경공이 자신보다 나을 것이라고는 정녕코 단 한 번도 생각해 본 적이 없었던 그였다.

그때였다. 앞장서 달려가던 사군은 산비탈 한 모퉁이에서 나는 기이한 소리를 들었다.

'응?

바람결에 묻힌 미약한 신음성이었다.

"아……."

익숙한… 그에게는 너무도 익숙한 여인의 교성.

몸을 떨었다.

빠르게 다가가던 그는 그게 그 소리라는 것을 아는 순간 마치 죄라도 지은 듯 얼른 그곳에서 멀어지려고 했다.

휘릭!

순간 뒤를 바싹 따르던 남환의 신형이 그를 앞질렀다. 제법 거리가 가까워졌기에 이제 그도 교성을 들을 수 있었다.

그가 귀를 쫑긋 해가며 소리의 진원지를 향해 접근하자 사군도 어쩔 수 없이 뒤를 따랐다. 그런 사군의 귀에 남환의 전음이 들려왔다.

"방사를 치르기에 적당한 장소가 아니고 시간도 아니외다."

'아!

사군은 그제야 남환의 의중을 짐작했다. 민가도 없는 곳에서 여인의 교성이라니! 그리고 보니 복성관에서 타 문 여승들을 보지 못했다는 사실에 생각이 미쳤다.

거리는 금방 가까워졌다.

'이런 추위에…….'

음설봉도 그 소리를 들었다.

민망해진 그녀는 얼른 속도를 낮추어 맨 뒤로 처졌고, 바싹 뒤를 쫓던 단우평은 아무 생각 없이 그녀를 추월해 나갔다.

"아흑……."

신음성은 사군의 귀에 천둥처럼 들려왔다.

눈 덮인 산비탈 여기저기에는 토굴이 있었는데, 교성은 그중 한 곳에서 들리고 있었다. 교성이 호기심을 자극했는지도 몰랐다. 남환은 살금살금 토굴 입구로 다가갔다.

"아학! 아학!"

토굴 안에서 들리는 숨 넘어갈 것 같은 여인의 신음성은 흥분이 극에 이르렀음을 말해 주었다.

"허엉!"

절정에 이른 사내의 토음(吐音)!

하지만 여인의 교성은 계속되고 있었다. 순간 이제껏 듣지 못했던 굵고 거친 사내의 목소리가 교성의 뒤를 이었다.

"흐흐흐! 대단한 몸이군! 웬만한 계집이라면 아무리 미혼약의 효과라 해도 지금쯤 몸이 늘어질 때가 되었거늘……."

'미혼약!'

순간 사군은 물론 남환도 몸을 흠칫했다.

'겁간이야!'

남환은 살며시 적을 들쳐 안을 들여다보았다. 토굴은 추위에 대비한 듯 제법 길게 안으로 파여 있었다.

'아니!'

여인 둘이 누워 있었고, 그 옆에는 벌거벗은 남녀가 서로 엉켜 있었다. 머리를 깎은 것으로 보아 여자들은 모두 비구니로 보였는데, 그들 중 벌거벗은 여인은 넘실대는 육봉과 검은 숲을 고스란히 드러내고 사내의 몸에 마구 부비고 있었다. 음약의 기운을 어쩌지 못해 애타게 사랑을 호소하고 있는 것처럼 보였다.

남환의 몸이 움찔하며 굳는 듯했다.

하지만 그보다 더 충격을 받은 사람은 사군이었다. 자신이 해온 짓을 거울을 통해 보고 있는 기분이랄까. 잠깐이나마 멍하게 그것을 지켜보다가 몸을 떨었다.

엄청난 증오가 일었다.

미혼약으로 여자를 욕보이는 사내에 대한 분노에 더해 스스로에 대한 부끄러움은 순식간에 피를 끓게 만들었다.

눈앞의 장척은 정청화와 취련을 비롯한 숱한 여인들을 겁간했던 바로 자신의 모습이었다. 여인의 혈도를 제압해 저항하지 못하게 만들어놓고 강제로 몸을 취하는 색마!

'추하군!'

사군은 고개를 뒤로 젖히고 게슴츠레한 눈으로 그들을 보았다.

'내가 저랬던가?'

흥분에 겨워하는 여체를 보며 양심에 시달리는 스스로를 합리화시키곤 했었다. 안 된다며 가슴을 밀어내는 여인의 분명한 거절에도 강제로 취했던 적이 있었다.

얼굴이 뜨거웠다.

여체를 마주한 장척은 흥분에 겨워 사람들이 자신을 지켜보고 있다는 것도 모르고 여인의 몸을 탐하는 것에 열중해 있었다.

"후우……!"

장척은 긴 숨을 내쉬고는 몸을 일으켰다. 나신을 대하는 그의 표정에서 만족감이 엿보였다.

"호호호……."

아쉬운 듯 손을 뻗어 젖무덤을 쓰다듬자 파들거리던 여인의 입이 살짝 벌어지며 더운 공기를 토해냈다.

"하아!"

그 모습에 사군은 짧은 순간이나마 하초가 불끈거리는 것을 느꼈다.

얼굴이 화끈거렸다. 깊은 후회와 부끄러움 때문이었다.

여승들은 아무것도 모른 채 색마에게 몸을 내맡기고 있었다. 자신이 음약에 중독되어 그저 육신이 주는 순간적인 쾌락에 어찌할 바를 모르고 몸을 비비 꼬아대는 모습은 차라리 가슴 아프기까지 했다.

"저랬군!"

자신도 모르게 사군의 입에서 나직한 한마디가 흘러나왔다.

그 소리를 들은 장척은 크게 놀라며 고개를 번쩍 들었다가 입구에 서서 자신을 내려다보고 있는 상대를 발견하고는 경악했다.

"헉! 누구!"

"나? 지나가던 사람!"

더러운 색마 운운하며 상대를 질책할 자격이 없었기에 나온 말이었다.

순간 장척은 비호같이 손을 뻗어 곁에 놓아두었던 장검을 집어 들고는 자리에서 벌떡 일어났다. 너무도 순간적인 일이라 벌거벗은 몸 한가운데 우뚝 솟아 있는 양물은 아직도 수그러들지 않았고, 몸을 뻣뻣이 세우고 있었기에 장척의 모습은 우습기도 하고 추하기도 했다.

토굴 안의 급작스런 긴장에 그토록 소중하게 여겼던 장척의 양물도 이내 고개를 떨구었다.

텅!

끝에 걸려 있던 금환이 용두가 힘을 잃자 빠져나가 바닥에 떨어졌지만 장척은 그것을 주울 엄두도 내지 못했다.

"웬 놈이냐?"

그래도 약간의 수치심은 남아 있었는지 장척은 갑작스레 나타난 상대에게 눈을 떼지 않으며 옷가지를 들어 앞을 가리면서 소리쳤다.

"저 스님들은 보타산의 여스님들 같은데……?"

"헉!"

사군의 말에 장척의 몸이 꿈찔했다.

　장척이 비록 색마이기는 하지만 보타산 여승들을 건드렸다는 사실이 밝혀지게 되면 더 이상 무림에서 살아남기 힘들 터였다. 사실 그의 무공 수준이라면 지금 미혼약에 중독되어 벌거벗고 몸을 비틀고 있는 왕예와 겨루어도 승패를 장담할 수 없는 수준이었다. 이 소문이 퍼지는 순간 자신은 무림의 공적이 되는 것은 물론이고, 죽을 때까지 보타산 문인들의 추적을 피할 수 없을 것이 자명했다.

　'주둥이를 막아버리는 것뿐이군!'

　긴장 때문인지 혹은 방금 전의 흥분 때문인지, 붉게 변한 장척의 눈동자가 초점을 잃고 이리저리 움직였다.

"더러운 놈!"

　그런 상대의 모습이 더욱 혐오스러웠다.

　순간 장척이 벽면으로 몸을 날렸고, 어느 틈에 뽑아진 장검이 빗살처럼 빠르게 사군을 향했다.

　쐐액!

　비록 색마로 불리기는 하지만 그의 무공 역시 녹록치는 않았다. 하지만 오늘은 상대를 잘못 만났다.

"놈!"

　가볍게 몸을 비스듬히 베어오는 상대의 날카로운 일검을 피한 사군의 발이 장척의 명치를 일직선으로 강타했다.

"컥!"

숨을 막히게 하는 무거운 충격에 장척의 몸이 활처럼 앞으로 꺾이며 장검을 놓쳤다.

"맞아! 이렇게 쉽게 당할 실력은 아니라는 것은 알아. 하지만 네놈은 너무 서둘렀어. 이렇게 조용히 나타난 상대라면 좀 더 조심성있게 대했어야 하는 것이 아닌가?"

중얼거리는 중에 차올린 사군의 오른발이 직각으로 날아 상대의 턱을 후렸다. 알맞은 거리!

'헉!'

도저히 발이 뻗어 나올 수 없는 비스듬히 균형을 잃은 상태에서 나오는 발길질! 무섭게 차올리는 발을 보는 장척의 눈에는 불신의 표정이 가득했다.

빡!

쿵!

장척은 비명도 지르지 못하고 뒤로 날아 토굴 벽에 부딪쳐 그대로 죽음을 맞았다. 강한 발길질에 부서진 턱과 얼굴에서 사방으로 피가 튀었고, 흘러내린 핏물이 가슴을 시커멓게 덮은 털을 흠뻑 적셔 버렸다. 백호를 맞은 날 청룡에게 벌어진 비참한 최후였다.

사군은 무표정한 모습으로 고개를 돌렸다. 색마로서 최후를 마치는 그의 모습에서 언뜻 자신을 투영했던 까닭일까? 기분은 더러웠고 마음은 무겁기만 했다.

'이게 무슨!'

왕예는 눈을 뜨고 방금 전 벌어진 싸움을 목격했다.

내공이 상당한 그녀였기에 금환이 텅 하며 떨어지는 소리에 약하게나마 정신이 들었고, 비몽사몽 간에 이곳에서 벌어지는 일들을 보았던 것이다.

시퍼런 얼굴이며 바닥에 떨어져 있는 금환, 그녀는 발길질에 널브러지는 상대가 청면금두 장척임을 알았다.

놀라 황급히 자신의 몸을 점검해 이상이 없음을 알았지만, 저만치 옆에 벌거벗기어 널브러진 수련의 상태를 보고는 이미 몹쓸 일을 당한 것을 알았다. 왕예는 얼른 자신의 겉옷을 벗어 수련을 덮어주었다.

몸을 가릴 시간을 주려고 한동안 다른 곳으로 고개를 돌렸던 사군은 그녀의 인사말에 고개를 돌렸다.

"구해주서서 정말 고맙습니다. 보타산의 제자 왕예입니다. 강호에서는 동해검희라 불리고 있습니다. 그리고 이들은 제 사매 수련과 청련이에요."

사군을 향해 포권을 하며 말하는 왕예의 얼굴은 부끄러움에 발갛게 달아올라 있었다.

"고독검 사진이라 하오!"

여전히 무표정한 말투. 사군도 그런 속사정을 짐작했다. 이럴 때 행여 감정을 드러낸다는 것은 자칫 상대의 가슴에 상처를 줄 수 있기에 말이나 표정이 조심스러울 수밖에 없었다.

남환과 단우평도 안으로 들어섰고, 음설봉은 여전히 입구에 서 있었다.

그들을 본 왕예의 표정이 한층 어두워졌다.

'아!'

밖은 아직 환하게 밝은 대명천지이건만 사위를 캄캄하게 덮어버릴 엄청난 먹구름이 전신을 덮어왔다.

'그건 안 돼!'

평생을 부처님께 의탁하기로 맹세하고 함께 불법을 닦아온 사매가 아닌가. 그런 수련을 돌보는 것은 자신의 의무이기도 했다. 짙은 절망감이 드는 순간 왕예는 돌연 장검을 뽑아 들어 하얀 목줄기로 가져갔다.

"스릉!

"아니!"

놀란 사군은 생각할 겨를도 없이 지풍을 날려 왕예를 제압했다.

팟!

오른쪽 어깨에 지풍을 맞은 왕예의 팔이 아래로 처지며 장검이 텅그렁 소리와 함께 토굴 바닥에 떨어졌다.

"무슨 짓이오?"

"죄송해요. 흑! 수련이! 수련이!"

왕예는 말을 잇지 못했고, 눈물이 그렁그렁하더니 이내 얼굴이 눈물 범벅이 되었다.

"수련아! 으흐흐흑!"

보타산 섬에서 항상 함께 살아온 사매는 친자매나 다름없었다.

그러는 중에도 그녀는 수련에게 덮어준 자신의 도포 자락을 더 당겨 행여라도 그녀의 추한 나신이 다른 사람들의 눈에 드러나지 않을까 신경 을 썼다. 그런데……

'엇?'

옷자락이 피에 젖어 붉게 물들어가는 것이 사군의 눈에 띄었다.

'앵화(鸚花)?'

처음 방사를 치른 여인들의 하초에서 나는 피가 아닌가 하는 생각이 잠깐 들기는 했지만… 지금 피로 붉게 물들어가는 자리는 수련이라 불린 여승의 머리 쪽이 아닌가.

사군은 황급히 손을 뻗어 승포를 들치려다가 문득 그녀가 전라의 몸이 라는 것을 깨닫고는 흠칫 손길을 멈추었다.

"앗!"

사군의 손짓을 본 왕예 또한 사군을 이상한 눈으로 보다가 그제야 자신의 승포가 붉게 물들어가고 있는 것을 알고는 화들짝 놀라며 짧게 비명을 질렀다.

"악!"

고개를 숙여 살짝 승포를 들치던 왕예의 입에서 짧은 비명이 터져 나오며 눈망울이 경악으로 물들어갔다.

"헛!"

"그럼!"

사군과 남환도 동시에 경악성을 터뜨렸고, 입구 가까이에 서 있던 단우평도 영문을 몰라 하며 가까이 다가왔다가 피로 얼룩진 승복을 보고는 사태를 짐작했다.

수련은 혀를 깨물었다.

승포에 덮여 얼굴을 볼 수는 없었지만 모두의 머리 속에 원독의 눈길에 입에서 피를 흘리며 죽어가는 어린 여승의 모습이 섬뜩하게 스쳐 갔다.

"아아!"

왕예였다.

충격이었다. 그녀는 정신을 잃고 수련을 덮어준 자신의 승포 위로, 그리고 늘 재잘거리며 말동무가 되어주었던 친구이며 자매이기도 했던, 그러나 이제는 싸늘한 시신으로 남은 시신 위로 무너졌다.

"저 스님은 어떻게 하지요?"

차마 시신은 물론 왕예의 얼굴도 바로 보지 못한 사군이 바람에 흔들리는 입구의 거적을 향해 하는 말이었다.

어찌 장척만이 죄인인가.

얼굴을 들고 하늘을 보기가 두려웠다.

세상 모든 사람들이 자신의 수치스러운 일을 알고 있는 것만 같았다.

휘잉!

갑자기 돌풍이라도 몰려왔는지 바람 소리가 크게 들리더니 거적이 펄럭 하며 바깥의 싸늘한 한기가 그대로 동굴 안으로 들어왔다.

소름이 돋았다.

"흑흑흑!"

정신을 차린 청련의 가는 흐느낌이 토굴 안의 한기를 타고 흘렀다.

'부처님께서 벌을 내리신 게야.'

왕예는 이를 악물었다.

가끔씩, 아주 가끔씩 사내에게 안겨 몸을 떠는 꿈을 꾸기도 했었다. 지독히도 허전한 밤이면 자신도 모르게 은밀한 곳에 손이 내려가 있는 것을 느낀 적도 한두 번이 아니었다. 그럴 때마다 밤을 박차고 일어나 불경 혹은 무공 비결로 몸과 마음을 달랬었다.

'사부님, 죄송해요!'

앞으로 벌어질 일과 감당해야 할 일들이 아득하게만 느껴졌다.

속세의 풍파 속에서도 꿋꿋이 불법을 지켜오셨지만, 세월을 감당하지 못해 이제는 입적(入寂)하실 날만 기다리는 노구의 스승 보타 신니(普陀神尼)의 자애로운 얼굴이 떠오르자 서러움이 물밀듯 밀려들었다.

수련이 음마의 미수에 걸려 몸을 망치고, 결국은 죽음을 선택할 수밖에 없었음을 아신다면 얼마나 상심하실까 생각하니 더욱 견딜 수 없었다. 왕예는 눈물을 줄줄 흘리면서도 고개를 저었다.

"정말 죄송해요!"

자신도 알아듣기 힘든 목소리.

포구까지 나와 처음 중원으로 나서는 제자들의 안녕을 빌어주시던 사부님의 얼굴이 떠올랐다. 그날 사부님의 등 뒤에 부처님의 후광처럼 떠오른 아침 해를 보며 길조라 여겼었는데…….

"어떻게 하실 겁니까?"

건조한 사내의 목소리가 왕예의 귀를 파고들었다.

"수련의 시신은… 섬으로 보내고……. 사매의 복수를 하겠어요!"

미처 생각지도 못했던 말이 입 밖으로 불쑥 튀어나왔다.

사군은 움찔했다.

왕예의 말이 꼭 자신을 향하는 것 같았기 때문이다.

사군이 짐짓 고개를 돌리자 왕예의 붉게 물든 눈길이 주변으로 돌았다.

흙벽과 바위가 뒤섞인 음습한 토굴 안이었다. 그녀는 이런 일이 벌어진 토굴이 죽도록 원망스러웠다.

제2장

옥황산(玉皇山)

객방에 혼자 남은 제갈옥은 머리를 감싸 쥐었다.

심장이 벌떡거렸다.

전에 없던 일로, 태호에서 중원 무림을 수호하자며 함께 모인 많은 협사들을 잃었고, 자신도 구룡수호대 제일대주 제갈연을 비롯한 많은 수하들을 잃어야 했다.

아마도… 아마도 상대는 자신을 위에서 내려다보고 있는지도 몰랐다. 아니, 자신이 믿고 있던 많은 사람들이 이미 등을 돌리고 있음을 알지 못한 탓인지도 몰랐다.

"그 또한 능력이니… 결국은 내 탓이야."

나직한 혼잣말이었다.

"아가씨!"

밖에서 천장파파가 부르는 소리였다.

목소리가 다급한 것이 예사로이 들리지 않았다.

'또 무슨?'

제갈옥은 가슴이 철렁했다.

미처 그녀의 대답이 있기도 전에 덜컹 하는 소리와 함께 하얗게 질린 표정의 천장파파가 황급히 안으로 들어섰다.

"아가씨, 큰일입니다! 청병들이 대포를 동원해 옥황산 주변을 둘러싸고 있다고 합니다!"

"옛?"

"오 대협의 말로는 이삼만은 족히 될 것이라고 하는데, 대포까지 동원해 중무장을 한데다 무림인들로 보이는 자들이 그 주변에 천라지망을 펴고 있는 것같이 보인다고 합니다. 놈들이 진세를 갖추기 전에 어서 이곳을 벗어나야 할 것 같습니다."

말투가 알아듣기 곤란할 정도로 빨랐다. 다급한 마음 때문이었다.

자리를 박차고 밖으로 나온 제갈옥은 어느 틈에 자신의 거처 주위로 모여드는 군웅들을 보고는 그녀의 말이 사실임을 알았다. 모두 긴장 가득한 무거운 얼굴들이었다.

그들을 바라보는 제갈옥의 얼굴은 무표정했다. 상황이 긴박하다는 걸 애써 감추어보려는 버릇이었다.

'우리 안에 첩자가 있어!'

간자가 있다면 누구도 믿을 수 없는 상황이다. 제갈옥은 입술을 질끈 깨물었다.

그때였다. 바깥이 소란스러워지더니 일단의 사람들이 주변을 물리치며 그녀에게 다가왔다. 참변을 듣고 산을 내려갔던 사군을 비롯한 일행이었다.

그들 중 남환이 앞으로 나서더니 가볍게 포권을 하며 입을 열었다.

"잠깐 드릴 말씀이 있습니다."

나직한 말투, 하지만 잔뜩 긴장한 말투였다.

"무슨 일이죠?"

제갈옥의 어조 또한 무겁게 잠겼다.

"보타산의 여승 하나가 이 산 중턱의 토굴에서 청면금두 장척에게 욕을 당했습니다. 조금만 늦었더라……."

전음이었다.

"뭐라고요?"

제갈옥의 안색이 하얗게 질렸다. 하지만 주변을 의식해 그녀 역시 전음으로 말했다.

"그럼 동해검히 왕예 소저는 어떻게 되었지요?"

"무사합니다. 사매인 수련이라는 여승은 수치심을 이기지 못해 자결했고, 자결하려는 그녀를 사 소협이 겨우 구했습니다. 더 이상은 제가 말씀드리기가……."

제갈옥은 잠시 말을 잃었다.

군웅들은 그들이 전음으로 대화를 나누고 있음을 알았지만 뭔가 중대한 일이라는 것만을 짐작할 뿐 나서지는 않았다.

"아가씨!"

뒤에 서 있던 천장파파가 나서며 지금은 그런 일로 슬퍼하거나 생각할 때가 아님을 일깨워 주었다.

제갈옥은 그제야 퍼뜩 정신을 차렸다.

"하지만 지금은 그보다 더 급한 일이 있어요. 이 산을 청병들이 둘러싸고 있다고 하더군요. 게다가 청국에 투신한 무림인들이 천라지망을 깔고 있다고 해요. 우선은 이곳을 탈출하는 일이 더 급하니 당분간은 묻어 주세요."

이번에는 남환이 크게 놀랐다. 곧바로 이 일을 주관하고 있는 제갈옥에게 달려왔기에 미처 소식을 접하지 못했던 그였다. 남환은 그제야 주변에 모여든 군웅들의 표정이 심상치 않음을 알았다.

"놈들의 주력은 남쪽에 있습니다. 전당강에 가로막힌 동쪽을 제외하고 삼면으로 포위망을 형성해 들어오고 있는데, 항주성 쪽으로 밀어붙이려는 기세인 것으로 보아 그쪽에 더 큰 함정을 파놓고 기다리는 것 같습니다. 아마도 이번 기회에 반청 무림인들을 몰살시키려는 계획이 틀림없습니다."

기회를 잡은 오경동이 다시 나섰다.

군웅들의 안색이 파랗게 질렸다. 그렇다면 지금 이곳에서 달아날 방법이 없다는 말이 아닌가. 유일하게 포위망이 없는 곳은 동쪽의 전당강 방향뿐이라는 말인데… 물고기가 아닌 다음에야 파도가 넘실거리는 그 넓은 강을 건너 달아날 재주는 없는 것이다. 그런데……

"일단은 어서 그쪽으로 피하십시다."

온세명이었다.

그는 총사와 함께 이백여 명의 방도들을 이끌고 이곳에 와 있었다.

이미 두 형님까지 잃은 그였다.

아직 주공으로 모시려는 사군과는 편한 사이는 아니었지만 목숨을 걸고 도울 양으로 이곳에 출동해 있었다. 하나라도 사람을 모으려는 제갈옥이 사람을 보내 비무가 있음을 알려주었던 것이다.

"이미 산허리 아래는 놈들이 새까맣게 깔려 있습니다. 지금은 달리 방법도 없습니다."

오경동이 거들었다.

그리로 피하자는 온세명의 말에 혹시 하는 기대가 있기도 했다.

"모두 그리로 가요. 그리고 오 대협은 후미에서 따라오며 적의 동향을 감시하도록 해주세요."

"알겠습니다."

오경동은 내심 흡족해했다.

이런 시기에 그런 어려운 부탁을 한다는 것은 서로 간에 신뢰가 없고는 불가능한 일이다. 바로 그 점이 그를 기쁘게 만들었다.

제갈옥의 지시에 따라 족히 칠팔백에 이르는 사람들은 앞을 다투어 동쪽 비탈로 달려갔다.

'음! 예상치 못했는걸!'

사람들 틈에는 뒤늦게 이곳에 합류한 풍정원 대표인 금부신장 동천근도 끼어 있었다. 네모난 얼굴에 떡 벌어진 어깨 위로 금칠을 한 쌍부(雙斧)를 둘러멘 그는 영락없는 무골(武骨)의 전형이었다.

풍정원에 모종의 폭발이 있었다는 사실을 아는 사람도 있었지만, 굳게 닫힌 대문에 높은 담장이 둘러쳐진 그 안의 내막은 알려진 바가 없었다.

그는 말없이 행렬을 뒤따르며 주변을 힐끔거렸다.

사군 주변에는 서관이 이끌고 온 십여 명의 걸개방 무인들이 주변에서 경계를 서고 있었다. 서관은 이번 기회를 이용해 걸개방의 이름을 만천하에 알릴 계획이기에 수백 명의 걸개방 제자들을 이끌고 왔다.

걸개방의 모든 제자들이 바라는 것은 사군이 비무에서 우승해 주는 것이 전부였다. 그런데 상황이 예상치 못하게 돌아가자 그동안 준비했던 일들이 물거품이 되어버린 것은 물론, 제자들의 안위마저 돌보지 못할 지경이라 노심초사하는 중이었다.

"대회는 원래 예정대로 치러질 가능성이 적었습니다. 아무리 입단속을 했다지만 이 정도 사람들이 모이는 곳이라면 웬만한 눈과 귀에 의해 정보가 새나갔다고 보는 것이 옳겠지요."

사군은 묵묵히 그의 말을 듣기만 했다.

이런 상황에서도 비무를 하지 못하게 된 사군을 위로하는 듯한 그의 말에 사군은 오히려 부담스러웠다. 게다가 그의 머리 속은 방금 전 벌어졌던 일만 자꾸 떠오르고 있었다.

사람들은 더 앞으로 나가지 못했다.

십여 장 낭떠러지 아래 전당강이 으르렁거리며 흐르고 있었기 때문이다.

사군도 대열의 앞으로 나가 누런 흙탕물이 섞여 흐르는 전당강을 바라보았다.

몇 척의 배들이 지나기는 했지만 그들은 절벽가에 모여선 수백 명의 사람들을 보고는 오히려 배를 몰아 멀리 가버렸다. 모두의 얼굴에 절망이 어렸다.

그뿐 아니었다.

갑자기 뒤쪽이 소란스러워지더니 검을 뽑아 드는 소리가 났다.

'벌써?'

제갈옥의 안색이 더욱 굳었다.

오경동의 제자인 듯한 젊은이 하나가 바쁘게 달려오는 것이 보였다.

"놈들이 복성관에 진입했습니다."

고함을 친 것은 아니었지만 이곳에 모인 사람들 모두 들을 수 있을 정도로 충분히 큰 목소리였다.

제갈옥의 안색이 하얗게 질렸다.

'이제 끝이야!'

혹시 하는 기대였을까. 그녀의 눈이 빠르게 온세명과 서관을 살폈다. 바로 마주 보지 못한 것은 자칫 자신의 눈길이 군웅들을 이곳으로 몰고 온 책망으로 비치지나 않을까 하는 순간적인 생각 때문이었다.

서관이 품속에서 길쭉한 묵색의 죽통을 꺼내 드는 것이 보였다. 그의 손길이 바쁘게 소매춤을 들락거리더니 죽통에 불을 붙이고 있었다.

'화전이야!'

제갈옥의 얼굴에 화색이 돌았다.

그런 서관을 지켜보고 있는 것은 제갈옥뿐이 아니었다. 군웅 모두 내놓고 말은 하지 못했지만 뭔가 대책이 있을 거라는 막연한 기대는 하고 있었기에 온세명과 서관 일행의 행동에 암중 신경을 곤두세우고 있었던 것이다.

치치치치치… 펑!

시커먼 연기가 길게 꼬리를 이으며 전당강 쪽 하늘로 뻗어갔다.

사람들은 모두 숨을 죽이고 강 위에서 나타날 어떤 반응을 기다렸다. 하지만 반 각이 지나도록 아무런 움직임도 없자 다시 서관 쪽을 힐끔거렸다.

"오 대협이오!"

누군가 뒤쪽을 보고 소리쳤다.

그 말에 뒤를 돌아보니 후미에 남아 적들의 동태를 살피는 임무를 맡았던 오경동이 나는 듯이 경공을 전개해 산을 타고 내려오는 것이 보였다.

서관도 잠깐이나마 고개를 들어 그것을 보았다.

하지만 그는 힐끔 한 번 뒤돌아보고는 다시 전면을 주시했다.

'하나 남았는데……'

품속에 남은 화전은 하나뿐이었다. 그마저 무용지물이 된다면 더 이상 희망도 없기에 계속 쏘아 보내지 못하고 망설이고 있었다.

이런 일은 그로서도 전혀 예상치 못한 일이었다. 비록 화전을 쏘았지만 어떤 약속이 있었던 것은 아니었다. 혹시라도 이곳을 지나는 수하들이라도 있다면 보고 달려와 주기를 바라는 것이 전부였다.

그의 눈에 멍하니 전면을 응시하는 사군의 모습이 보였다.

'그래, 주공께서 이곳에서 돌아가실 운명이 아니라면⋯⋯.'

그는 모든 것을 하늘에 맡기기로 하고 마지막 남은 화전을 품속에서 꺼냈다.

사람들은 잠시나마 달려온 오경동 주위로 몰려들었다.

"놈들이 대포를 산 정상으로 끌고 오고 있습니다."

"그럼 아직은 여유가 있겠구려?"

누군가 약간의 희망이 담긴 듯한 어조로 물었다.

"그렇지 않습니다. 숨어서 보았는데, 워낙 병력이 많아 어렵지 않게 끌어 올리고 있었습니다. 이미 놈들에게 붙은 무림인들 수백이 복성관에 집결해 있는데, 우리 측에 고수가 적지 않다는 것을 알기에 먼저 싸움을 걸어오지는 않을 것입니다. 대포가 올라오면 무차별로 포격을 해대고 나서 그놈들이 나설 것 같았습니다."

오경동은 숨이 턱에 닿을 듯해가며 급하게 말을 마쳤다.

"시간을 얼마나 예상하시는지요?"

제갈옥이 침착한 어조로 물었다.

"이각이나 삼각."

그 말에 제갈옥의 눈길이 자신도 모르게 서관 일행을 향했다.

치치치치치⋯⋯ 펑!

화전이 때 맞추어 솟았다.

"저건?!"

기삼은 돛대에 기대앉아 자신이 이끌고 있던 수적(水賊)들과 농을 주고받다 검게 타오르며 하늘로 치솟는 화전을 보고는 자리에서 벌떡 일어났다.

"누⋯ 구지?"

그가 알기로 전당강 인근에서 저렇듯 시커먼 연기를 내뿜으며 하늘로 치솟는 화전은 단 하나밖에 없었다.

흑화전(黑火箭). 검은 연기를 내는 화전은 많이 있지만, 이십여 년 전 걸개방에 몸담고 있을 때 부향주이던 자신도 품고 다녔던, 그 흑화전이 아니고는 저렇게 많은 흑연을 내뿜는 화전은 단 한 번도 본 적이 없었다.

문파가 기습을 당해 멸문된 이래, 이십여 년을 혹시 모를 그날의 암습 자들의 손길을 피해 이 강 저 강 오르내리며 피해 다닌 탓에 지금은 아득히 잊어버린 그 화전이었다.

'아닌가?'

그 순간 자신의 임무를 마치고 생명을 다한 흑화전이 바람개비처럼 빙글거리며 허공에서 떨어져 내리는 것이 보였다.

섬뜩한 생각이 가슴을 스쳐 갔다.

"배를 저리로 몰아가라!"

그가 소리치자 영문을 모르는 부하들은 뒤를 따르는 다른 두 척의 소선과 서로 호응해 가며 빠르게 절벽으로 다가갔다.

무림인들이 있던 산정에서 절벽 근처에 모여 있는 무림인들을 지켜보는 사람들이 있었다.

'후후후! 최악의 선택을 했군. 아니, 내게는 최선의 선택이지! 새가 아니고서야 그곳에서 벗어날 수는 없겠지.'

백호신(白虎神) 당자기의 얼굴에 엷은 미소가 번졌다. 무림에서 내로라하는 그들과 일전을 벌여야 한다는 생각에 내심 부담스러웠는데, 놈들은 이제 대포에 어육이 되어 죽어갈 것이고, 다행스럽게도 자신은 고깃덩어리만 치우면 될 것이다.

"예친왕의 추천까지 있었기에 중히 쓰려고 아껴왔는데, 이번 임무로 네 능력을 평가할 수 있겠군. 보여라!"

다이곤의 말이었다. 오늘 그의 임무는 이곳에 모인 강남 무림인들을 몰살시키는 것이다. 군병들이 포를 쏘며 항주성 쪽으로 몰아가면, 자신에게 맡겨진 오백여 명의 무인을 이끌고 놈들을 추격하고, 마지막으로 항주성 길목에 매복해 기다리고 있을 용진우와 협공해 놈들을 몰살시키면 되는 것이다.

중원의 젊은 고수들이 망라되었다고 들었기에 내심 힘든 싸움이 되리라 여겼는데, 저렇듯 오갈 곳 없는 곳에 모여 대포의 표적이 되어준다면 목숨을 걸고 싸울 이유도 없는 것이다.

"엇!"

그는 군웅들이 모여 있는 절벽 가까이로 빠르게 다가오는 세 척의 소선을 보았다. 소선에 탄 자들은 절벽 가까이에 멈추고 절벽 위의 사람들과 뭔가 대화를 나누고 있는 것으로 보였다.

강오웅은 얼른 반대편 상황을 살폈다. 청병들이 열심히 대포를 밀고 끄는 곳이었다. 생각했던 것보다 늦지는 않겠지만…….

'제길!'

놈들을 놓치지 않고 잡으려면 지금이다.

대포가 놈들을 사정거리 안에 넣을 수 있는 이곳까지 오려면 아직도 일각은 족히 있어야 할 것 같았다. 하지만 청병의 지원도 없이 지금 앞장서서 나가 싸우고 싶지는 않았다. 아니, 무인들의 수로만 따지자면 저쪽이 더 많으니 오히려 밀릴 가능성이 더 높아 보였다. 게다가 이쪽은 몇몇을 빼고는 말이 무인들이지 대부분 오합지졸이 아닌가.

그는 슬쩍 뒤쪽 수하들의 눈치를 살폈다.

그들도 배를 보았다. 하지만 그들은 강오웅의 눈길과 마주치자 애써 외면하는 듯 눈길을 돌렸다. 그들 또한 지금 나서고 싶지 않은 것이다.

'생각이 그렇다면……'

어차피 부귀영화를 바라보고 청국에 붙은 자들이니 목숨을 거는 일에는 되도록 빠지고 싶을 것이다. 하지만 확실히 해둘 필요가 있었다.

"으음! 놈들이 배로 달아나려는 것 같구나!"

하지만 그 말에도 아무런 반응이 없었다.

"내 말이 들리지 않는가?"

"험! 하지만 저런 소선으로 수십 번은 날라야 다 나를 수 있을 것입니다."

"그, 그렇습니다. 사람이 몇인데 저 배에 다 탈 수 있겠습니까? 세 척이 함께 움직인다 해도 전당강을 한 번 건넜다 오려면 반 시진은 족히 걸릴 것입니다. 그 정도 시간이면 포가 올라오기에 충분하지요."

그들의 목소리는 방금 전까지 좌우에 당당하게 서서 적정을 바라보던 자들의 대답이라고는 조금도 생각지 못할 정도로 어울리지 않았다. 그들도 마지못해 싸울 준비를 하기는 당자기와 마찬가지였다.

"그럼! 포가 올라오기를 기다리자는 말이렸다?"

"그게… 좋을 듯……"

당자기의 눈길을 받은 오십 줄의 무인이 기어들어 가는 소리로 말했다.

"자네는 어떤가?"

한 사람이 대답을 하지 않고 있자 당자기의 눈길이 그를 향했다.

"저, 저도 그렇게……"

그는 기어들어 가는 목소리로 그렇게 말했다.

"그럼 되었다. 병법에서도 최선책은 싸우지 않고 이기는 것이라 했다.

어차피 잠시 후면 놈들을 공격해야 하겠지만 지금은… 희생이 너무 클 것이다. 내 아무리 무인이라고는 하나 공수의 때도 모르고 날뛰는 사람은 아니다."

한 놈은 곽 모(某)였고 다른 한 놈은 이 모(某)였던가? 오늘 아침 갑작스레 소개받았고, 게다가 그리 대단한 자들로 보이지 않았기에 직속 수하로 배정받은 자들의 이름마저 헷갈리는 당자기였다.

그 말에 두 사람의 안색이 환해졌다.

"당연하신 말씀입니다."

"고양이도 막다른 곳에 몰린 쥐에게는 퇴로를 열어두는 법입니다."

세 사람의 눈길이 한순간 엉키며 어색한 웃음이 오갔다.

"원래 배에 타고 있던 수하들을 포함해 탈 수 있는 최대한의 인원은 한 척당 오십여 명 정도라고 합니다. 세 배를 합쳐 서른둘이 타고 있다고 하니, 우리 쪽에서 탈 수 있는 사람은 백이십 명 정도입니다."

절벽 아래 사오 장 근처까지 어렵게 배를 댄 기삼과의 말을 마친 서관이 몸을 돌려 제갈옥을 향해 말했다.

이미 군웅들도 그들의 말을 다 들었기에 얼굴이 밝지 않았다. 누가 남고 누가 간다는 말인가? 삶과 죽음의 선택인 것이다.

제갈옥은 잠시 생각에 잠겼다.

잠시 머리 속이 복잡했지만 그들이 나누는 말을 들으면서 생각해 둔 방법이 있었다.

"여러분도 다 들으셨을 거예요. 제가 어떤 결정을 내리더라도 제 결정을 따라주시기를 바라요."

사람들 모두 밝지 않은 얼굴로 제갈옥의 입을 주시했다.

이곳에 모인 사람들은 대충 오류백은 족히 되었다. 그중 제갈세가, 걸개방, 개방 사람들이 대부분이었다. 이런 상황이 곤란하기로 따진다면 남환과 서관은 물론 제갈옥 등이 가장 심할 터였다.

"먼저 오늘 이곳 비무대회에 참가하기로 한 각파나 가문의 대표 분들이 먼저 타세요. 그런 후에 여인들, 그 다음이 무공 순이에요. 그리고 무공은 지금 순위를 정하기 어려우니 문파에서 직책을 맡은 분들이 우선입니다. 그런 분들이 모두 타고 난 후에 제가 다시 순서를 정해 드리겠어요."

"뭣이?"

"아니!"

"그, 그런……!"

…….

사람들은 술렁거렸다.

무공 순이란다. 평소 자신의 무공에 자신이 없었던 사람들은 일제히 술렁거렸다. 그런대로 위계 질서가 있는 방파나 가문의 무인들은 조용히 입을 다물고 있었기에 그나마 모인 사람들의 수에 비해 소란은 심하지 않았지만 술렁임은 어디서나 마찬가지였다.

"젠장, 실력이 시원찮은 것도 서러운데 이런 곳에서 돼지는 것도 먼저라니 그런 법이 어디 있다는 말이오?"

뒷줄에서 누군가 크게 소리를 질렀다. 그 말에 호응이라도 하듯 한 사람이 중인들을 헤치고 제갈옥 앞으로 나섰다.

"본인은 산동에서 조그만 이름을 내고 있는 무정검(無情劍) 호일이라 하오. 흥, 내 아무리 무림의 말석을 자처하기는 하지만 그런 이유로 이곳에 남아 죽어야 한다는 것은 납득하기 어렵소이다. 각파의 대표나 수뇌부들만 먼저 달아나야 한다니! 제갈 소저, 그 이유를 대시오."

"맞는 말이외다."

"본인도 그 이유가 궁금하오!"

뒷줄의 소속이 없는 무인들은 저마다 마주 보며 고개를 끄덕이고는 호일의 말에 맞장구를 쳤다. 그들이 제갈옥을 향해 서서히 다가오자 구룡수호대 대원들이 우르르 달려나와 제갈옥의 앞을 빙 둘러쌌다.

"물러가시오!"

스릉!

제갈청이 장검을 뽑으며 일갈하자 그 뒤를 따르던 대원들도 일제히 검을 뽑았고, 그에 맞서는 무인들도 자신의 병장기를 꺼내 들었다. 방금 전까지만 해도 구국의 의지로 함께 모였던 사람들이었다.

"일대주는 병장기를 거두고 뒤로 물러서시오. 누가 감히 명령을 내리지도 않았는데 검을 뽑는단 말이오? 게다가 저들과 우리는 한편이 아니오! 당장 비키시오!"

제갈옥의 서릿발 같은 말에 제갈청이 주춤할 뿐 요지부동으로 자리를 지키고 있자 천장파파가 앞으로 나섰다.

"아가씨 말이 맞다. 뒤로 물러서라. 저들과 싸울 셈이냐?"

제갈청이 검을 집어넣으며 옆으로 비켜서자 제갈옥은 방금 전 그녀에게 말을 걸었던 무정검 호일에게 몸을 돌리며 가볍게 포권을 하고는 말했다.

"호 대협이라고 하셨지요? 대명은 익히 들었습니다."

"소란을 피우려는 것은 아니외다."

그 말에 호일도 포권으로 답례하며 얼굴을 붉혔다.

"제가 이곳에 초청한 정의지사 분들 한 분 한 분 각자 한 지역에서 이름을 떨치지 않는 분들이 없습니다. 그런 분들만 특별히 선임해 초청했기 때문입니다. 하지만……."

제갈옥은 목소리를 가다듬었다.

"우리가 이곳에 모인 이유는 청국을 상대하기 위함입니다. 그리고 오늘 비무의 대표들은 앞으로 그런 일을 하실 분들이지요. 우리 모두가 죽더라도 그분들이 가장 먼저 승선을 해야 합니다. 둘째로 여협들을 꼽은 것은 그분들이 남았다가 혹여 청병들에게 죽어서도 씻지 못할 욕을 당해서는 안 되기 때문입니다. 대표 분들과 여협 모두 합해야 십여 명 정도밖에 되지 않습니다. 마지막으로 각파의 간부급들을 먼저 승선하라고 한 것이 가장 불만스러우신 것 같은데……."

"본인의 말은 불만이 있다는 말이 아니라 공정해야 한다는 것이었소."

"좋아요. 그렇게 알아듣지요. 이곳에 모인 여러 가문이나 문파의 간부들 역시 생각처럼 많지 않답니다. 참고로 저희 제갈가에 간부가 십여 명 정도이니 나머지 문파도 비슷하다고 보면 다 합해야 삼사십 안팎이라는 말이지요. 그 사람들을 모두 태우고도 탈 수 있는 사람이 구십 정도 남습니다. 그 자리는 목숨을 무릅쓰고 저희의 초청에 응해주신 분들을 위주로 배정할 예정입니다."

"그럼!"

호일은 내심 자신의 성급함을 탓했다. 적어도 남은 자리의 절반 정도는 중인들에게 돌아올 것이고, 그렇다면 반대로 이곳에 문파나 가문에서 따라온 사람들 대부분이 남게 된다는 계산이었기 때문이다.

제갈옥은 가볍게 고개를 끄덕였다.

"그럼 동의하신 것으로 하겠어요. 하지만 시간도 많지 않고, 여러분의 무공 순위를 제가 정하기 어려우니 정히 뽑기 어렵다면 제비뽑기를 하는 방법밖에 없을 거예요. 호 대협께서 기왕에 대표로 나섰으니 서둘러 주세요. 달리 지금 대표를 정할 시간도 없어요."

그 말에 호일의 얼굴이 시커멓게 변했다. 공연히 나섰다가 애매한 일을 해야 하는 책임을 떠안았기 때문이다. 싸움에는 죽어도 좋다는 자신감이 충만했지만, 다른 사람의 생명을 좌지우지해야 하는 그런 자리는 정말 맡고 싶지 않았다. 그때였다.

"배 두 척을 더 구했습니다."

강을 지켜보던 사군이 흥분한 어조로 소리쳤다.

배 두 척이 방향을 틀어 강 중심으로 나가는 것을 보았고, 그들이 지나던 배를 더 끌고 오는 것을 지켜보았던 것이다.

그 말에 제갈옥의 얼굴에 화색이 돌았다.

"잘됐어요, 호 대협. 세 척에는 전적으로 일반 무림 분들이 타도록 하세요. 나머지 두 척은 우리가 쓰는 것으로 하고요."

제갈옥은 더 이상 그를 상대하지 않고 제갈청을 돌아보았다.

"각 문파의 사람들에게 덩굴과 통나무를 최대한 많이 구해오라고 하세요. 통나무를 덩굴에 묶어 배에 연결한다면, 물에 익숙한 사람들은 그걸 이용할 수 있을 거예요."

미처 그녀의 말이 끝나기도 전에 제갈청은 바쁘게 부하들을 다그쳤다.

"무엇들 하느냐, 아가씨의 말씀 듣지 못했느냐?"

주변 다른 문파의 사람들은 내심 절망에 빠져 있다가 한 가닥 희망이 생겼는지 모두 부리나케 능선 주변으로 뛰어갔다.

삽시간에 백여 개가 넘는 작은 통나무들이 절벽 가장자리에 쌓였고, 일부는 여기저기 자리를 잡고 덩굴을 꼬기에 열심이었다.

사군도 정신없이 뛰었다.

눈에 띄는 웬만한 나무들을 그가 검으로 쓰러뜨리면, 뒤를 따르는 걸개방 방도들이 재빠르게 절벽 가까이로 날랐다. 서로 간에 말은 없었지만 이마에 구슬땀을 흘려가며 바쁘게 움직이는 사람들 사이에서는 말없는 신뢰가 피어나고 있었다. 모두 열심이었다.

제갈청은 굳은 표정으로 그런 모습을 지켜보다가 말없이 서 있는 제갈옥을 향해 입을 열었다.

"모두 가야 합니다. 아니면… 수하들을 두고 떠날 간부들은 아무도 없을 겁니다."

"알아요. 그래도 그렇게밖에 말할 수 없었어요. 저 역시 우리 세가 사람들이 모두 이곳을 벗어나기 전에는 먼저 자리를 뜰 생각은 없어요."

'역시!'

혈기 넘쳐 보이는 제갈청의 매끈한 얼굴이 붉게 물들었다.

사람들은 덩굴에 얼기설기 엮은 통나무를 절벽 아래로 던졌고, 십여 장 밖으로 물러난 배 위에서는 긴 장대를 이용해 통나무들이 멀리 떠가지 못하도록 막았다. 절벽 아래로 내려갈 덩굴들도 아래로 내려졌다. 그냥 뛰어 내리기에는 무공이 충분하지 못한 사람들을 배려한 것이다.

"대포들이 설치되고 있습니다."

정상 가까이로 가서 청병들의 동태를 살피던 오경동이 이쪽을 향해 다급한 목소리로 소리쳤다.

"모두 모이게 하세요!"

제갈옥이 소리치자 군웅들은 여기저기에서 흩어진 동료들을 불러 모았고, 일을 하면서도 바짝 신경을 쓰고 있던 그들은 삽시간에 절벽 가까이로 모여들었다.

"차례로 질서를 지켜 내려가세요!"

하지만 그런 말은 필요없었다. 이곳에 모인 일반 무림인들은 저마다 각 지역의 실세를 자처하는 사람들이었기에 체면을 지켜 잘 내려갔고, 각파의 무인들은 그들이 내려가기를 기다려 인솔자들의 지시에 따라 그 뒤를 이었다.

포격은 그때부터 시작되었다.

쿵! 쿵! 쿵! 쿵!

지축을 뒤흔드는 요란한 포성이 연이어 터지며 정상 부근에서 하얀 포연이 곳곳에서 피어났다.

펑! 펑! 펑!

대포의 사정거리는 생각보다 길었고, 그 정확도도 뛰어났다.

처음에는 어느 정도 위치를 벗어났던 포탄들이 차츰 방향과 거리를 잡아 강물을 따라 서서히 나가는 다섯 척의 배 가까이로 좁혀들었다. 이제 배에 덩굴들로 연결된 통나무들도 조금씩 움직이며 따라가고 있었다.

미처 자리를 잡지 못하고 남아 있던 사람들 중 물에 익숙한 사람들 백여 명은 헤엄을 쳐 나갔지만 남아 있는 백여 명가량은 굳은 표정으로 강변에 서 있을 뿐이었다. 서관 일행 주변 통나무에 몇 사람이 붙잡고 갈 수 있는 여지가 있기는 했지만, 누구도 그 자리를 넘보지 않았다.

"어서 타시지요!"

서관이 재촉했다. 아직 통나무 위로 뛰어들지 않고 있는 온세명도 초조한 표정이었다.

남아 있는 사람들은 사군뿐이 아니었다.

왕예도 사매 청련을 먼저 배에 태워 보내고 남았고, 남환, 동천근, 그리고 음설봉은 물론 동생을 먼저 배에 태워 보낸 단우평도 남았다.

걸개에서 배에 오르지 않은 사람은 그 둘뿐이었다.

"제가 어찌 되더라도 걸개방은 남아야 하지 않습니까. 이분의 수혈을 짚어 어서 데려가십시오. 저는 가지 않겠습니다. 그리고 이곳에서 죽지 않을 자신도 있습니다."

온세명은 망설였다.

이 사람 때문에 두 형이 죽었다.

그 아픔은 결코 말로 할 수 있는 정도가 아니다. 평소에도 말이 적은 편인 그였지만, 그 일을 겪으면서 거의 입을 닫고 혼자 지내는 날들이 많았다. 서관도 그 마음을 알기에 되도록 그를 간섭하지 않으려고 했다.

어느 순간부터 그는 사군이 싫었다.

큰형님의 유언에 따라 주공이라 부르며 마음속 깊이 박혀 떠나지 않았던 눈앞의 젊은이는 더 이상 진실된 주공으로 남아 있지 않았다. 두 형님이 졸지에 비명횡사한 이래, 그를 향한 은근한 증오가 날이 갈수록 커져가고만 있음을 알았기 때문이다.

그러지 말아야 한다고 몇 번이나 속으로 되뇌었지만 한 번 떠나기 시작한 마음은 더욱더 거리를 두게 만들 뿐이었다.

"명에 따르겠습니다."

온세명은 그렇게 답하고는 곧장 서관의 수혈을 짚어 쓰러지는 그를 옆구리에 끼고 물로 뛰어들었다.

출렁하며 물속에 잠겼던 주변의 통나무들은 그에 의지해 있던 사람들의 힘겨운 발 헤엄 노력으로 다시 수면 위로 떠올랐다.

펑! 펑! 펑!

몇 발 쏘고 나니 제법 조준이 되었는지 포탄은 이제 배 십여 장 주변까지 다가오고 있었다. 이대로 있다면 배를 타고 떠난 사람들 중 상당수는 물속에서 목숨을 잃을 터였다.

"빨리 포병들을 죽여야만 합니다."

사군은 주위를 둘러보며 말했다.

"무림인들이 적지 않다고 들었는데, 좋은 방법이라도……?"

남환이 어물거리며 말했다.

사실 그도 배에 올라 이곳을 떠나고 싶었지만 사군과 왕예를 비롯한 비무 참가자들이 모두 남아 있는 마당이라 체면상 자리를 지키고 있는 처지여서 마음이 적지 않게 불편했다.

"놈들은 이제 공을 세우고 싶어할 겁니다. 세 개쯤 조를 나누어 두 개

조는 좌우로 적을 유인하다 육로로 탈주하고, 그 틈에 나머지 한 조가 포병들을 기습하면 안 될까요?"

"좋은 생각이오. 내가 좌측의 조를 맡겠소."

사군의 말이 떨어지기 무섭게 남환이 나섰다. 포병을 막기 위해 적의 중심으로 파고든 조는 살아남기 힘들다는 생각에서였다. 그 뒤를 동천근이 재빨리 나섰다.

"나는 오른쪽으로 유인을 하겠소."

"그럼 어서 사람들을 모아 출발하십시오. 모두 들으셨지요. 이곳에 남은 분들도 적당히 조를 나누어 뒤를 따라주십시오. 우리 조는 십여 명 정도가 좋겠습니다. 나중에 가실 곳이 없는 분들은 쾌각으로 찾아오십시오. 언제든 환영하겠습니다."

사군의 말에 잠시 사람들이 웅성거리다가 저마다 이리저리 떼를 지어 모여들었다.

"저도 사 소협과 함께하겠어요."

"본인도 그러고 싶소."

왕예에 이어 단우평이 나섰다. 그는 망설이다가 음설봉이 은근히 옷자락을 남환 쪽으로 이끌자 반발심에 사군의 조를 따르기로 했던 것이다.

'이렇게 꽉 막힌 사람이 있나!'

음설봉은 얼굴이 하얗게 질렸다. 그토록 눈치를 주었건만 불쑥 사군을 쫓아 나서겠다고 하는 그가 너무 원망스러웠다. 하지만 음설봉은 망설이지 않았다.

"저도 그러겠어요."

순간 단우평의 놀란 눈이 그녀를 향했다.

"음 소저는… 저쪽으로……."

"제 마음이에요!"

음설봉은 얼른 단우평의 말을 잘랐다. 행여 방금 전 자신의 행동을 발설할까 걱정되었기 때문이다.

"갑시다!"

남환은 말을 마치기 무섭게 가볍게 포권을 하고는 자신을 따르는 사람들과 함께 떠났고, 이어 잠시 후 동천근이 반대쪽으로 달려나갔다.

사군 일행은 그들이 적을 유인하는 것을 확인하기 위해 잠시 몸을 숨긴 채 그곳에 있었다.

가장 빠르게 달리는 조는 남환의 조였다. 그는 어서 이곳을 벗어나야 한다는 생각에 뒤를 따르는 사람들이 따라올 수 있을 정도에서 최대한의 경공을 전개했다. 생각 같아서는 더 빨리 달리고 싶었지만 달아나는 모습으로 보일까 싶어 체면상 자제하고 있을 뿐이었다.

하지만 그는 운이 없었다.

"저쪽이다!"

그의 그런 움직임은 때마침 포탄의 사정거리를 대충 염두에 두고 절벽쪽으로 접근하는 당자기의 눈에 띄고 말았다. 가장 먼저 움직인 것이 화근이었다.

당자기는 놈들이 작은 소선 몇 척에 의지해 달아나는 것을 알면서도 행여 오발탄이 있을까 서서히 접근해 오는 중이었다. 게다가 몇 척의 소선이 이곳에 모인 자들을 다 감당할 수 없을 것이니 매복을 숨겨놓았을 가능성도 염두에 두고 있었다. 그런 그의 눈에 남환 일행이 달아나는 모습이 들어온 것은 그나마 다행이었다. 최소한 놈들을 쫓아가 몇 놈 죽이면 체면은 차릴 수 있게 되었다는 생각에서였다.

"잡아라!"

그는 수하들을 독려해 가며 빠르게 뒤를 쫓았다. 달아나는 놈들의 앞에 매복을 깔아두기는 했지만 이럴 때 한껏 용맹을 과시할 필요는 있었다. 하지만 그는 달아나는 자들의 숫자가 적은 것을 보고는 부쩍 의심이 들어 직속 수하 중 한 명에게 병력을 나누도록 했다.

막상 일이 닥치자 남환은 정신이 없었다.

'제길!'

고함 소리에 얼핏 뒤를 돌아보니 쫓아오는 자들이 수백은 되어 보였다. 초조해진 남환은 체면도 나 몰라라 하고 자신이 펼칠 수 있는 최대한의 경공을 전개해 앞으로 달렸다.

하지만 그의 도주는 백여 장도 채 되지 않아 끝을 맺어야 했다. 수백의 궁수가 정연한 진용을 갖추고 활시위를 매겨 자신을 겨누고 있는 것이 눈에 보였기 때문이다.

"크아악!"

"커억!"

"으아악!"

뒤쪽에서 들리는 비명 소리였다. 미처 그의 뒤를 쫓지 못한 일행이 당자기의 손에 당하는 소리였다. 목숨을 걸고 맞서 버티기로 했다면 차라리 그토록 쉽게 당하지는 않았겠지만, 유인하는 조에 편성된 무인들 대부분은 남환과 비슷한 생각을 가진 자들이 많았기에 달아나는데 전력을 다한 것이 더 큰 화를 불렀다.

"항복이오!"

행여 활시위를 당기기라도 할까 겁이 났던 남환은 재빨리 검을 바닥에 집어 던지고는 두 손을 하늘로 번쩍 들어 올렸다.

뒤쪽의 비명도 잦아들었다. 그를 따르던 사람들도 더 이상 길이 없음을 알고는 대부분 무기를 버리고 두 손을 들어 항복 의사를 전했기 때문이다. 몇몇이 끝까지 저항하기는 했지만 벌 떼같이 덤벼드는 추적들을 당하지 못하고 이내 목숨을 잃어야 했다.

"지금이오!"

사군이 앞장섰고, 그 뒤를 단우평 등과 십여 명의 무림인들이 따랐다. 다른 조에 비해 정작 이 조의 수가 가장 적었다. 지금 가는 길이 사지임을 알았기에 가급적 적게 뽑았기 때문이다. 먼저 떠난 조도 상황은 비슷하겠지만 그나마 기회를 더 주려는 사군의 배려였다.

처음에는 아무런 저항도 받지 않고 산 중턱까지 무사히 올라갔지만 칠부 능선쯤 다다랐을 때는 포병들의 눈길을 피하지 못했다.

핑! 핑! 핑!

화살이었다.

사군은 뒤를 따르던 사람들에게 보란 듯이 옆으로 구르며 화살을 피했다. 하지만 사람들의 행동이 모두 하나 같지는 않았다.

"커억!"

"악!"

순식간에 두 명의 사상자가 났다.

"이쪽으로!"

음설봉은 당황해 엉거주춤하며 어쩔 줄 몰라 하는 단우평의 옆구리를 얼른 감아 바위 뒤로 끌었다.

"화살이 쏟아지는데 바보처럼 그렇게 있으면 어쩔 셈이에요?"

앙칼지게 소리치는 그녀는 발갛게 상기된 얼굴이었다.

단우평의 멍청한 행동에 화가 나기도 했고, 사내의 옆구리를 감아 쥔 부끄러움도 한몫 했기에 더 크게 소리를 질렀는지 몰랐다.

"고, 고맙소. 워낙 갑작스런 일이라……."

"그럼 경고를 하고 화살을 쏠 거라고 생각했나요?"

음설봉은 그 말이 더 기가 막혔다.

"그건 아니고……."

단우평은 벌겋게 달구어진 표정으로 말을 더듬었다.

음설봉은 고개를 돌렸다. 부끄러워 발갛게 달아오른 그의 얼굴이 가슴을 진탕시켰기 때문이다.

그랬다. 그녀가 단우평과의 첫 만남에서도 어쩔 줄 몰라 하는 그 순박함이었다. 온갖 귀계가 난무하는 하오문 생활에 익숙한 그녀이기에 그런 그의 모습은 신비롭기까지 했다. 게다가 자신이 하오문 소속임을 당당히 밝혔어도 그런 태도는 바뀌지 않았다. 만약 그런 기미가 조금이라도 있었더라면 기가 죽어 더 이상 뒤를 따르지도 않았을 터였다.

음설봉이 그의 뒤를 귀신같이 쫓을 수 있었던 것은 곳곳에 퍼져 있는 하오문도들의 도움 때문이 아니었다. 그녀는 단우평 몰래 그의 몸에 천리향을 뿌려두고 있었다. 하오문에서 중요 인물에게 쓰는 일반적인 천리향과는 조금 다른, 그녀만이 아는 독특한 향을 첨가한 것이기에 하오문도들이 맡더라도 그 냄새를 알지 못했다.

음설봉은 두 뺨에서 이는 열기를 느꼈다. 이 사내와 함께라면 이곳에서 무슨 일을 당한다 해도 아쉬울 것이 없었다.

"저, 저쪽이에요."

이번에는 음설봉이 더듬거렸다.

그녀가 가리키는 쪽은 앞서 나가는 사군 일행이 빠르게 올라가는 곳이었다. 벌써 오륙 장 정도 떨어져 있었다.

사군이 정상을 향해 나가는 속도는 무척이나 빨랐다. 진격이 늦어질수록 공격이 매서워질 것은 정한 이치였다. 그는 다른 사람들의 움직임은 신경도 쓰지 않고 앞으로 내달렸다.

반 각도 채 되지 않아 나무들 사이로 청병들의 당황한 목소리가 들려왔다. 사군 일행이 약간 옆으로 돌아왔기에 그들은 엉뚱한 곳을 향해 화살을 날리고 있었다.

어느 정도 접근한 사군은 넝쿨이 뒤덮인 숲 뒤에 몸을 숨기고 적정을 살폈다.

포대는 그곳에 있었다.

수백 명의 청병들이 사방에서 고함을 치며 포를 쏘아대고 있었다. 알싸한 유황 냄새가 코를 찔렀고, 요란한 포성이 일 때면 병사들도 견디지 못하고 뒤로 돌아 귀를 막고 있었다. 달려온 뒤쪽으로 전당강이 한눈에 들어왔다. 너무 많은 사람들을 태운 탓인지 배들은 아직도 포탄의 사정권을 벗어나지 못하고 있었고, 그것이 청병들을 더욱 바쁘게 만들고 있었다.

지금 그의 앞에 있는 포는 모두 다섯 문이었다.

스룽!

검을 뽑아 든 사군은 지그시 포대를 노려보다가 벽력같이 몸을 날렸다. 그는 포대를 방어하는 병사들을 길게 옆으로 돌아 후미를 노렸다.

"발사!"

장검을 뽑아 든 장수 하나가 다섯 문의 포 중간 뒤쪽에서 연신 고함을 치고 있었고, 그의 지시에 따라 포들은 요란한 굉음을 내며 차례로 발사되어 하얀 연기를 뿜었다.

코아!

쾅! 쾅! 쾅!

한 문 한 문 발사가 끝나기를 기다리다가 우루루 달려든 병사들은 바쁘게 포신을 청소하고 화약을 매겼다.

경비를 서는 병사들도 명중을 확인하려는지 그들의 눈은 강을 향해 있었고, 포병들은 모두 바쁘게 움직이는 탓에 사군의 움직임을 조금도 눈치채지 못했다.

파파파팟! 팟!

사군의 검이 장창을 들고 장수 뒤에 서서 그를 호위하는 두 명의 호위병을 갈랐고, 미처 그들이 쓰러지기도 전에 포병 장수의 어깨를 길게 사선으로 그어 내렸다.

"윽!"

피 내음을 맡은 탓인지 사군의 검이 한층 살기를 뿜었다. 그는 장수의 죽음을 확인도 않고 포병들을 향해 검을 휘둘렀다.

"으아악!"

"커억!"

…….

동료들의 비명 소리가 꼬리를 물었지만 포성 때문에 귀에 솜을 틀어막은 탓에 잘 듣지 못했고, 사군의 행동이 워낙 빨랐기에 그들은 미처 달아나지도 못하고 죽임을 당했다. 게다가 그들뿐이 아니었다. 사군의 뒤를 따라온 왕예 등도 속속 합류해 곳곳에서 포병들과 경비병들을 참살하였다.

잠깐 만에 수십 명의 포병들이 나뒹굴었고, 나머지는 모두 비명을 지르며 달아나기에 바빴다.

포성은 계속되고 있었다.

십여 장 건너편에 또 하나의 포대가 있어 강으로 나가는 배들을 향해 포를 쏘아대고 있었다. 어느 정도 거리가 떨어져 있었기에 그들은 이쪽에서 벌어진 참상을 모르고 있었다.

포탄에 배들이 출렁거렸고, 통나무 등에 의지해 겨우 배를 따르던 사람들도 물살에 떠내려가는 것이 이곳에서도 훤히 보였다.

배 두 척은 이미 침몰했는지 세 척이 남아 사력을 다해 포격권을 빠져나가려 하고 있었다.

사군은 작은 언덕 너머에 위치한 또 하나의 포대로 몸을 날렸다.

"막아라!"

"놈이 이곳으로 온다!"

수십 명의 포대 경비병이 한곳으로 모여 장창을 길게 내밀며 사군의 앞을 막아섰다. 그들은 사군이 이쪽 포대의 포병들을 죽이는 것을 보고 달려오다가 놀라운 무공에 겁에 질려 다시 퇴각해 동료들을 규합하던 자들이었다.

그들은 수십 명이 모이고도 서로 눈치만 볼 뿐 감히 앞으로 나서지 못하다가 사군이 자신들을 향해 덮쳐 오자 크게 당황했다.

앞 열에 있던 몇몇이 어찌할 바를 모르고 들썩거리자 제풀에 놀란 뒷줄의 병사들은 걸음아 날 살려라 달아나기 시작했고, 이어 병사들은 사방으로 흩어져 달아났다.

'열 명은 넘었나?'

자신이 피에 미쳐 사람을 죽이고 있지 않은가 하는 생각이 짧은 순간 그의 머리를 스쳐 갔다. 달아나는 병사들을 못 본 체하고 비탈을 돌자마자 눈앞에 포대가 나타났다.

포의 수는 방금 지나온 곳보다 많아 십여 문은 족히 되어 보였는데, 급히 자리를 잡은 듯 여기저기 물품들이 어지러이 널려 있었다.

"이놈들!"

사군은 가장자리의 포병들을 공격하며 벽력같은 일성을 질렀다.

파팟!

한 명의 병사를 벤 그는 놀란 병사들을 뒤로하고 그 옆의 포병들을 향해 공격을 퍼부었다.

한순간 멎었다.

"적이다!"

"자객이다!"

병사들은 그제야 사군의 존재를 인식하고는 발포를 중단한 채 저마다 주변에 놓아둔 병장기들을 주워 들었다.

어쩔 수 없었다.

어서 달아나 달라고 지른 사자후는 오히려 병사들로 하여금 무기를 집어 들고 덤비게 만들고 말았다. 게다가 몇몇은 기세등등하게 사군을 향해 공격해 들어오기까지 했다.

휘익!

사군은 몸을 허공으로 솟구치며 대갈했다.

"천마앙복!"

순간 현란한 은빛이 허공을 가득 메우며 바람을 일으켰다.

검날에 스러지는 병사들의 비명 소리조차 황홀한 검풍에 파묻혀 버렸다. 마치 춤을 추듯 비틀거리던 병사들은 그 자리에서 무너져 버렸다.

"으헉!"

"귀, 귀신!"

그의 놀라운 신위에 병사들은 기겁을 하며 주춤거렸다.

그사이 단우평과 왕예 등이 도착했다.

"모두 꺼져!"

사군의 고함 소리에 청병들은 무기를 내던지고 허겁지겁 산 아래로 달아났다.

그때였다. 누군가 달아나는 청병들의 뒤를 쫓으며 닥치는 대로 검을 휘둘러 그들을 주살했다.

"크아악!"

"악!"

전의를 상실한 병사들은 몇 걸음 가지도 못하고 맥없이 쓰러졌다.

왕예였다. 승복을 입은 그녀는 살인귀처럼 피를 튀기며 이리저리 뛰었다. 그 모습은 자비심을 실천하고 전파하는 불문의 제자이기는커녕 지옥에서 온 악귀와 같았다. 이미 방금 전에도 많은 사람들을 죽인 듯 회색 승복은 피로 물들어 있었다.

광기 어린 그녀의 행동에 사군과 단우평을 비롯한 일행은 놀란 얼굴로 서로를 마주 보고 있을 뿐이었다.

"말려야 해요!"

음설봉이 나직한 말투로 말했다.

하오문에 몸을 담으면서 살인에 관한 숱한 얘기를 들었고, 주검을 목격하기도 했지만 지금 눈앞의 왕예처럼 사람을 죽였다는 얘기는 듣도 보도 못했다.

그제야 퍼뜩 정신이 든 사군은 비호처럼 왕예에게 달려가 그녀의 무기를 빼앗으려고 했다.

파앗!

왕예도 예사는 아니었다. 그녀는 뒤쪽에서 나는 갑작스런 신형의 움직임에 보지도 않고 검을 휘둘러 반응했다.

싸악!

미처 기습을 예상하지 못한 사군이 놀라며 황급히 몸을 틀었지만 왕예의 검에 소매가 잘리고 말았다.

"낭자!"

자신의 검을 피하느라 바닥으로 몸을 구르며 지르는 사군의 고함 소리에 왕예는 정신이 퍼뜩 들었다.

"앗!"

재차 공격을 가하려던 그녀는 황급히 검을 비키며 뒤로 물러났다.

"죄, 죄송해요. 갑자기 달려들기에 그만 적으로 알고……."

"아, 아니외다. 제 잘못도 있습니다."

사군에게 사과를 하는 중에 왕예는 자신의 옷 곳곳에 얼룩진 혈흔들을 보고는 눈이 둥그레졌다. 한순간 왕방울만해진 눈이 두려움에 물들어가더니 부르르 몸을 떨었다.

"내, 내가!"

사군은 입을 닫았다.

삼십 명, 아니, 그 이상이 넘는지도 몰랐다. 그녀의 옆에서 벌어진 사매의 자결에 충격이 컸음일까. 오늘 그녀는 난생처음으로 살계를 범했고, 너무나 참혹했다.

왕예의 눈이 초점을 잃었다.

"강호에 나선 후에는 반드시 죽여야 할 상대라 할지라도 무거운 벌로 대신해 결코 목숨은 취하지 말거라. 그것은 불제자로서 지켜야 할 첫 번째 법도이니, 그건 내 부탁이기도 하단다."

보타산 섬을 떠나기 전날 밤 조용히 자신의 방을 찾은 사부께서 어깨를 토닥이며 하신 말씀이었다.

자신이 제대로 보살피지 못한 탓에 사매를 잃었고, 그 분노를 이기지 못해 상대도 되지 않는 병사들을 무자비하게 학살했다.

'아름다운 겉모습에 속았어.'

왕예는 오늘까지 그날의 빨간 설중매가 너무나 원망스러웠다. 발갛게 달아오른 두 볼에 두 줄기 굵은 눈물이 흘러내렸다.

사군은 말없이 뒤로 돌아섰다. 다른 사람들은 포 주위에 탄환을 모아 불을 붙여 포대 전체를 폭발시키려는 작업을 진행 중이었다. 그들도 왕예의 심정을 헤아릴 수 있었다. 그러나 한마디 위로의 말이라도 건네기에는 이곳의 상황은 너무나 급박했다.

"놈들이 몰려옵니다. 어서 피신하는 것이 좋겠습니다."

대포 주위에 바쁘게 탄환을 모아 쌓고 화약을 뿌려대던 제갈청이 일을 마쳤는지 급히 사군에게 달려와 말했다. 그는 왕예의 일 따위는 아무것도 아니라는 듯 힘겹게 뒤따라오는 그녀에게는 눈길도 주지 않았다.

과연 그의 손짓을 따라 내려다보니 옥황산 정상을 향해 수천의 청병들이 새카맣게 산허리를 감으며 올라오는 것이 보였다.

그뿐이 아니었다. 반대편으로는 동천근과 남환 일행을 추격해 갔던 무림인들도 황급히 되돌아오고 있었는데, 그 뒤에는 수백의 청병들이 대오를 지으며 천천히 따라오고 있었다. 전철을 밟지 않으려는 듯 그들은 강으로 향하는 탈출로를 봉쇄하는 형태를 취하고 있었다.

제갈청이 다시 사군을 돌아보며 물었다.

"어떻게 하지요?"

사군의 마음은 무겁기만 했다. 누구도 지명하지는 않았지만 그는 어느새 이들을 이끄는 책임을 지고 있었다.

"내가 돌격해 오는 놈들을 유인할 테니 그 틈을 노려 살길을 찾아보십시오. 더 이상 좋은 생각은 떠오르지 않는군요."

"그러기에는 수가 너무 많아요. 차라리 한 덩어리가 되어 강으로 치고 나가면 어떨까요?"

사군의 말에 음설봉이 나섰다.

무공이 아무리 뛰어나더라도 떼로 덤비는 병사들을 당할 수는 없는 노릇이다. 어차피 탈출로는 한 곳뿐. 사군이 입을 열었다.

"수영 못하는 사람 있소?"

아무도 대답하지 않자 사군이 눈짓을 했다.

"갑시다!"

제갈청은 얼른 화약에 불을 붙였다.

마지막까지 수하들을 배에 태우고 자신을 따르는 수족 같은 수하 두 명과 남았다가 사군의 조에 합세한 그였다.

전임 제갈연 대주가 태호 강변에서 수하들을 살리고 죽은 이후 그가 제일대주로 승격되었다.

치치치치치……

매캐한 화약 내음이 미처 퍼져 나가기도 전에 사군이 검을 뽑아 들고 앞장서 전당강을 향해 빠르게 나가자 일행도 모두 각자의 병장기를 들고 뒤따랐다.

당자기는 남환 일행을 포로로 하고 수하들과 함께 산 정상 쪽으로 돌아오는 중이었다. 그는 기세등등하게 거드름을 피우고 돌아오다가 산 정상에서 달아나는 병사들을 목격했다.

"아니!"

놀란 당자기는 황급히,

"막아라! 놈들이 강쪽으로 탈출을 시도한다!"

당자기는 급했다.

이미 포성까지 멎은 것으로 보아 놈들은 자신을 다른 것으로 유인해 놓고 산 정상의 포대를 친 것이 분명했다.

꽈광! 꽝! 꽝!

갑자기 산이 무너질 듯한 엄청난 폭발음이 산정을 뒤흔들었고, 이어 파편들이 허공으로 튀어 오르는 것이 보였다.

"망할 놈들! 빌어먹을 놈들!"

포대가 있던 자리는 산산조각이 나버렸다. 당자기는 그 자리에 우뚝 서서 소리를 질렀다.

'놈들을 못 잡는다면!'

등짝이 서늘했다.

이자성을 배신하고 겨우 힘겹게 잡은 구원의 끈이 끊어지는 것은 물론, 목숨까지 담보해야 하는 상당한 처벌을 각오할 수밖에 없었다.

강물로 가는 것은 사군 일행이 빨랐다. 그들은 이미 묶여 있던 덩굴을 타고 작은 절벽 아래로 내려갔다. 사군은 내려오면서 끈을 죄다 끊어놓았다.

포탄에 맞아 부서진 배의 파편과 나무 조각들, 그리고 강물에 떠밀려 온 시체 몇 구가 일장 남짓의 강변에 어수선하게 늘어져 있었다.

그들 중 흑의를 입은 준수한 얼굴의 젊은이 시체 하나가 어깨가 너덜거리는 채 널브러져 있었다.

"앗!"

제갈청은 짧은 비명과 함께 고개를 돌렸다.

시체의 임자는 자기 휘하의 제갈윤이었다.

제갈청은 입술을 질끈 다물었다. 드디어 갈고닦은 실력을 무림에 나가 선보일 수 있게 되었다며 그토록 출도를 기뻐했었는데……. 하지만 시체조차도 묻어줄 수 없다니, 제갈청은 아들을 잘 부탁한다며 자신의 손을 꼭 잡아주던 그의 어머니도 기억했다.

제갈청을 따르던 다른 두 명의 세가 제자가 굳은 얼굴로 다가가 제갈윤의 시체를 반듯이 눕혀주었다. 시신이라도 데려가고 싶었지만 제갈윤의 시체를 걸머지고 헤엄을 칠 수는 없는 노릇이니 해줄 수 있는 것은 그게 전부였다.

잠깐의 짧은 침묵이 흘렀다.

모두 제갈청의 심중을 아는지라 잠시 말이 없었다.

"저쪽이다!"

절벽 위로 추적자들이 가까이 왔는지 급박한 목소리가 들려왔다.

사군은 제갈청을 외면하고 일행을 향해 소리쳤다.

"죽고 사는 것은 하늘에 맡기고 갑시다."

모두 얼굴이 굳어 있었다.

수류의 세기로 한다면 황하 다음으로 쳐주는 전당강이 아닌가. 하지만 지금은 그 물속으로 뛰어드는 수밖에 방법이 없었다.

모두 망설이자 사군이 물속으로 뛰어들었고, 뒤이어 섬에서 자라 물에 익숙한 왕예가 뛰어들었다.

풍덩! 풍덩!

"가자!"

제갈강도 강물에 몸을 던졌고, 두 명의 수하도 그 뒤를 따랐다.

물로 뛰어들려던 단우평이 음설봉을 보고는 멈칫했다.

"음 낭자!"

음설봉은 입술은 물론 얼굴까지 파랗게 질려 떨고 있었다.

"어서!"

마음이 급해진 단우평이 다급하게 재촉했다.

하지만 음설봉은 다리가 굳어버린 듯 움직이지 못했다.

"대체 뭐 하는 거요?"

절벽 위의 발소리가 더욱 가까워지고 있었다.

몇 번을 뛰어들 듯하던 음설봉은 누런 흙탕물이 섞인 강물이 넘실거리자 끝내 자리에 주저앉고 말았다. 그녀는 하얗게 질린 표정으로 더듬거렸다.

"사, 사실……."

"뭐요?"

이런 상황에 저러고 있다면 뒷말은 듣지 않아도 뻔했다. 이 정도 물살이라면 자신도 장담할 수 없을 정도인데, 화가 치민 그는 버럭 소리를 질렀다.

"그럼 왜 아까 말하지 않았소?"

"흑!"

음설봉은 얼굴을 감싸 쥐고는 울기 시작했다.

'어이쿠!'

가뜩이나 급박한 상황에서 울기까지 하니 단우평은 난감했다.

갑자기 그들 머리 바로 위의 절벽 쪽이 소란스러워졌다.

"이쪽이다!"

단우평이 놀라 올려다보니 일단의 무인들이 그들을 향해 손가락질을 하며 소리치고 있었다. 마음이 급했다.

'에라!'

단우평은 그런 소동도 못 들은 척 쪼그리고 앉아 얼굴을 감싸고 우는 음설봉의 허리를 감아 안고는 그대로 물속으로 뛰어들었다.

"아악!"

음설봉은 놀라 비명을 지르며 허우적거렸다.

"어프! 허프프! 헙!"

입속으로 물이 쏟아져 들어가자, 단우평도 물이 그리 익숙한 편은 아닌데다 음설봉까지 감당해야 하니 그만 중심을 잃고 허우적거리기 시작했다.

정신없이 손발을 젓던 그는 주변에 떠다니는 작은 통나무 하나를 발견하고는 결사적으로 그리로 손발을 저어갔다.

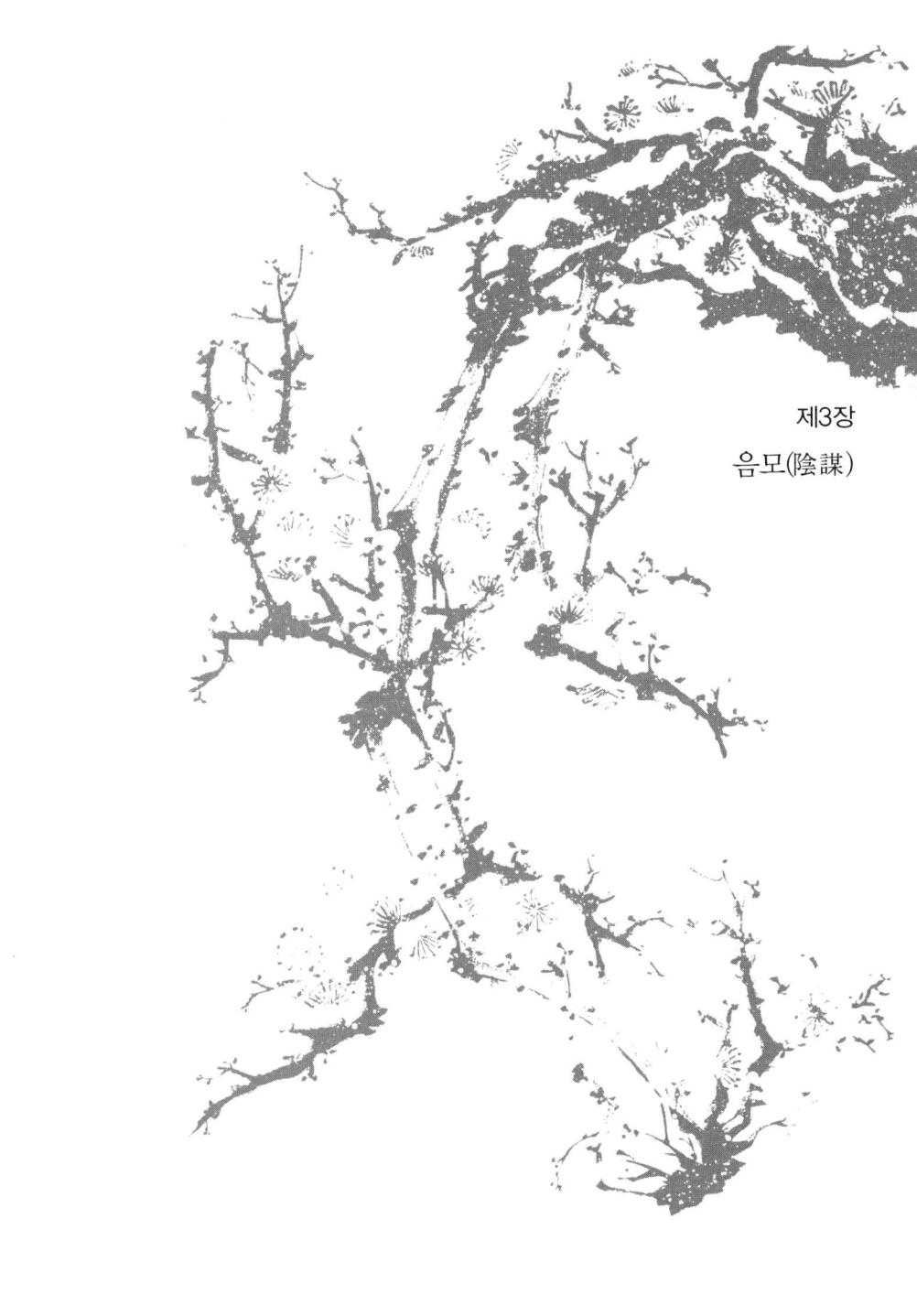

제3장

음모(陰謀)

"그 포대가 얼마나 중요한 포대였는지 아느냐? 절강의 길목을 지키는 포대로 삼으려 했는데, 너를 믿다가 몽땅 날리고 말았구나!"

분을 이기지 못한 다탁은 자리에서 벌떡 일어나 소매로 탁자 위의 문방구들을 쓸어버렸다.

우당탕!

옷자락에 먹물이 튀었건만 당자기는 바닥에 머리를 조아린 채 꼼짝도 못하고 몸으로 그 먹물을 받아냈다. 그저 다탁의 분노가 이 정도로 끝나기를 바라는 마음뿐이었다.

"멍청한! 네놈이 그따위 얕은 조호이산지계에 속아 넘어가 별 볼일 없는 몇 놈 잡으러 가는 동안 나는 애써 구해놓은 포 이십 문 중 열 문이나 잃어야 했다. 먼저 반만 설치해 놓고 나머지는 자리를 보아가며 설치하려고 했기에 망정이지……."

"죽여주십시오."

"네놈 모가지가 대포 열 문의 값어치가 있다고 생각하느냐? 어서 썩물러가라. 그놈들을 모두 잡아 내 앞에 꿇릴 때까지는 절대 나타나지 말아라!"

다탁은 열이 치미는지 연신 코를 벌렁거렸다.

대포는 병력이 열세인 청국에는 중요한 무기였다. 한때는 명군의 대포에 고전했건만, 청국은 이제 명군의 항장(降將)들과 포로들을 통해 스스로 대포를 제작하고 있었다.

청국은 해군력이 특히 취약했다.

명군과 동조하는 세력들은 배를 이용해 군량과 무기를 내륙으로 실어날랐지만 그들을 어쩌지 못했고, 그런 대책으로 나온 것이 바로 바다로 통하는 길목을 장악하여 운송을 막아보려는 것이었다. 옥황산 산봉에 대포를 설치하려고 했던 것은 이곳이 전당강을 통해 절강 내륙으로 물자를 실어 나르는 길목이었기 때문이다.

때마침 명을 지지하는 무림인들이 모여 뭔가를 획책한다는 정보를 입수했기에, 일석이조의 기회라 여기고 서둘러 대규모 병력과 포를 동원했던 것인데…….

당자기는 썩 물러가라는 다탁의 말이 끝나기 무섭게 서둘러 인사를 하고는 자신의 거처로 돌아왔다.

어깨가 무거웠다. 어떻게 선택한 길인데……. 뒷짐을 지고 방 안을 오가던 그가 마침내 입술을 질끈 깨물었다.

"자네가 우리 편이 되어준다면 대포를 부셔 버린 것쯤은 눈감아줄 수 있네. 자네 같은 인재를 얻는 마당에 그까짓 포 열 문이 대순가?"

당자기는 남환의 두 눈을 뚫어지게 바라보며 말했다.

남환은 지그시 눈을 감으며 고민에 빠진 듯한 표정을 지었다. 사실 그의 마음은 같은 편이 되어달라는 그의 권유를 처음 받는 순간 이미 결정되었다. 비무대회에 참가하기 위해 시문을 떠날 때 사부의 당부도 그랬다.

"난세에는 힘을 보존해야 한다. 아무리 대의가 소중하다고는 하지만 힘을 잃으면 아무것도 할 수 없지. 개방이 비록 구파일방의 한자리를 차지하고 있기는 하지만, 내가 지나가면 그자들은 내가 안 보는 데서는 냄새가 난다면 코를 싸쥐고 나를 비웃지. 항룡십팔장(降龍十八掌)이라는 절기가 없었다면 우리 개방을 문파 취급도 하지 않았을 놈들이다. 그자들은 자신들이 필요할 때만 우리를 친구로 여기고 초청하지. 그러니 우리도 알아서 처신을 할 필요가 있다. 우리 거지들이 의리가 있기는 하지만 그동안 명나라 조정에 빚진 것이 하나도 없으니 공연히 좋은 진충보국(盡忠保國)이니 의기지사(義氣志士)니 하는 허울뿐인 말의 함정에 빠져 힘을 뺄 필요가 없다. 게다가 곧 청나라와 명나라의 싸움이 정리가 되면 그때 가서 무림 또한 재편될 것이다. 우리는 그때를 대비하도록 해야 한다."

남환 자신도 사부 유석대의 말에 공감했다. 어차피 다 명분이고 위선일 따름이다. 이번 무림대회에 구파일방에 속한 정파에서 개방과 청성파, 그리고 해남검문에서만 대표를 파견했다. 남궁세가나 보타문에서 사람을 보내지 않았더라면 참가하는 것조차 민망했을 정도다.

무림의 태산북두라던 소림이나 무당은 물론 화산파도 동관과 서안이 잇따라 함락되며 근거지가 청국의 세력권 아래 들어간 이래 전혀 무림 일에 나서지 못하고 있고, 자중지란의 제갈세가에서도 주최는 했을지언정 충분한 원군을 보낼 사정은 되지 않았다.

그게 현실이다. 자신이 속한 개방이 비록 난을 피해 강남으로 왔다고는 하나 수십만 제자들이 청국의 영향력 아래 남아 있다. 그들에게 위해가 가게 할 수는 없다.

결정은 처음부터 나 있었다.

'그만하면 사부님 말씀대로 무림에 체면은 차린 셈이겠지.'

체면에 목숨까지 건질 수 있는 마지막 기회다.

남환은 눈을 떴다.

"기꺼이 도와드릴 것입니다. 제 정체가 밝혀지지 않도록 배려를 해주신다면 더욱 좋은 결과가 있겠지요."

"그야 물론이지. 이를 말인가."

당자기는 이내 희색이 만면했다. 크나큰 원군을 얻었다. 개방의 육결 제자라고 하니 무공은 웬만할 것이다. 놈들의 무리에 숨어들어 같이 움직인다면 이번에 사고를 친 놈들을 일망타진할 수 있을 것이다.

"하지만 이것 하나만 약속해 주십시오. 이번에 제가 목표로 하는 놈은 단 한 놈입니다. 사군, 바로 그놈이지요. 놈만 제거한다면 다른 사람들은 허수아비에 불과합니다. 무공도 제법 차이가 나지요."

"사군?"

당자기의 눈이 번쩍했다.

"광휘상방에서 보표를 할 때는 고검 사군이라고 자칭했지요. 무림에서 불리는 이름이 또 있습니다. 혈안색마, 소주를 뒤흔들었던 색마지요. 이번 대진표에서는 고독검 사진이라는 가명을 썼더군요."

"자네, 그자에게 원한이 있는가?"

"제가 비록 협의지사라 자칭하지는 못하지만 무림인으로서 색마를 그냥 둘 수는 없지요. 그게 전부입니다."

적개심이다. 놈이 무림에서 더 두각을 나타내기 전에 미리 꺾어버려야 한다는 내심의 경고 때문만은 아니다.

어쨌거나 남환도 이러기는 싫었다.

게다가 자신이 첩자 노릇을 했다는 사실이 밝혀지는 날이면 비록 만주 오랑캐의 세상이라 해도 평생 떳떳하게 고개를 들고 다니지 못할 것이다. 하지만 잡아야 할 혈안색마 사군이라면……

'놈! 네놈의 뿌리까지 뽑아버려 주마!'

남환에게는 반드시 사군을 죽여야 할 이유가 있다. 마음 깊숙한 곳에 평생의 상처를 만들어준 놈이다.

"흠, 그런가?"

당자기는 뭔가 있을 것이라 생각했지만 구태여 묻지 않았다. 사군만 잡는다면 체면을 세울 수 있을 것이고, 행여 남환이 재주를 잘 부려 기회를 준다면 이번에 사고를 친 놈들은 가리지 않고 몽땅 잡아들일 생각이었다.

"제가 알기로 놈을 뒤에서 비호하는 세력이 있습니다. 스스로를 상검문도라 칭하는 자들로, 원래는 전당강 일대에서 백일귀 노릇을 하던 자들입니다. 가끔은 이십여 년 전의 이름인 걸개방이라고도 합니다."

"핫핫핫! 감히 백일귀 따위가 문파를 칭한다는 말인가?"

"그렇게 만만히 보실 놈들은 아닙니다. 첫째와 둘째가 마적산에서 죽기는 했지만 절강삼괴도 바로 상검문 소속이지요."

"흐음! 그런가?"

"먼저 쾌각을 치십시오."

"쾌각? 소흥 남쪽 감호에 있는 쾌각을 이름인가?"

"그렇습니다. 그곳이 바로 놈들의 근거지이지요. 워낙 비밀스럽게 움직였기에 상당한 시일이 걸리기는 했지만, 천하에 개방의 눈을 피할 곳은 많지 않습니다."

"그런가?"

"혼자 다니는 놈을 직접 잡기는 어렵습니다. 먼저 놈을 지원하는 세력을 차례로 쳐서 놈의 손발을 자른 후에 목을 따는 것이 순서입니다. 뿐만 아니라, 지난번 마적산에서 보듯 그런 지원 세력들은 반청 활동에 핵심적으로 활동하고 있습니다. 저희 정보에 의하면 제갈가는 친청(親淸)을 표방하는 제갈강과 반청(反淸)의 제갈옥으로 양분되어 있다고 들었습니다. 하지만 제갈옥의 지지 세력은 지난번 마적산에서 일부 타격을 받았지요. 듣자니 이곳에서도 꽤 많은 무림인들이 죽었다고 하니, 제갈옥을 지지하는 자들도 더러 있겠지요. 그렇게 된다면 앞으로 제갈세가는 제갈강의 입김이 더욱 막강해지지 않겠습니까? 그래서 먼저 쾌각을 치라는 것입니다. 그게 바로 진짜 일석이조지요."

당자기는 입을 닫았다. 남환은 자신도 모르는 무림의 비밀들을 엄청나게 알고 있었다. 그의 말을 들을수록 가슴이 후련해지는 것을 느꼈다.

"게다가 그놈의 에미는 월황회주 구홍의 첩실이 되어 있지요. 듣기로는 장보도를 욕심낸 구홍에게 납치되었다가 그리되었다고 합니다."

자신의 말에 당자기의 눈이 갈수록 커지자 남환은 더욱 신이 나서 떠들어댔다. 정보에 의하면 당자기는 이자성을 배신하고 다탁에게 붙어 그의 수족이 되었다고 했다. 다탁이라면 청국의 최고 실권자인 다이곤의 오른팔이 아닌가. 이런 확실한 연줄이라면 자신이나 개방에도 뭔가 기회가 있을 것 같기도 했다. 그는 이번 기회에 자신의 가치를 확실히 각인시켜 두고 싶었다.

"이번 공격에 가담한 자들을 잘 알겠군?"

그 말에 남환은 멈칫했다.

그들의 신상명세를 얘기한다면 틀림없이 복수를 할 테고, 그랬다가 후일 자신이 발설한 것이 알려지면…….

남환이 멈칫거리자 당자기는 빙그레 웃었다.

"사실 나도 그 정보는 이미 가지고 있네. 하지만 나도 무림인일세. 비록 청국에 몸을 의탁하고 있기는 하지만 쓸데없이 내 명을 단축하는 일 따위는 하지 않는다네. 잠시 자네를 떠본 것뿐이니 개의치 말게."

그제야 남환의 얼굴이 펴졌다. 옥황산으로 향했던 무림인들이 기습을 받은 것으로 보아 상대의 말이 사실일 가능성이 높았다.

남환은 내심 그토록 자세한 정보까지 제공하는 세력이 누굴까 하는 의심과 함께 상대에 대해 경각심을 가졌다.

당자기는 기분이 무척 좋았다. 비록 다탁 앞에서 체면을 구기기는 했지만 그동안 농민군을 떠난 이래 정보 부족에 시달리던 자신이 오늘 얻은 성과는 대단했다.

"사군을 죽이기 위해서 힘을 소모할 필요는 없습니다."

"그게 무슨 소린가?"

"놈이 예전에 소주에서 혈안색마로 불렸음을 말씀드리지 않았습니까?"

당자기는 이마를 좁혔다.

"이해가 가지 않는군."

"후후후, 색마란 무림인들이 가장 혐오하는 부류지요. 살인보다도 더 비열한 짓으로 여기저기에 한 번 알려지면 얼굴을 내놓고 다닐 수가 없습니다. 그 순간부터 무림공적이 되니까요."

남환은 속내에 있던 말을 뱉었다.

그 자신도 사군을 무림의 쓰레기 같은 존재로 여기고 있었는데 그런 놈의 말에 귀를 기울이는 제갈옥이 못마땅했고, 마치 자신이 대장이나 되는 듯 지시를 내리는 것이 정말 꼴 보기 싫었던 것이다.

"그럼!"

이번에는 당자기도 남환의 말뜻을 쉽게 이해했다.

'오늘 정말 보물을 얻었구나!'

그동안 막혔던 가슴이 뻥 뚫리는 후련한 기분이었다.

포대를 기습한 놈들에게만 신경을 쓰느라 녀석이 개방 출신이라는 점을 잊고 있었다. 그는 남환에게 다가가 그의 어깨를 덥석 움켜쥐었다.

"자네, 내게 꼭 필요한 사람 같군. 나는 정국대장군이신 다탁 어른을 모시고 있네. 팔기 중 양백기(鑲白旗)의 기주이기도 하신 분이지. 이번 일만 잘 마무리 지으면 자네를 반드시 그분께 천거하겠다고 약속하지."

"감사합니다."

남환도 자리에서 일어나 포권으로 답례를 했다.

눈을 살며시 떴다. 아무것도 보이지 않는 칠흑 같은 밤이다.

어디선가 그르렁거리는 소리가 계속 이어져 들렸다. 귀에 익숙한 소리, 그 옛날 연청아와 함께 들었던 강물이 흐르는 소리였다. 밤에는 무척이나 요란했었다.

물소리는 사군을 그 옛날 그 시절로 돌아가게 했다.

'어떻게 지내고 있지?'

연청아가 보고 싶었다.

앙칼진 그 목소리를 다시 듣고 싶었다. 한겨울 동굴에서 보냈던 그 시절로 되돌아갈 수만 있다면 더 잘해줄 수 있을 것 같은데…….

눈가가 축축해졌다.

사군은 한동안 눈을 감고 연청아를 생각했다. 가장 소중한 것을 주었던 여자. 단 한 번도 제대로 해준 것이 없는데…….

몸이 지쳐 있던 탓일까. 그렇게 연청아와 함께했던 시간을 생각하던 사군은 한순간 다시 잠에 빠졌다.

사군이 다시 눈을 뜬 것은 희끄무레한 여명에 눈이 부셔오던 무렵이었다.

눈을 떴다. 이런 저런 생각을 하던 그는 문득 자신이 지금 이곳에 있게 된 것이 궁금했다. 전당강가에서 청병들과 무림인들에게 쫓기던 기억이 떠올랐다.

'맞아 전당강에 뛰어들었지. 그리고 어떻게 했더라?'

기억이 나지 않았다. 사군은 다시 눈을 감고 기억을 더듬었다.

거센 물결 속으로 뛰어들었고, 뒤를 따라 왕예가 헤엄쳐 오던 기억이 났다. 여자라 힘이 달렸는지 맞은편 강변에 다가가던 순간 물살에 휩쓸린 왕예가 허우적거리는 것을 느꼈고, 힘들게 그녀에게 다가가 물가로 밀어내고는……

'맞아, 그러고 나서는 내가 물에 휩쓸렸지!'

꿀꺽거리며 강물을 몇 번 마셨고, 그 이후는 생각이 전혀 없는 것으로 보아 정신을 잃었던 것 같다.

'누가 나를 구했나?'

십 리가 넘는 강폭에 바다가 코앞인 지점이었다. 살아 있는 것을 보면 운 좋게 지나가는 배의 구함을 받은 것 같았다. 생각이 거기까지 미치자 다시 눈을 떴다.

"끙!"

사군은 억지로 몸을 일으켰다. 자신이 어디에 있는지, 누구 덕분에 살았는지 등이 궁금했기 때문이다.

"깨어나셨습니까?"

그가 기침하기를 기다린 듯 누군가 바깥에서 물어왔다. 목소리로 보아 아는 사람인 듯했다.

"여기가 어디지요?"

목소리가 갈라지는 듯했다.

"험!"

기침하는 소리와 함께 허름한 목면을 입은 까무잡잡한 중년인 하나가 안으로 들어섰다. 손에는 바가지가 들려 있었다.

"누구……?"

그와 안면이 있는지 얼굴이 익기는 했지만 누군지 도통 기억이 나지 않았다.

안으로 들어온 그는 말없이 바가지를 건넸다.

안에 든 것이 물이라는 것을 아는 순간 궁금증보다는 심한 갈증을 느 꼈기에 빼앗듯 바가지를 들고는 정신없이 물을 들이켰다.

벌컥! 벌컥!

마셔도 마셔도 갈증은 풀리지 않았다.

눈 깜짝할 사이에 바가지 한가득한 물을 다 비워 버리자 그걸 건네받은 중년인이 말했다.

"더 드리고 싶지만 지금 물을 너무 많이 마시면 몸에 좋지 않습니다. 어제 강물을 너무 많이 마셨더군요."

공손한 말투는 친근함마저 느끼게 했다.

여유를 찾은 사군이 물었다.

"그런데… 얼굴은 익은 것 같은데… 송구스럽게도 은인의 이름이 생각나지 않는군요."

사군은 미안한 듯 더듬거렸다.

"그러실 겝니다. 저는 장강수귀 삼 형제 중 막내인 맹강이라 합니다. 두 분 형님께서는, 음… 배를 타러 나가셨는데, 몇 달에 한 번 오십니다."

"아!"

사군은 그제야 그를 기억했다. 무석의 수로에서 몰래 배를 타고 들어 왔던 자들이었다.

"빚진 거 잊지 말라고 하셨지요."

사군은 얼굴이 뜨뜻해지는 것을 느꼈다. 그랬었다. 세 명이 배로 들어 왔고, 광동상방의 사를 받았다고 했던가?

사군이 대답을 하지 못하자 맹강이 말을 이었다.

"그 후로 저희는 광도상방의 눈을 피해 이곳저곳 숨어 떠돌다가 이곳에 숨어 물질을 하다 소금 배를 타게 되었습니다. 저희가 이곳에 있다는 것이 알려지면 죽임을 당할 수도 있다는 생각에 한동안 숨도 쉬지 못하고 살았는데, 지금은 어느 정도 뿌리를 내리게 되었습니다. 지금 인근에서는 저희가 삼 형제라는 것을 아는 사람도 드물지요."

맹강은 그동안 자신들이 살아온 과정을 자세히 얘기해 주었다.

사군은 고개를 끄덕이며 말을 들어주었다.

밤낮 남들의 비밀 청부나 받아 행하며 생활하던 자들이니 그런 생각을 가질 만도 할 것이다.

"그런데 저를 어떻게 알고 구했지요?"

한동안 듣기만 하던 사군이 궁금증을 참지 못하고 물었다.

"어제 상류 쪽에서 포성이 일기에 맞은편으로 올라가서 구경을 했지요. 배들이 포격을 피해 달아나기에 무슨 일인가 했는데… 포성이 멎어 끝났나 싶어 집으로 돌아오는 중에 사람들이 헤엄을 쳐가는 것을 보았습니다. 아마도 포성과 무슨 연관이 있지 않나 싶기도 하고, 살 수나 있을까도 궁금했기에 멀리서 따라가니, 용케 이쪽에서 강변까지 오는가 싶었는데 한 명이 떠내려가는 것이 보이더군요. 다행히 강변에서 멀지 않은 곳이더군요. 그래서 일단 뭍으로 끌어놓고 보니 공자님이지 뭡니까. 멀리서 헤엄 실력을 보니 썩 좋다 할 수는 없을 정도였는데, 전당강이라면 중원에서 둘째가라는 저희도 헤엄쳐 건너고 싶지는 않은 강입니다. 물살이 거센 곳이지요. 정말 대단하십니다."

맹강은 감탄했다는 듯 고개를 저으며 말했다.

사군이 미소로 대답하자 맹강이 말을 이었다.

"인연인지……. 허허허, 아마도 거리가 너무 멀었다면 소인도 힘을 꽤 써야 하니 구할 엄두도 내지 못했을 겁니다."

"정말 고맙습니다. 무어라 사의를 표해야 할지."

한 바가지의 물에 어느 정도 기력을 회복한 사군이 일어나 정중히 포권을 하는 것으로 구명지은에 답례를 했다.

"소협께서도 옛날 저희 형제들을 살려주셨으니 우연치 않게 빚을 갚은 셈입니다. 이제는 빚지고 살지 말라는 하늘의 뜻인 것 같기도 하고요."

역시 세상은 돌고 도는가 보다. 사군은 예전에 자신이 베풀었던 작은 온정에 감사했다.

"그런데 여스님은 보지 못했습니까?"

문득 왕예가 생각난 사군이 물었다.

"그분은 무사히 강변으로 헤엄쳐 오시는 것 같더군요. 소협을 구하느라 끝까지 살피지는 못했습니다만……."

사군은 그제야 안심했다.

사군이 맹강의 집에 머문 지도 사흘이 지났다.

그의 거처는 강기슭에서는 얼마 떨어지지 않았으나 인근의 마을과는 제법 멀리 떨어진 외딴 곳에 있었다.

어느 정도 몸이 회복되자 하초가 스멀거렸다. 또 그놈의 증세가 도진 것이다. 이제는 이곳을 떠날 때가 되었다고 생각한 그는 맹강에게 목숨을 구해준 일과 그동안 보살펴 준 것에 대한 감사 인사를 하고는 그곳을 떠나왔다.

혼자 있는 것이 적적했다가 말벗이 떠나는 것이 아쉬운 듯 맹강은 멀리까지 따라와 배웅을 해주었다. 사군은 일단 무림인들과 약속했던 쾌각으로 향했다.

소홍, 감호(監湖).

백여 명의 장한들이 십여 척의 쾌속선에 나누어 타고 호수를 건너 맞은편 쾌각으로 접근하고 있었다. 호수 바람을 맞으며 쾌속선의 선두에 서 있는 사람은 월왕회주 구홍이었다.

'미리 밟아버려야 해!'

지그시 눈을 감은 그의 머리 속으로 온갖 생각이 스쳐 갔다.

월왕회를 지켜오기 위해 못할 짓도 많이 했었다. 하지만 약육강식이 지배하는 이 바닥의 법칙을 따른 것일 뿐, 그 이상도 이하도 아니었다. 더 큰일을 당하기 전에 위험한 싹은 미리 잘라야 한다는 것이 그의 신념이었다.

웬만해서는 직접 나서지 않는 그가 오늘 앞장선 것은 청군의 머지않은 입성에 대비해 미리 공을 세워두라는 제갈강의 언질이 있었기 때문이다.

"사군이라는 놈의 배후에 있는 세력일세. 자네가 놈들을 까부순다면 그 사람들의 손을 덜게 만드는 셈이 되지."

세가의 후계자로 알려진 제갈강이 한 말이었다.

그의 출현에 놀랐지만 구홍으로 하여금 세가에서도 청국이 승리할 것으로 보고 있다는 믿음을 심어주었다. 게다가 자신의 세력권 안에서 암중의 무리들이 활약하고 있다는 것을 안 이상 계속 묵인할 수 없다는 생각도 있었다.

쾌속선들은 감호의 잔잔한 물살을 헤치며 빠르게 나아갔다. 배마다 수십 명의 무림인들이 각자의 병장기를 준비하고 호반에 지어진 장원을 향해 노를 저었다.

구홍은 어깨를 으쓱했다. 자신이 월왕회 회주 자리에 오른 이래 이토록 대병을 동원해 공격에 나선 적은 단 한 번도 없었다. 이토록 많은 병력을 동원한 것은, 어제 하루 살핀 결과 놈들의 세력도 결코 만만치 않음을 안 까닭이었다.

그는 일방적인 승리를 조금도 의심치 않았다. 오늘 공격은 청국에 몸을 의탁한 무인들과 함께 펼치는 연합전이었다. 맞은편 육로에는 그가 신임하는 백호당주 신연도 합세해 있었는데, 쾌각과 연한 육로에 복병으로 대기하고 있다가 달아나는 놈들의 허를 찔러 일망타진하기 위한 것으로, 놈들의 명줄을 일거에 끊어놓기 위한 철저한 준비였다.

이번 싸움을 임하는 구홍의 각오는 남달랐다.

무엇보다도 천하의 주인이 곧 바뀌니 그쪽에 붙어야 살 수 있다는 나름대로의 계산이 있었는데, 그는 은밀히 자신에게 다가와 이런 제의를 해준 제갈강이 너무 고마웠다.

그동안 명나라를 위해 몇 번 부하들을 동원했던 구홍은 이번 전투를 말을 갈아타는 하나의 절차로 여기고 있었다. 사실 그동안 이곳에 터를 잡은 암중의 세력에 대해 적개심을 불태우고 있기는 했는데, 공연히 범의 소굴을 건드리는 것이 아닌가 하여 애써 묵살했었다.

감호 바람을 맞받으며 선수(船首)에 서 있는 구홍의 등 뒤에는 월왕회를 구성하는 세 당주 중 두 명도 있었다.

거리가 가까워질수록 호반(湖畔)에 지어진 아름다운 정자가 확연히 눈에 들어왔다.

"매복을 잘 살펴라!"

조심 또 조심이 몸에 밴 구홍은 부하들에게 그렇게 지시하고, 자신도 공력을 돋우어 쾌각 주변을 살폈지만 특별히 눈에 띄는 것은 없었다.

"일단 상륙을 해야겠습니다."

적사당주(赤蛇堂主) 양력(梁力)이 조심스레 말을 붙여오자 구홍도 고개를 끄덕였다. 십여 척의 쾌속선은 쏜살같이 쾌각으로 달려들었다.

"이곳이 틀림없군!"

쾌각과 이어 지어진 정원 한 모퉁이에 있는 작은 초소에서 이들의 행동을 낱낱이 살피던 무사가 있었다. 초소는 주변의 나무들과 조경용의 큰 바위에 둘러싸여 여간해서 눈에 띄지 않았다. 쾌속선이 쾌각을 향한 것이 틀림없다는 확신에 그는 급히 초소 옆에 늘어뜨려진 끈을 당겼다.

끈은 길게 뒤로 늘어져 장원 내실까지 이어져 있었다.

딸랑! 딸랑! 딸랑!

갑작스런 방울 소리에 그의 안색이 변했다. 크게 놀란 그는 허둥거리는 걸음으로 밖으로 내달으며 소리쳤다.

"무슨 일이냐?"

미처 그의 말이 끝나기도 전에 온세명이 그를 향해 달려오고 있는 것이 보였다.

"월왕회 놈들이 십여 척의 쾌속선에 나누어 타고 이리로 오고 있습니다."

온세명의 목소리 역시 다급했다. 형님들 모두 불귀의 객이 된 지금 쾌각의 안전은 그의 책임이었다.

"월왕회에서 쾌속선으로 공격을?"

서관은 흠칫했다. 월왕회라면 그 옛날 이들의 사문인 상무문을 멸문시

컸던 원수 중 하나이기도 했다.

호반에 위치한 쾌각을 공격하는데 쾌속선을 타고 오다니 차라리 뭍으로 공격해 오는 것이 더 쉽고 빠르지 않는가?

'이곳이 놈들에게 노출되었는가?'

월왕회라고 자신들이 이곳에 터를 잡은 것을 모르지는 않았을 터인데 갑작스레 공격을 해오다니, 배후가 있는 것이 틀림없었다.

잠시 생각에 잠기던 그는 사태의 위급함을 깨닫고는 이내 지시를 내렸다.

"쾌속선들은 숨겨둔 포로 제압하도록 하고 병력의 대부분은 반대쪽에 배치하도록 하게."

"예?"

온세명이 되물었다.

원래 쾌각이 공격을 받으면 즉시 제이 제삼의 은거지로 달아난다는 것이 비상 계획의 하나로, 이쪽의 전력을 보존하고 잡초처럼 살아남기 위한 전략이었다.

"자네가 이곳을 공격한다면 어떤 전략을 쓰겠는가? 아마 함부로 육로로 물러섰다가는 함정에 걸려들 걸세. 호수로 접근해 오는 쾌속선들을 모두 격침시키면 반대편에 매복해 있던 놈들도 함정을 걸고 다시 덤벼올 가능성이 높네."

온세명은 그제야 서관의 지시를 이해했다.

"남은 사람들에게는 이사할 짐을 최대한 간단히 꾸리라고 하는 것을 잊지 말게."

그 일은 장원 안에서 잡일을 하는 사람들이 맡아야 했다. 명을 받은 온세명이 서둘러 밖으로 나가자 서관은 다시 생각에 잠겼다.

어디서 정보가 새나갔는가. 이곳에 터를 잡은 지 십 년이 넘었지만 단

한 번도 없었던 일이었다. 아마 옥황산 공격에서 누군가 정보를 흘렸을 가능성이 높았다. 한 번 나설 때마다 혹시라도 있을 감시자를 따돌리기 위해 이곳으로 돌아오는 중에도 여러 번 행로를 변경했고, 그래도 못 미더워 확인까지 했지만, 그 가능성이 가장 높았다.

'망할 놈!'

서관은 내심 사군을 향해 욕을 퍼부었다. 그런 정도의 무공이라면 상무문을 다시 세우는 일에 크게 힘이 되련만, 계집만 밝히고 있지 않나. 수천 걸개(乞丐)들의 염원은 모른 체하면서…….

하지만 옥황산에서의 사군은 예전에 비해 한결 누그러져 있었다는 기억이 그의 기분을 나아지게 만들었다.

쿵! 쿵! 쿵! 쿵!

돌연 지축을 흔드는 요란한 포성이 그의 상념을 깨뜨렸다. 언젠가 한 번은 이런 일이 있을 것으로 예상했기에 장원에는 그동안 몰래 구입해 배치해 둔 불랑기(佛狼機) 포가 세 문이나 되었다. 그것들은 평소에는 표시나지 않게 담장 곳곳에 설치되어 있었다.

'아니!'

구흥은 당황했다.

평소 조심이 몸에 밴 그였지만 설마 포가 이곳에 있으리라고는 꿈에도 예상하지 못했었다. 순식간에 세 척의 쾌속선이 포에 맞아 물에 잠기고 있었고, 다른 배들도 포탄이 떨어지며 만든 소용돌이에 침몰 직전의 위기를 맞고 있었다. 쾌속선은 속도를 내기에 적합하도록 날렵하게 만들어져 있었기에, 물살의 흐름이 급한 곳이나 풍랑이 거센 곳에서는 침몰할 가능성이 높았다. 포탄이 만들어내는 회오리는 쾌속선들에게는 치명적이었다.

"퇴각하라! 서둘러라!"

이런 상황에서 포탄을 직접 맞는 것보다 더 무서운 것은 배가 와류(渦流)에 휘말리는 것이다. 구홍은 침을 튀겨가며 수하들에게 퇴각을 서둘렀지만 쾌속선들은 가랑잎처럼 휘청거렸고, 차례로 호수 속으로 침몰해 들어갔다.

"이런, 제기랄!"

호수에서 일어나는 상황을 지켜보는 백호당주(白虎堂主) 신연(申延)은 가슴이 타 들어갔다.

신연의 임무는 장원에서 나오면 반드시 통과해야 하는 길목이라 할 수 있는 언덕 위에 수십 명의 궁수를 배치해 달아나는 놈들을 때려잡는 것이었다. 하지만 장원에서 뿜어나는 포성을 듣는 순간, 그는 회주 일행이 위기에 빠졌음을 직감했다.

그는 고개를 돌려 당자기가 매복해 있는 곳을 보았다. 도움의 손길을 원한다는 무언의 표현이었다. 하지만 매정하게도 당자기 쪽에서는 아무런 반응이 없었다.

'나쁜 놈! 도와달라고 할 때는 언제고!'

신연은 이를 갈았다. 놈들에게 포가 있는 이상 아무리 무공이 고절하다 해도 위험했다. 놈은 대포 소리에 놀라 몸을 사리는 것이 분명했다.

"월왕회 사람들은 모두 나를 따르라!"

그는 즉시 매복을 거두어 장원을 향해 쳐들어갔다. 오십여 명에 이르는 궁수와 이십여 명의 검수가 그의 뒤를 따라 나는 듯이 장원으로 향했다.

"온다!"

온세명은 총사의 예측대로 장원 정면을 공격해 오는 적들을 보며 내심 회심의 미소를 지었다.

'역시 총사야!'

일전을 앞둔 마당이지만 빙그레 웃음이 나오는 것은 어쩔 수 없었다. 그의 수신호에 따라 이십여 명의 궁수가 활에 시위를 먹였다.

포탄 소리는 지축을 흔들었다.

신연 일행이 언덕을 돌아 장원의 전면에서 이십여 장까지 돌진했을 무렵 갑자기 장원에서 수십 발의 화살이 그들을 향해 날아왔다.

핑! 핑! 핑! 핑!

"강궁(强弓)!"

일반 화살 소리가 아니었다. 아무리 고수라도 맞으면 등짝까지 꿰어질 진기가 실린 강전(强箭)들이 장원의 전면에서 비 오듯 날아왔다. 담장 뒤에 몸을 숨긴 채 고개만 내밀고 날리는 화살이었다.

"크악!"

"으아악!"

…….

잠깐 사이에 십수 명의 무사가 낙엽처럼 스러져 갔다. 일행은 무수히 나자빠지는 동료들에 더 이상 앞으로 돌진하지 못하고 멈칫거렸다.

"돌격해라!"

신연은 잠깐 이성을 잃었다. 잠깐 사이에 삼 할가량의 수하들이 낙엽처럼 스러져 갔던 것이다. 하지만 그보다도 더 안타까운 것은 십여 척을 동원해 호수 쪽으로 선공을 가했던 회주 일행의 쾌속선들이, 겨우 세 척만 남은 상황에서도 제대로 퇴각을 하지 못하고 계속 폭격을 받고 비틀거리는 것이 훤히 보인다는 사실이었다.

장원의 철저한 대비를 뻔히 예측했으면서도 주력이 궁수인 수하들을 이끌고 무모하게 돌격을 감행하지 않을 수 없었던 것은 구흥 일행을 구하기 위함이었다.

쿵! 쿵! 쿵!

목숨을 건 정면 공격에도 불구하고 호수를 향한 포성은 멈추지 않았고, 장원에서 날아오는 강전에 희생자는 늘어만 갔다. 이제 수하들은 그의 명령에도 불구하고 몸을 사리는 것이 확연히 보였다.

도저히 어찌할 수 없는 상황.

"퇴각하라!"

신연의 입에서 괴로운 명령이 내려졌다. 수하들은 기다렸다는 듯이 나는 듯 뒤로 물러섰다.

바로 그때였다.

팍!

순간 화살 한 발이 돌아서는 신연의 등을 꿰뚫었다.

"컥!"

그의 몸은 화들짝 놀란 듯 펄쩍 하다가 이내 비틀거렸다. 수하 몇이 그를 구출하기 위해 달려들었다.

장원의 궁수들도 그런 호기를 놓치지 않았다. 구르는 신연 주위로 달려오는 자들을 겨냥해 매서운 화살을 날려댔다.

"크억!"

막 신연에게 다가가 부축하려던 수하 한 명이 강전에 맞아 발라당 뒤로 자빠졌다. 놀란 월왕회 수하들은 신연을 버려둔 채 걸음아 나 살려라 달아나 버렸다.

"으으……."

신연은 비틀거리면서도 흐려지는 정신을 다잡으려고 애썼다. 하지만 수하들마저 모두 달아나 버린 지금 혼자 남았고, 그것은 모든 화살들이 그를 향해 날아온다는 것을 의미했다.

팍!

또 한 발의 화살이 그의 가슴을 꿰뚫었다.

"큭!"

순간 신연은 나직한 비명과 함께 무릎을 꿇었다. 가슴에 꽂힌 두 번째 화살이 신연의 죽음을 알리듯 부르르 떨었다.

호수 쪽도 처참했다.

뿌드득!

구홍은 이를 갈았다. 엉성한 계획으로 기습을 가했다가 철저히 함정에 걸려든 꼴이었다. 아니, 함정이 아니라 쾌각 세력을 너무 경시한 것이 화근이었다. 더욱 분통이 터지게 하는 것은, 지금 이 순간에도 놈들의 정체를 자세히 모른다는 사실이었다.

'공연히 남의 장단에 놀아나다가!'

위풍당당하게 쳐들어왔다가 겨우 두 척의 배로 서둘러 달아나는 자신에게 구홍은 오늘의 일이 마치 뭐에 홀린 듯 느껴졌다.

당자기는 모든 상황이 끝난 한참 후에도 매복을 풀지 않았다.

싸움은 쾌각의 일방적인 승리로 끝이 났지만 두 시진이 지난 지금에도 장원에서 나오는 사람이 없었다.

'이번에는 기다리는 싸움이야!'

그는 옥황산에서 청의 지원군만 믿고 함부로 움직였다가 실패한 경험을 두고 두고 반성했었다. 그때 얼마나 망신을 당했던가. 그는 그 일을 거울삼아 이번에는 나름대로 상대의 역량을 저울질하며 인내를 거듭하고 있었다.

가장 먼저 구상했던 이이제이(以夷制夷)의 첫 번째 계획은 이미 실패했지만 그는 조금도 낙담하지 않았다. 그의 머리 속에는 생각해 놓은 두 번째 구상이 있었기 때문이다.

'근거지를 기습당한 이상 놈은 불안해서 더 견디지 못한다. 나라면 당

장 거처를 옮길 터인데…….'

하지만 초조하기는 마찬가지였다. 그가 선뜻 공격을 가하지 못하는 이유 중에는 장원에서 쏘아대는 대포도 한몫했다. 지난번의 실패를 만회하기 위해서라도 이번만큼은 완벽한 승리를 거두고 싶었다.

그는 추위 속에서 야산에 숨어 두 시진이 넘게 떨고 있는 수하들의 원망 섞인 눈초리를 애써 외면했다.

당자기의 시선이 다시 장원을 향했다.

또다시 시간이 흘렀다. 어둠이 밀려오기 시작했다. 오후에 있었던 침입자들의 소란은 짐을 꾸리는 사람들의 바쁜 손길에서나 기억할 수 있을 정도로 장원 안의 피해는 전무했다.

그런 손길 덕분인지 대문 앞에는 짐을 실은 다섯 대의 마차와 그것을 호위할 사람들이 탈 이십여 필의 말이 대기하고 있었다.

"빠르게 이동해야 한다. 놈들에게 꼬리를 밟혀서는 안 된다. 백여 명이나 움직이니 표가 나지 않을 수는 없겠지만 최대한 주의해라."

서관은 수하들의 경각심을 일깨우고는 마지막으로 장원을 둘러보았다. 십수 년간 정이 들었던 곳이다. 그를 따르는 사람들도 기분이 다르지 않았는지 그들도 저마다 장원 곳곳에 눈길을 주었다.

잠시 감회에 젖었던 서관이 지시를 내렸다.

"가자!"

그의 짧은 한마디에 육중한 장원 문이 삐걱 하는 소리와 함께 활짝 열렸다.

호위 무사 몇이 먼저 대문을 빠져나가고, 이어 마차들이 뒤를 따랐다.

"선두는 내가 맡을 테니 자넨 뒤를 맡아주게."

서관은 온세명을 뒤로하고 먼저 말에 올라 장원을 나왔다.

십여 기의 호위들이 자리를 잡자 마차들은 장원 앞 공터에서 관도로 이어지는 길로 줄을 지어 출발했다. 마차 바퀴와 말굽에 헝겊을 감아 소리가 나지 않게 했는데, 모두 이십여 장에 이르는 긴 행렬이었다.

사방은 어둠이 만들어낸 침묵 속에 잠겨 있었다. 겨울이라 밤을 지키는 풀벌레 소리도 없었다. 그런 분위기는 정든 장원을 떠나는 사람들의 마음을 더욱 착잡하게 만들었다.

휘이잉!

싸늘한 한풍이 밀려와 볼을 스쳤다.

'으음!'

서관은 추위만큼이나 가슴을 서늘하게 하는 알 수 없는 불안한 예감에 가볍게 진저리를 쳤다. 불안해진 그는 사방을 둘러보는 것으로 스스로를 안심시키려고 했다. 희미한 달빛이 흐릿하게나마 사위를 비추어주어, 불도 밝히지 못하고 이동하는 행렬의 길잡이 역할을 해주었다.

문득 옥황산에서의 사군이 떠올랐다.

'주군도 많이 컸어!'

무림 각파의 대표들과 견주어 조금도 주눅이 들지 않고 당당히 행동하는 사군을 생각하니 마음이 뿌듯해졌다.

일행이 장원에서 멀지 않은 야산의 언덕 아래를 돌았다. 장원에서 관도로 이어지는 길이었다.

핑!

갑자기 오싹한 소리가 야공을 찢었다.

"크윽!"

천천히 말을 몰아가며 수하 몇을 앞세워 나가던 서관은 둔탁한 무엇이 가슴을 둔중하게 치는 느낌을 받았다.

'헉!'

어쩐 일인지 비명이 새어 나오지 않았다.

저도 모르게 손이 가슴으로 갔는데, 떨리는 그의 손에 잡히는 것은 가슴 깊숙이 박힌 화살이었다. 그것을 확인하는 순간 서관은 온몸에서 힘이 쭉 빠져나가는 것을 느꼈다.

'암습이다!'

힘겹게 내뱉었다고 생각했지만 그 말은 입 밖으로 나오지 않았다. 서관이 말 위에서 비틀하는 것을 계기로 방향도 가늠하기 어려운 어둠 속에서 화살이 빗발처럼 쏟아졌다.

"커억!"

"큭!"

"윽!"

…….

순식간이었다. 서관을 앞뒤에서 따르며 마차의 선두를 호위하던 수하들은 방향도 잡지 못하고 그 자리에서 꼬꾸라졌다.

히잉! 히히힝!

주인을 잃은 말들이 어쩔 줄 몰라 하며 자리에 서거나 좌충우돌하며 대열의 움직임을 막아버렸다.

"적이다!"

"암습이다!"

"총사께서 당하셨다!"

십수 명이 그 자리에서 고꾸라진 후에야 어둠 속 공격자들의 존재를 눈치챈 수하들이 놀라 무기를 뽑으며 소리를 질러댔다.

핑! 핑! 핑!

"으악!"

"컥!"

비명은 꼬리를 물었다. 하지만 퇴로는 좁은 길을 막아버린 마차 때문에 오가지도 못하고 우왕좌왕하다가 화살에 맞기 일쑤였다.

"아니!"

뒤따르던 온세명은 수하들의 잇단 단말마와 말 울음소리에 모골이 송연해지는 한기를 느꼈다.

휘익! 서관은 말에서 내려 마차 곁을 따라 빠르게 달려갔다. 하지만 그럴 필요도 없었다. 야산을 빙 둘러난 길로 길게 꼬리를 물며 가던 행렬로 이제는 앞뒤 가릴 것 없이 공격이 쏟아졌다. 곳곳에서 수하들이 쓰러졌고, 다행히 화살 세례를 피한 일부는 운 좋게 마차 뒤로 돌아 암습을 피하는 것이 고작이었다.

온세명도 얼른 마차를 방패 삼아 야산 반대쪽으로 몸을 피했다. 미처 피하지 못한 수하들이 손 한 번 써보지 못하고 속절없이 죽어가고 있었다.

놈들은 단 한 명도 모습을 드러내지 않고 화살만 퍼부어대고 있었다. 온세명을 비롯해 몸을 숨기고 있던 수하들은 동료들의 죽음에 손도 쓰지 못하고 어서 피하라고 소리만 질러대는 것이 고작이었다.

문득 온세명의 머리 속에 서관이 떠올랐다.

'아차!'

서관의 무공은 강호 삼류 수준에도 미치지 못했다. 수십 년 무공을 배웠다고 하는데도 차라리 장원의 말단 경비 무사의 실력이 더 나을 정도였다.

'총사! 죽으면 안 돼!'

온세명이 벌떡 몸을 일으켜 마차를 따라 선두가 있는 곳으로 달려갔다. 화살이 움직이는 그를 쫓듯 날아왔지만 개의치 않았다.

'아니!'

선두는 더욱 처참했다.

말과 사람이 한데 뒤섞여 나뒹굴고 있었는데, 아직도 목숨이 끊어지지 않은 부상자들의 신음성과 다친 말들의 헉헉거리는 거친 숨소리가 한데 어울려 끔찍한 광경을 만들어내고 있었다.

온세명은 빠르게 눈을 굴려 서관을 찾았다.

"아!"

서관도 그 속에 있었다.

수십 년 동안 숨어 지내며 끈질기게 방을 지켜왔던 마지막 기둥 서관도 암습자들의 화살을 피하지는 못했다.

그는 손으로 화살을 부여잡은 채 눈을 부릅뜨고 죽어 있었다. 화살이 꽂힌 자리에서 흘러내린 피로 가슴 부위는 피에 흥건하게 젖어 있었다.

서관의 죽음을 확인한 순간 온몸에서 힘이 빠졌다.

그는 서관의 옆에 쓰러져 가슴으로 머리를 안았다. 몸에서 온기가 점차 사라지고 있는 것이 느껴졌다.

"크흐흐흑!"

두 형님을 잃은 지 얼마 되지 않은 그였다. 그래도 버틸 수 있었던 것은 아버지같이 자상히 보살펴 주는 서관이 있었기 때문이었는데…….

온세명은 서관의 곁에서 남몰래 눈물을 흘리며 그의 체취라도 맡으려고 애를 썼다.

"으악!"

비명 소리와 함께 또 한 명의 수하가 목숨을 잃었다. 마차는 방패가 되어주기에 충분치 않았다.

온세명은 그 소리에 퍼뜩 정신을 차렸다. 서관까지 죽은 마당에 수하들을 챙기는 것은 자신의 몫이다. 그는 화들짝 일어나 마차 뒤로 붙었다.

"모두 살길을 찾아 달아나라! 달아나라! 멀리 달아나라!"

온세명은 악을 써가며 소리쳤다.

수하들은 기다렸다는 듯 빠르게 흩어졌다.

당자기도 그것을 보았다.

"후후후! 생로(生路)는 없다. 어디로 달아나든 지금 너희를 기다리는 것은 죽음뿐이다."

그는 품속에서 화전을 꺼내 허공으로 쏘아 올렸다.

"이것으로 쾌각은 끝인가!"

석가장(石家莊) 별채.

중원표국의 본산인 이 장원에서도 은밀한 가운이 싹트고 있었다.

"마비산(痲痹散)이오!"

한참의 진맥 끝에 제갈부(諸葛敷)의 입에서 나온 말이었다.

"그게 무슨……?"

석자희는 뾰족한 비명을 쏟았다.

"멀쩡한 사람도 마비산을 마시게 되면 몸에 기운을 잃고 죽을 때까지 시체처럼 누워 있어야 하오."

"옛?"

석자희의 얼굴이 하얗게 질렸다.

"음모요. 그 비싼 마비산을 썼으니 장주님이 이렇게 누워 계시면 크게 득을 볼 수 있는 자들의 짓이겠지요."

옆에서 지켜보던 제갈강이 팔짱을 끼고 무거운 표정으로 말했다.

석자희의 머리가 빠르게 돌아갔다.

'정청화?'

어느덧 중원표국의 실세가 되었다.

보타 신니의 속가제자이기는 하지만 감히 겹겹의 호위가 있는 중원표국의 심장부까지 들어와 수작을 부렸다고 보기에는 무리가 많다.

"지금 장주가 누구요?"

명목상의 장주라면 오라버니 석호인이다.

'그럼 오라버니?'

하지만 석자희는 이내 머리를 저었다. 비록 방탕한 위인이기는 하나 이런 엄청난 짓을 하기에는 그릇이 너무 작다. 그런 그녀의 내심을 짐작이라도 하듯 제갈강이 덧붙였다.

"나도 그게 궁금하오. 하지만 누군가 내부에 중요한 위치에 있는 사람을 사주했을 가능성이 높소."

"정청화!"

석자희가 비명을 질렀다.

"경륜이 너무 작지요."

석자희는 제갈강의 말에 다시 머리를 굴렸다. 그리 긴 시간도 지나지 않았다.

"그럼 정춘교?"

"증거가 없으니 누가 알겠소? 아니, 안다 해도 확실한 물증 없이는 함부로 발설할 수 없는 일이오. 그는 석대인의 사돈이 아니오?"

"흥! 이름만 사돈이지요."

파랗게 질린 석자희가 발딱 일어서 흥분을 감추지 못하자 제갈강이 살며시 손을 잡아 다시 자리에 앉혔다.

"정춘교도 보통 사람은 아니오. 그가 자리에 누웠다고 하니 지금 우리 쪽에서 보면 절호의 기회라 할 수 있소."

제갈부가 있는 자리임에도 불구하고 제갈강은 서슴없이 우리라는 표현을 썼다.

석자희는 침대에 죽은 듯이 누워 있는 석경령을 보았다.

'죄송해요, 자식이 못나서……'

순간 병명을 알면 처방도 있을 것이라는 생각이 퍼뜩 머리를 스쳐 갔다.

"마비산이라고 하셨지요?"

"그렇소만."

제갈부가 멀뚱거리며 그녀를 보고 대답했다.

"해약도 있나요?"

"당연하지요. 음이 있으면 양이 있는 것이 하늘의 이치요. 간혹 해약이 없는 극독이라는 것들이 있기는 하나, 나는 그것이 단지 사람의 능력으로 찾지 못해 그런 것이지 반드시 해약이 있다 믿고 있소. 그리고 마비산은 일반 의원들에게는 생소하지만 우리 제갈가의 웬만한 사람이라면 다 알고 있소. 적절히만 쓰면 고통이 심한 환자를 일시적으로 잠재우는 더 없이 좋은 약재지요."

제갈부의 뒷말은 머리에 들어오지도 않았다.

석자희는 발갛게 상기된 얼굴로 다시 자리에서 벌떡 일어섰다.

"해약이 뭐죠?"

"허허허, 너무 서둘지 마시오. 그보다는 노 국주의 몸이 너무 쇠약해지신 것이 더 큰 문제요. 아마 쉬이 좋아지지는 않을 것이오. 몇 달은 정양하셔야……"

"지금 해약이 있냐고 물었어요."

"헛헛헛! 있다뿐이오? 지금 내가 가져온 보따리 안에 있다오. 노 국주님의 병증을 듣고는 혹시 해서 몇 가지 유용한 약재를 준비했는데, 그걸 드신다면 오늘 중에 정신을 차릴 수 있을 것이오."

"아!"

기쁜 나머지 휘청하는 석자희를 제갈강이 감싸 안았다.

"험! 험!"

석자회는 잠깐 동안 그의 품속에 안겨 있다가 제갈부의 헛기침 소리에 얼굴이 발갛게 상기되어 몸을 일으켰다.

"그런데 그자는 요즘 만주인들을 위해 일하고 있지 않나요?"

그녀도 한때 충신이 어쩌고 하던 정춘교가 요즘에는 청병들과 한통속이 되어 움직인다는 사실을 알고 있었다. 이미 세상이 바뀌어 그런 자들에게 함부로 한다는 것은 죽음을 각오한 일이 되어버렸다.

"세상이 바뀌고 있소. 운 나쁘게도 정춘교는 구멍이 뚫린 배를 탔지요. 갈아타기는 했으되 이미 늦었소. 그가 어찌 된다 한들 슬퍼할 사람은 그의 가족밖에 없을 것이오. 예전에 청국의 반대편에 섰던 죄목을 물어 처벌할 수도 있겠지만, 그건 죽이고 나서도 그의 명성만 높여주는 일이오. 내게 맡기시오."

제갈강은 빙그레 미소를 지어 그녀를 안심시켰다.

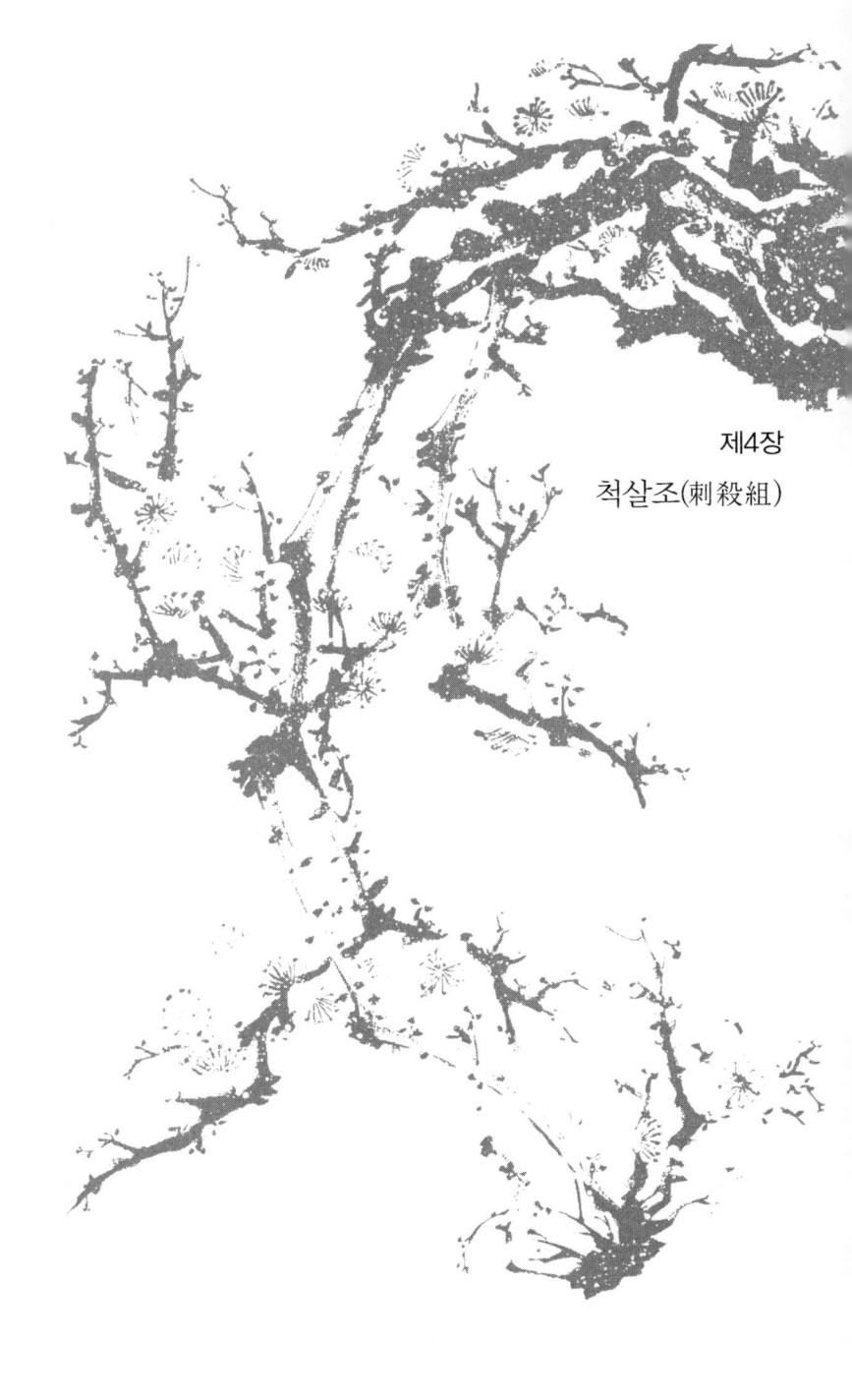

제4장
척살조(刺殺組)

장원은 텅 비어 있었다.

인기척이라고는 조금도 없었고, 급히 짐을 싼 듯 세간들이 어지러이 흩어져 있었다. 그리고 그 위에 흙 묻은 발자국들이 빈 방 여기저기에서 눈에 띄었다. 그런 모든 것들은 쾌각에 있던 사람들이 위급한 상황을 맞아 제대로 짐도 꾸리지 못했음을 보여주었다.

"다 죽었군."

관도에서 쾌각으로 들어오는 길은 하나였다.

사군은 방금 전 미처 치우지 못한 시신들이 사방에 흩어져 있는 야산을 지나 쾌각으로 왔다. 칠팔십여 구는 족히 될 법한 시신들 속에서 자신이 아는 서관이나 온세명을 찾지 못했다는 것이 다행이랄까.

사군은 눈을 훔쳤다.

아무 관계도 없는 사람들이라고 생각했는데…….

'바보 같은 사람들… 달아나려면 호수 쪽으로 가든지…….'

죽은 사람은 언제나 불쌍하다. 사군은 안채로 통하는 계단의 디딤돌에 쭈그리고 앉아 얕은 담장 너머로 보이는 감호의 풍경으로 눈을 돌렸다.

그때였다.

"이 사람들과 무슨 관계지요?"

왕예였다.

"살아 있었구려!"

"그때는 고마웠어요. 만약 공자와 이렇듯 살아서 만나지 못했다면 평생 죄책감에 시달렸을 거예요."

끔찍한 살인의 기억이 스님의 불제자로서의 길을 포기하게 만들었을까. 그녀는 머리에 회색 두건을 둘렀고, 승포 대신 재색 경장을 입고 있었다.

"별말씀을……."

힘없는 사군의 대답에 왕예는 힘이 빠지는지 입을 닫았다. 그녀는 사군의 곁을 떠나 장원 안을 돌아다니는 것으로 어색함을 피했다.

얼마가 지났을까.

"여기가 맞아요?"

"그, 글쎄요. 이곳이 맞는 줄 알았는데……."

음설봉과 단우평의 목소리였다.

사군은 그제야 디딤돌에서 일어나 중문으로 다가갔다.

"오셨습니까?"

사군의 얼굴에 미소가 피었다.

"살아 있었군요."

어려웠던 시간을 함께했던 혈맹의 동지들이다.

"당신도!"

"반가워요!"

단우평과 사군은 누가 먼저랄 것도 없이 달려가 서로를 얼싸안았다. 음설봉도 흥분이 되는지 발그레한 얼굴로 자신의 두 손을 맞잡으며 좋아했다.

소동에 왕예도 달려왔다.

네 사람이 다시 모였다.

죽음 가까이까지 갔다가 살아 돌아온 사람들이다. 어떻게 살았느냐, 당신은 어땠느냐 하는 질문을 서로 던지기에도 지쳤다. 다만 지금 살아 있다는 그 사실이 중요했다. 기뻐하며 미소 짓는 것으로 충분하다.

빨간 장작불이 타올랐다.

장원 안에 쓰레기처럼 남아 있는 장작을 주워 모아 겨울밤을 이기기 위해 불을 일으켰다. 네 명이나 있건만 방 안은 썰렁하기만 하다.

"안 오네!"

음설봉이 샐쭉한 말투로 원망했다. 제갈청 일행과 남환, 그리고 동천근을 빗대어 하는 말이다. 모두 힘들게 왔다. 원망이다.

"다… 올 수는 없겠지요."

아무도 대답하지 않자 왕예가 그 말을 받았다.

먼저 적을 유인해 갔던 남환과 동천근이다. 그들이 아니었더라면 포대를 공격하는 일은 엄두도 내지 못했을 것이다.

"하긴……."

음설봉이 고개를 끄덕였다. 자신만 하더라도 단우평이 도와주지 않더라면, 그리고 작은 통나무라도 떠밀려 오지 않더라면 살 수 없었다. 사람의 명은 하늘이 결정한다고 했던가.

음설봉은 단우평을 곁눈질했다.

멋진 사내다. 어쩌면… 잘될 수 있을지도 모르겠다. 꼬이고 꼬이는 세상만사를 누가 안단 말인가.

통나무에 의지해 힘들게 헤엄을 쳐 강변으로 떠밀려 온 단우평이 가장 먼저 한 말은 '낭자, 정신차리시오'였다.

그 말에 나른하게 잠이 찾아왔었다.

화젯거리를 찾지 못하자 다시 침묵이 찾아들었다.

탁! 탁!

밀려 있던 나무 부스러기에 불이 붙으며 작은 꼬마 불꽃을 일으켰다.

음설봉은 벽난로의 따사로운 온기에 살며시 눈을 감고 지금 이 방 안에서 침묵을 강요하는 사람들을 생각했다.

왕예는 사매를 잃었고, 그 충격에 무자비한 살검을 일으켰다. 승복까지 버린 그녀에게 말을 걸기는 부담스럽다.

사진, 우리를 쾌각으로 불렀는데… 오는 도중에 야산 중턱 길가에 아무렇게나 나뒹구는 시신을 보았다. 아마도 쾌각 사람들일 게다. 이리 불렀으니 사진이라는 사내와 쾌각은 모종의 연관이 있을 것은 불문가지. 그 역시 침묵을 깨기 위한 말 상대는 아니다.

단우평, 부끄럽다. 하루가 다르게 말을 걸기가 더 힘들어지는 것이, 사랑의 무게가 늘어난 때문인지도 모르겠다.

머리 속으로 온갖 생각이 교차했다. 하지만 음설봉은 이렇게 무거운 침묵을 감당하지 못했고, 나름대로 머리를 굴려 원만한 화젯거리가 될 만한 얘기를 꺼냈다.

"이리 오는 도중에 들으니 석가장에 사건이 있었더군요."

'석가장!'

불가에서 고개를 숙이고 앉아 있는 것으로 무거운 침묵에 동참하던 사군이 고개를 들었다. 굳은 얼굴이다.

다른 사람들 모두 음설봉을 향했다. 무림제일 표국의 총 본산인 석가장에서 일어난 사건이라면 보통 일이 아니다.

그런 관심들에 음설봉은 미처 사군의 변화를 살피지 못했다. 그저 사람들의 시선에 잠시 당황했을 뿐이다.

"음, 저기… 정춘교가 갑작스런 병으로 누웠다고 해요. 저도 우연찮게 비선(秘線)을 통해 간신히 들은, 아직 식지도 않은 따끈따끈한 정보예요. 병이 깊어 오래 살지 못할 거라더군요."

사군은 주먹을 불끈 쥐었다.

몸이 떨렸다.

정청화가 걱정되었다. 그저 잘 있을 것이라 생각했는데…….

'참, 겨우 그런 얘기를 가지고.'

단우평은 하마터면 피식 웃을 뻔했다.

이리로 오는 도중에 가끔씩 자리를 비우는 그녀를 보고는 무슨 일인가 했는데……. 자신에게 그 얘기를 해주지 않았던 것은 오늘 이 자리에서 자신의 정보력을 과시하고자 한 것이 아니었나 하는 실없는 생각에 더해, 그동안 입이 근지러워 어찌 참았을까 하는 궁금증마저 들었기 때문이다.

"듣자 하니 청국의 다탁 장군이 그동안 명국을 도와 청국에 불리한 행동을 한 것에 대한 추궁을 하려 한다는 소문도 있고, 영파상방이 그동안 중원표국에 공을 들였는데 이제는 끝났다는 말도 있어요. 게다가 석자희와 제갈가의 새로운 가주인 제갈강이 곧 혼례를 치른다는 말도 있더군요. 제갈세가가 중원표국의 일에 개입을 했다는 얘기지요. 제갈가를 등에 업은 석자희의 반격인지도 모르지요. 표국 안에서 벌어진 일이라 우리 쪽에서도 전모를 파악하기가 쉽지는 않았을 거예요."

"그게 사실이오?"

사군이 물었다.

"다른 것은 몰라도 정춘교가 병이 깊은 것은 사실이에요. 이제 그 사람도 망했지요. 딸의 미모를 이용해 중원표국을 날로 먹으려고 했었잖아요."

"아니, 그 소식을 어떻게 벌써 알았소?"

갑자기 밖에서 음설봉의 말을 자르며 안으로 들어서는 사람이 있었다.

"남 소협!"

말은 잘렸지만 음설봉의 표정은 밝았다.

"핫핫핫! 살아 있었구려!"

단우평이 그의 손을 덥썩 잡아갔다.

"다시 만나게 되어 다행이에요."

왕예도 반갑게 축하해 주었다.

떨떠름한 표정으로 서 있는 사람은 사군뿐이다. 남환의 귀환이 반갑지 않은 것이 아니라, 그의 머리 속에는 온통 정청화에 대한 걱정뿐이었기 때문이다.

'저놈이!'

남환은 그런 그를 보자 은근히 심기가 불편했다. 아무리 자신이 마음에 들지 않아도 지나가는 말 한마디라도 곱게 해줄 수 있지 않은가.

그런 불편한 마음이 입으로 나왔다.

"핫핫핫! 사 소협은 본인이 반갑지 않은 모양이구려."

"그, 그럴 리가 있소. 정말 반갑소."

그제야 실책을 깨달은 사군이 인사를 건넸지만, 옆구리를 찔려 절 받는 격이 되어버린 남환의 마음은 풀어지지 않았다.

남환은 사군을 애써 무시하며 자리를 잡았다.

그는 미리 준비한 대로 놈들에게 포로가 되었다가 어렵게 탈출했다는 얘기를 거침없이 쏟아내며 자신이 이곳에 오게 된 과정을 소상히 떠벌렸다. 워낙 치밀한 사전 준비가 있었기에 사람들은 추호도 의심하지 않고 그의 얘기에 귀를 기울였다.

어느덧 자신의 무용담을 떠벌리던 남환은 물론, 그의 말을 손에 땀을 쥐고 듣던 사람들 모두 방 이곳저곳에 눕거나 기대어 잠이 들었지만 사군은 잠을 이루지 못했다.

'날 얼마나 기다리고 있을까.'

둘이 정겨운 밤을 보낸 것이 아득한 옛날 일로 여겨졌다.

정청화를 처음 만났던 진강에서부터 그녀를 강제로 안았던 일, 그녀만 두고 취련을 안고 배를 떠난 일이며, 혈안색마라는 오명으로 소주 일대의 여자들을 겁간하다가 정춘교에게 잡혀 지하 뇌옥에서 채찍을 맞았던 일……

'알고 보니 무척이나 심성이 고운 여자였지.'

사군은 눈물을 훔쳤다.

어느덧 가슴 깊숙한 곳에 남아버린 여자.

뒤척이며 괴로워하던 그는 마침내 번쩍 눈을 떴다. 잠에 취한 사람들의 쌔근대는 소리가 방 곳곳에서 들려왔다.

그런데……

'헉!'

사군은 소스라치게 놀랐다. 여인들의 숨소리가 몸을 자극했을까. 하초가 불끈거리고 있었다. 그러고 보니 여자를 안은 지 벌써 열흘이 넘었다. 갑자기 몸이 급해졌다.

'더러운 몸!'

더 있을 수 없다.

'가자. 어차피 이들과 나는 같은 사람이 아닌걸.'

소주 일대에서 혈안색마(血眼色魔)로 통했고, 그 이후의 행적도 떳떳한 것이 별로 없다. 그나마 정춘교의 지시로 청국과 내통하는 자들을 죽인 일이나, 마적산에서의 작은 활약이 전부였다. 의기로 뭉친 사람들 앞에서까지 추한 꼴을 보일 수는 없었다.

'내가 있으면 이들도 결국 비참하게 죽어!'

사군은 자리에서 살며시 일어나 조심스레 문을 열고 밖으로 나섰다. 차가운 한겨울의 밤공기 것만 몸은 더욱 데워지고 있었다.

사군은 발소리를 죽이며 그들이 묵고 있는 방에서 멀리 벗어났다.

'어차피 내가 낄 수 있는 자리가 아니었어.'

초라했다. 어서 그곳에서 벗어나고 싶었다.

장원 담장을 넘어 십여 장이나 갔을까.

"혈안색마!"

쿵!

하늘이 무너지면 이런 기분일까.

두 발은 땅에 붙은 듯 꼼짝할 수 없었다.

"후후후, 사군이 아니라 사진이라고 했더군."

남환이었다. 하지만 사군은 입술마저도 달라붙은 듯 아무런 대답을 하지 못했다.

"언제부터 무림의 척살조에 색마가 끼었지?"

남환의 목소리는 의기양양했다.

그는 혹시라도 자신의 정체가 탄로날까 잠을 이루지 못하고 있었는데, 사군이 나가는 것을 보고 수상히 여겨 뒤를 밟았던 것이다.

"그렇게라도 속죄를 하고 싶었소."

"우리까지 더러운 누명을 쓰라고?"

남환의 말투에 분노가 서렸다.

"난, 그저······."

할 말이 없었다. 사군은 고개를 떨구었다.

남환은 머리를 굴렸다.

'어차피 목표는 하나. 게다가 지금 이 순간이 놈의 약점을 쥐고 흔들수 있는 좋은 기회인 것 같군. 맞아, 망설이다가 실기하면 안 되지. 후후후, 덕분에 시간을 단축할 수 있겠군.'

남환의 결심에는 시간이 길지 않았다.

"좋아. 정 그렇다면 나도 네놈에게 기회를 주지. 다탁의 목을 따와. 지금 소홍성에 묵고 있다더군. 그놈의 목을 따서 내 앞에 들이대면 나도 더이상 네 과거를 묻지 않겠다. 어차피 우리의 목표는 시시껄렁한 친왕이나 장수급을 암살하는 것이니 내 요구가 무리한 것은 아니겠지?"

놈을 보내고 정보를 흘리면 그것으로 끝이다. 다른 장수는 몰라도 다탁이라면 청국의 이 인자라 해도 과언이 아니다. 겹겹의 호위들을 뚫어야 하고, 게다가 이 정보를 당자기에게 넘겨주기만 하면 된다.

대답이 없자 남환은 입을 삐죽이며 사군을 비웃듯 쳐다보았다.

"왜? 목숨은 아까운가? 너 때문에 자결을 한 여인도 있는데······. 무림인들이 가장 싫어하는 색마 주제에 이런 좋은 조건도 가릴 참인가?"

남환은 사군의 대답을 재촉했다. 그가 알기로 사군이 색마이기는 하지만 언질만 받아두면 약속을 어길 자는 아니었다.

"하겠소. 목숨을 걸지요. 대신 내가 실패하더라도 그 약속은 무덤까지 가져가 주시오."

"그거야 이를 말인가."

남환의 목소리가 한결 부드러워졌다. 죽은 사람이 무얼 알겠는가. 이런 약속이라면 하루에 열 번이라도 해줄 수 있다.

"말 못할 이유가 있소. 모두 본의는 아니었소. 잘 부탁하오."

사군은 포권을 하고는 관도 방향으로 몸을 날렸다.

소흥부 관아.

저잣거리에서 멀지 않은 곳에 위치해 평소라면 인파의 물결로 들끓는 곳이었지만, 오늘만큼은 개미 새끼 한 마리 얼씬거리지 않았다.

정국대장군(定國大將軍) 다탁(多鐸), 그는 이틀 전부터 이곳에 진을 치고 소흥부 일대의 해상 방어진 점검에 여념이 없었다.

관아의 정문에는 백색 바탕 주변에 홍색의 테를 두른 흰 깃발들을 중심으로, 수십 개의 깃발들이 겨울 바람에 휘날리며 그의 위세를 과시했다.

청국의 여러 친왕 중에서도 대장군의 직함으로 된 관인을 하사받은 자는 몇 되지 않는다. 다탁은 청국의 실세 다이곤의 오른팔 격으로 명실상부한 이 인자이니, 당연히 그의 경호도 남다를 수밖에 없었다.

관아의 각 문마다 도검으로 중무장한 병사들이 떼를 지어 깔렸고, 십여 명씩 조를 짠 순시병들이 수시로 관아 주변을 돌며 철통같은 경비망을 펼쳤다. 가끔씩 수하들을 이끌고 말을 타고 오가는 청병 장수들은 흰 갑주 주변으로 붉은 테를 둘러 다탁이 양백기주(鑲白旗主)임을 알렸다.

소흥부는 강남에서 바다로 오가는 중요한 관문 중의 하나다.

이곳을 점하면 피아 간에 절강 일대로 오가는 대부분의 운송물을 차단할 수 있다. 황도로 통하는 물길과 연결된 소흥 수로는 강북으로 운송되는 강남 물자의 출발점이라고 할 수도 있다. 그러기에 이즈음 다탁의 소흥 행차는 전혀 이상한 일이 아니다.

그는 바다로 통하는 각 진을 철저히 정비해, 바다에서 공격해 오는 명나라 잔당들의 공격으로부터 효과적으로 대처하기 위한 작업을 하고 있었다.

내실.
"끙!"
다탁은 용을 쓰며 자리에 앉았다. 요 며칠 새 찬바람을 맞으며 무리를
한 탓인지 몸이 편치 않아 앉는 것도 쉽지 않았다. 그의 앞에는 소흥부와
영파부 일대의 주요 관문들이 표시된 지도가 펼쳐져 있었다.
"왕야, 약을 대령했습니다."
만주풍 복장의 한 여인이 약탕기를 들고 안으로 들어섰다.
다탁의 수행 의녀 취련이다.
몸살기가 있어 낮에 일대에서 용하다는 의원 몇이 다녀가기는 했지만,
그가 가장 신임하는 사람은 취련이다.
그녀는 약사발을 들고 조금 떨어져 서 있다가 다탁이 가볍게 고개를
끄덕이자 사뿐한 걸음걸이로 그의 곁으로 다가와 공손히 사발을 올렸다.
약사발에서 김이 모락거렸다.
벌컥벌컥!
다탁은 그걸 받아 들고는 인상을 써가며 들이켰다.
"크으! 네가 주는 약은 언제나 쓰구나."
"본시 좋은 약이란 입에는 쓰지만 몸에는 좋은 법입니다."
취련은 빈 그릇을 받아 들다가 미소를 띠며 말했다.
"헛헛헛!"
다탁은 가벼운 웃음과 함께 그만 되었다는 듯 손을 저어 그녀를 물렸
다.
이어 또 다른 인기척이 들리며 열린 문밖에서 푸른 비단으로 만주풍
복장을 한 당자기가 모습을 드러냈다.

탁! 탁! 탁!

그는 방 입구로 들어서며 옷에 어울리는 만주풍의 인사를 올렸다.

"왕야, 당자기입니다."

다탁의 안면이 살짝 일그러졌다.

자신이 소흥에서 이토록 무리를 하는 것은 바로 당자기 때문이라 할 수 있었다. 옥황산 일대에 설치 중이던 포대가 절반이나 박살나 버렸고, 그 일로 다이곤으로부터 심한 문책을 받았기에 그걸 만회하려다 보니 무리를 하지 않을 수 없었다.

"무슨 일이냐?"

목소리에 짜증이 섞였다.

"놈들에게 심어놓은 첩자로부터 연락이 왔습니다. 대인을 노리는 자객이 있다고 합니다."

"뭣이?!"

웬만한 말에는 꿈쩍도 않는 무장 다탁이지만, 자객이라는 말에는 예민한 반응을 보였다. 보이지 않는 칼이 가장 무서운 적임을 아는 까닭이다.

"왕야, 안심하소서! 놈의 행적은 제 손바닥 안에 있습니다."

그 말에 다탁이 당자기를 지그시 노려보자 그는 자세를 바로 하며 더욱 믿음직스러운 인상을 주려고 애썼다.

"경비를 더욱 늘려라. 수하들을 풀어 놈이 나타날 만한 길목 곳곳에 배치해 두는 것도 잊지 말고."

"이미 조치를 해두었습니다."

그제야 다탁의 인상이 펴졌다. 조치가 취해졌다는 말에 긴장이 어느 정도 풀어지며 몸이 천근만근 무거워졌다.

"이만 물러가라!"

당자기는 아직도 냉기가 풀풀 날리는 그의 말이 섭섭했지만 조용히 인사를 하고 뒷걸음으로 방을 나왔다. 그나마 쾌각에서 어고항산 포대 사건과 관련된 반청 무인들을 백여 명이나 소탕했다는 보고를 할 수 없었다면 다탁의 면전에 얼굴도 내밀지 못할 뻔한 그였다.

침상으로 가던 다탁이 멈칫하더니 방 한구석에 놓여져 있는 자신의 무구(武具)로 눈을 돌렸다. 잘 닦인 언월도에, 양백기주를 상징하는 갑옷과 투구, 그리고 장검과 칼 몇 자루가 가지런히 놓여 있었다.

다탁은 그리로 가 적당한 크기의 칼을 고른 후에 침상으로 가 한구석 세워두고서야 만족한 표정으로 잠자리에 들었다.

휘이이잉!

밤이 으슥해지자 찬바람은 더욱 거세게 몰아쳤다.

인시(寅時) 무렵이 되자 순찰을 도는 병사들도 뜸해졌고, 그나마 가끔씩 도는 순시병들도 흐트러진 자세로 몸을 움츠리고 다녔다. 미처 보수를 하지 못한 낡은 문들은 바람에 덜컹거리며 흔들려 거무스레한 구름 사이로 가끔씩 고개를 내미는 달빛에 장단을 맞추었다.

사군은 무우장(霧雨莊) 지붕에 올라가 있었다.

방금 전까지 치밀어 오르는 욕정을 이기기 위해 기방에서 세 명의 여인과 번갈아 가며 잠자리를 가진 후였다. 정사는 이제 더 이상 운우지락이 아니라 살기 위한 방편일 뿐이었다.

멀리 우뚝 솟은 소흥부 관아의 처마가 길게 이어져 있는 것이 보였다. 수년 전 강생원의 상여 행렬 꽁무니를 쫓아 이곳 담장을 넘어 쌀을 훔쳐 갔던 곳이다.

사군의 입가에 평온한 미소가 번졌다.

눈을 감았다.

그 일로 어머니에게 종아리에서 피가 터지고, 허벅지만큼 부어오르도록 맞았다. 그날의 그 회초리, 그 매섭던 어머니의 손길, 목소리, 그리고 상처를 보듬어주고 싸매며 흘리시던 눈물, 몰래 들어온 예향이 건네주던 빙당호로의 풋풋한 단내가 그립다.

눈가에 눈물이 촉촉이 맺혔다.

휘이이잉!

바람이 더욱 거세졌다.

사군은 바람에 떠밀리듯 몸을 일으켰다. 그는 무우장 담장을 따라 몸을 납작 낮추고는 고양이처럼 앞으로 내달렸다. 매서운 추위에 인기척 하나 없는 거리에서 흑의를 입고 빠르게 담장을 타고 있는 그의 움직임은 먹이를 찾아 달리는 검은 고양이로 보였다.

몇 개의 담장을 타고 달렸을까.

사군은 십여 장 가까이에 우뚝 서 있는 관아의 담장이 나타나자 가볍게 몸을 날려 가까이 있는 건물의 처마 밑으로 몸을 숨겼다.

바람이 또 불어왔다. 길거리의 온갖 잡동사니를 다 끌고 다니는지 사라락거리는 소리가 유난스레 귀에 거슬렸다.

사군은 귀를 쫑긋 세웠다.

냄새다.

바람이 실어온 사람 냄새. 이럴 때 요긴한 것은 눈보다 귀다.

'셋이야!'

천이통을 펼치니 관아 담장 뒤쪽으로 길게 서 있는 나무들 부근에서 서로 엇갈리며 일어나는 세 개의 숨소리를 들을 수 있었다. 숨소리는 그게 전부가 아니라 칠팔 장 간격으로 계속 이어져 있어, 그들이 철통같은 경계망을 펼치고 있음을 알려주었다.

늘 그래 왔듯 사군은 관아를 길게 돌았다.

경계는 사람이 서는 것이다.

이 춥고 긴 밤을 날카로운 눈으로 감시하며 지새워야 하는 임무를 온전히 수행한다는 것은 결코 쉬운 일이 아니다. 어딘가에 반드시 허점이 있기 마련이다. 사군은 언제나 그 빈틈을 노렸다. 추위를 이기기 위해 독한 술 한 잔을 몰래 들이키고 잠을 자는 자들의 숨소리를 노려야 한다.

사군의 탐색은 그리 길지 않았다. 후문에서 멀지 않은 곳에서 그는 거칠고 고른 숨소리를 찾아냈다.

혼신의 공력을 다해 몸을 가볍게 한 그는 관아 담장과 이어진 길 건너편까지 접근했다. 굵은 나뭇가지에 납작 몸을 붙인 그의 모습은 영락없이 나무 등걸로 보였다.

담장과의 거리는 칠팔 장.

한 떼의 순시병들이 다시 나타났다.

"제길, 오늘 밤은 왜 이리 순찰을 자주 돌리는 거야?"

인솔자인 듯한 자가 투덜거리는 말소리가 들려왔다. 바람을 피해 어깨는 잔뜩 움츠리고, 고개를 최대한 몸에 파묻은 채였다. 장창을 들고 대오를 지어 그의 뒤를 따라가는 병사들도 그와 별반 다르지 않았다. 모두 추위를 피해 창을 가슴에 안다시피하고 손을 겨드랑이에 감춘 채 따르고 있었다.

사군은 그들이 지나가기를 기다려 담장의 작은 처마 아래에 붙었다.

잠시 반대편의 기척을 살피던 그는 서서히 몸을 굴려 담장을 축으로 굴러가듯 몸을 돌아 넘었다.

쏴아…….

바람에 잔가지들이 부대끼며 몸을 떨었다.

'어설프군!'

나무 기둥 아래 임시로 만든 작은 움막들이 있었고, 숨소리는 그 안에서 들려왔다. 움막은 급히 만들어 세운 듯 몇 개의 작은 나무 기둥을 서로 엇갈리게 놓고, 그 위를 두꺼운 천으로 덮었다. 나무 기둥들의 높이나 두께도 일정하지 않고, 천막도 엉성한 것이 급조해 만든 티가 역력했다.

이곳저곳 들쑤시고 다닐 필요는 없다. 사군은 기를 살폈다.

사람 냄새가 많이 나는 곳, 유난히 긴장이 잔뜩 서려 있는 곳. 사군은 마침내 원하던 곳을 찾았다.

"끙!"

새벽녘이 되자 몸살기가 더 심해졌다. 악몽에 시달리며 땀을 비오듯 쏟은 다탁은 그 축축함에 잠에서 깨어났다. 취련을 부르고 싶었지만 너무 이르다.

몇 년을 전장을 같이 떠돌며 수발을 들어온 여자, 취련은 어느덧 다탁에게 은근한 믿음을 주는 존재가 되었다.

사내로서 젊은 여자를 한 번쯤 품어볼 만도 하지만 다탁은 그러지 않았다. 처음에는 사군이라는 젊은이가 내자라며 맡긴 것이 마음에 걸렸고, 그 후 어느 정도 시간이 흐른 후에는 친누이 같이 느껴지는 묘한 정 때문에 그러지 않았다.

"으음!"

목이 탔다. 탁자 위에 물그릇이 놓여 있는 것이 보였다. 몸에 열이 있기에 갈증을 쉬이 느낄 것을 염려한 취련의 배려로 보였다.

"끄응!"

다탁은 천근만근 같은 몸을 이끌고 천천히 중앙 탁자로 걸어갔다. 전장에서는 펄펄 날던 몸이건만 하찮은 몸살 때문에 이토록 몸이 말을 듣지 않으니 은근히 부아가 치밀었다.

갈증이 심했다.

그런데 물그릇을 잡고 들어올리는 순간 손가락에서 힘이 쑥 빠지더니 그만 놓쳐 버렸다.

퉁, 탕, 탕!

탁자 위에 쏟아진 물이 바닥까지 줄줄 흘러내렸다.

"허허허!"

어이가 없어진 다탁은 그냥 웃었다. 잠자리에 들기 전에는 크게 이상이 없었는데, 몸살기가 밤사이에 무척 심해진 것이 틀림없었다.

"왕야! 소녀 취련 들어가옵니다."

후둘거리는 다리를 억지로 다잡고 인상을 찡그리고 멍청히 서 있던 다탁의 얼굴이 환하게 펴졌다.

"험! 크윽! 컥!"

헛기침으로 들어오라는 신호를 보낸다는 것이, 갈증으로 말라 버린 목을 자극했는지 사래가 들리며 헛구역질에 마른기침까지 나오려 했다. 다탁은 몸의 중심을 잃고 비틀거렸다.

"와, 왕야!"

그 소리에 깜짝 놀란 취련이 황급히 방 안으로 들어서며 다탁을 부축했다.

"어, 어서 침상으로!"

"무, 물. 크윽!"

힘겨운 말에 다탁의 얼굴이 벌겋게 달아올랐다. 취련이 겁에 질려 황급히 물 잔을 들어 입에 대주자 다탁은 정신없이 물을 들이켰다.

벌컥벌컥!

정신없이 물을 들이킨 그는 한 손으로 탁자를 잡고 비스듬히 서 있다가 한참 후에야 허리를 폈다. 취련은 얼른 수건을 가져와 그의 입 주변을 닦아주었다.

풋풋한 여인의 냄새. 괴로워하던 다탁의 얼굴에 미소가 번졌다.

취련은 그런 아이다. 특별히 잘난 구석은 없지만 사람의 마음을 편하게 하는 매력을 지닌 아이, 때로는 연인 같고, 때로는 친구 같고, 때로는 오래전에 세상을 떠난 어머니를 떠올리게 하는 아이다. 그녀를 곁에 두는 것만으로도 마음이 편했다.

"낭군 생각은 나지 않더냐?"

그 말에 취련은 화들짝 놀랐다. 수년을 모셨지만 단 한 번도 신상에 관한 질문을 않던 분이다. 두려움이 왈칵 밀려들었다.

"왜 그러느냐? 허허허, 내가 묻지 말아야 할 질문을 한 것 같구나. 만나지 못해 가슴이 아프냐?"

취련이 겁먹자 미안했는지 목소리가 부드러웠다.

"저, 저는……."

"핫핫! 그만두자. 내 약속하지. 너를 보내는 것이 아쉽기는 하지만 적당한 때가 되면 너를 그 녀석에게 보내주마. 네 몸에 손을 대지 않았다는 사나이로서의 맹세와 함께 말이다. 핫핫핫!"

취련은 도리를 쳤다.

'그게 아니옵니다. 소녀에게는 낭군이 없습니다. 소녀도 왕야를 사모하고 있습니다. 하오나 이미 청백지신(淸白之身)이 아니옵니까.'

한 번쯤은 용기를 내 말하고 싶었다. 하지만 수년을 함께하면서 이제껏 그런 기회를 단 한 번도 찾지 못했다. 뜨겁게 달아오른 방심이건만 어쩌지 못하는 것이 더욱 안타깝기만 한 그녀였다.

"악몽을 꾸었다."

"옛?"

"악몽(惡夢) 말이다. 몸이 갑자기 허해지니 하찮은 요괴들까지 감히 내게 덤비지 뭐냐? 헛헛헛!"

다탁은 쑥스러운 듯 웃음으로 말을 얼버무렸다.

"기를 보하는 약재를 준비해 올리겠습니다."

"그래 주련? 명의라는 것들은 죄다 허명뿐인지, 의원도 궁합이 맞는 의원이 있는지, 그동안 겪어보니 내 몸에는 네가 올리는 탕약이 가장 효험이 있는 것 같더구나. 너를 보내 버리고 나면 그게 제일 걱정이야."

취련은 얼굴을 붉히며 고개를 숙였다.

'어쩌면 지금이 마지막일지 몰라.'

취련은 생애에서 가장 힘든 용기를 냈다.

"평생 모실 것이오니 심려놓으십시오. 다만 왕야께서 소녀를 멀리하실까 근심이옵니다."

다탁은 흠칫했다.

그는 잠깐 동안 그녀가 한 말의 진의를 느껴보려고 애썼다.

어색한 침묵이다.

취련은 발갛게 달아오른 부끄러움에 얼굴을 감싸 쥐고는 황급히 뒷걸음질로 자리에서 물러났다.

그녀가 막 문 가까이 다가간 순간이었다.

둥근 월형(月形) 창문이 살짝 열리는가 싶더니 그림자처럼 안으로 스며드는 인영이 있었다.

인사를 위해 고개를 숙인 취련도 보지 못했고, 그녀를 아쉬운 듯 보내던 다탁도 보지 못했다.

인기척을 느낀 것은 취련이 먼저였다.

막 문을 나서려다 싸늘하게 밀려드는 한기에 창문이라도 열렸나 하여 고개를 들던 그녀는 그제야 침입자의 존재를 알아챘다.

'앗!'

하지만 상대의 정체를 알아보는 순간 그녀는 말이 입 밖으로 나오지 않았다.

사군이다!

이름마저도 다탁과 그의 수하들이 나누는 대화를 통해 겨우 알고 있는 그녀였다.

"웬 놈이냐?"

다탁은 침상 쪽으로 주춤 물러서며 노기를 띠고 말했다. 한데!

"앗!"

다탁의 눈이 커졌다.

놀란 사람은 그뿐만이 아니었다. 검을 막 뽑아 들던 사군도 흠칫했다.

'응?'

그리 낯설지 않은 중년 사내. 사군은 기억을 더듬었다. 하지만 그럴 필요가 없었다.

"안 돼요!"

취련이 얼른 달려와 다탁의 앞을 막아섰다.

"아!"

취련을 본 사군은 그제야 상대를 기억했다. 무석에서 공동삼살에 쫓겨 취련을 맡겼던 그 사내다.

검을 잡은 손에서 힘이 빠졌다.

"자네로군!"

어색한 한어. 사군은 대답하지 못했다.

하필이면 이 사람인가. 예전에 신세를 진 적이 있는데. 취련이 막아서는 것을 보면 그동안 잘해준 것이 분명하다.

혼란스럽다.

"자객이 되어서 나타났는가?"

심히 안되었다는 말투다. 불끈했다.

"당신은 중원을 짓밟는 침략자로 나타났습니까?"

"난 전장의 장수일세. 그리고… 무림에 대해서는 잘 모르지만, 무인과 자객은 구별되어야 한다고 생각하는데…….."

스릉!

사군은 대답 대신 검을 뽑았다.

"나를 조롱하는 것이오? 지금 내 처지를 비웃는 것이오? 좋소! 어차피 체면 따윈 시궁창에 처박아 버린 지 오래요."

다탁은 재빨리 뒤로 물러서더니 침상 곁에 놓아 둔 칼을 집어 들었다.

사군은 더 이상 기회를 놓치고 싶지 않았다.

팟!

검은 푸르스름한 기운을 뿜어내며 허공을 갈랐다.

"악!"

취련이었다.

순간 빗살처럼 다탁을 갈라가던 검은 허공에서 움직임을 멈추었다.

"헉!"

"아니!"

사군은 눈을 부릅떴다.

'여자가 왜?'

취련이 달려들며 다탁의 앞을 막아섰던 것이다.

다음 순간 다탁의 칼이 사군을 베어왔다.

"이놈!"

분노에 찬 목소리.

찰라지간 그 자리에 얼어붙은 듯했던 사군은 습관적으로 몸을 비틀어 날카롭게 어깨를 베어오는 다탁의 칼을 피했다.

"자기 마누라를 베는 못난 놈!"

자신이 사군의 검에 베였다 해도 이토록 분노가 치밀어 오르지는 않았을 것이다. 다탁의 분노는 하늘을 찌를 듯했다. 방금 전까지만 해도 제 몸 하나 건사하기 힘들었던 그였지만 어디서 그런 힘이 솟았는지, 그의 칼은 멈출 줄 모르고 사군을 몰아붙였다.

"너 같은 놈은 사내도 아니다. 감히!"

다탁은 앞뒤도 맞지 않는, 이해하기 힘든 말을 내뱉으며 연신 사군을 핍박했다. 하지만 독한 몸살을 앓은 탓인지 그의 공격은 시간이 지날수록 급속히 힘을 잃고 있었다.

'제발!'

취련은 사군의 검에 빗맞은 왼팔을 부여잡고 침상 기둥을 붙잡은 채 겨우 서 있었다. 하얀 비단 옷은 어깨 어림에서 흘러내린 피로 이내 붉게 물들었지만 개의치 않고 사군과 다탁에게 연신 호소의 눈길을 보내고 있었다.

한 사람은 첫 사내, 또 한 사람은 처음으로 연정을 품은 사내.

그녀의 바람은 어서 이 무서운 싸움이 끝나는 것이다, 그 누구도 다치지 않은 채로.

어설프게 휘두르는 다탁의 칼을 피하는 중에 언뜻언뜻 눈에 스치는 취련의 그런 모습은 사군으로 하여금 전의를 상실하게 만들었다.

방 안의 소동에 바깥은 이내 소란스러워졌다.

"자객이다!"

"왕야의 침실에 자객이다!"

"왕야를 보호해라!"

몇 개의 횃불이 일렁이는가 싶더니 덜그렁거리는 갑주 소리며, 요란한 발소리와 함께 순식간에 바깥쪽이 환하게 바뀌었다.

'급하다.'

수비에 급급하던 사군이 검을 팽그르 돌리며 자신의 머리를 쪼개오는 다탁의 검을 감싸 돌렸다.

창창! 창!

그러지 않아도 힘을 잃어가던 다탁은 맥없이 칼을 떨구고는 망연자실한 표정으로 사군 앞에 섰다. 사군의 검이 다탁의 심장을 노리고 쑤셔 들어갔다.

"아악!"

뾰족한 비명! 사군의 검이 또다시 멈칫했다.

"안 돼요! 제발!"

충격을 받은 취련이 침상 기둥을 안고 스르르 무너져 내렸다.

그것을 본 사군은 다음 행동을 결정하지 못하고 망설였다.

쿠당탕!

순간 문짝이 부서지며 병사들이 우루루 안으로 쏟아져 들어왔다.

망설일 수만은 없었다. 사군은 검을 다탁의 가슴으로 밀어 넣었다.

"윽!"

다탁의 입에서 고통에 찬 신음성이 터져 나왔다.

하얀 비단 잠옷 위로 선호의 피가 보이는 순간, 사군은 검을 뽑아 뒤에서 사군의 등을 향해 칼을 휘두르며 달려드는 호위병의 머리를 찔렀다.

"으악!"

섬전같이 빠른 공격. 검끝에 묵직한 감촉이 걸렸다. 선공을 했던 상대는 믿을 수 없다는 듯이 눈을 부릅뜨고 그 자리에 쓰러졌다.

나머지 호위병들이 동료의 비명과 상대의 전광석화 같은 공세에 멈칫하는 짧은 틈을 노려 사군은 창문으로 몸을 날렸다.

팍!

사군과 창틀은 한 덩어리가 되어 바깥쪽으로 떨어져 나갔다.

"달아난다!"

"잡아라!"

왜 그랬는지 모르겠다.

정곡을 겨누었던 검끝이 심장 옆으로 비껴갔다.

'살았을까?'

씽씽거리며 귓가를 스쳐 가는 찬바람을 뒤로한 채 사군은 경공을 전개해 무조건 앞으로 내달렸다.

"이놈!"

검을 쥐고 무조건 앞으로만 달려나가는 그를 누군가 공격해 왔다. 상대가 미처 칼을 마저 휘두르기도 전에 스치듯 바싹 다가선 사군의 손에 들린 검이 번쩍했다.

팟!

"큭!"

모든 것이 다 귀찮다.

취련은 다탁을 사랑하고 있다. 둘 다 죽으면 안 된다. 사랑하는 사람들은 함께 있어야 한다.

'하필 왜 당신이 다탁이야!'

사군은 아직까지도 심장을 후비는 듯한 비수 같은 한마디를 기억했다.

"자객이 되어서 나타났는가?"

수치감과 분노가 한데 뒤섞여 머리 속이 엉망이 되어버렸다.

누군가가 뒤를 바싹 쫓는 것이 느껴졌다. 신형이 가벼운 것으로 보아 상당한 고수가 틀림없다. 저런 강한 상대와 싸울 여유는 없다.

그는 전력을 다해 경공을 펼쳤다.

"사군!"

몸이 휘청할 뻔했다. 상대는 자신을 안다. 사군은 대답하지 않았다. 자신을 알아보는 그 누군가의 정체가 두려웠다.

'취련, 다탁 다음은 또 누구냐?'

상대는 집요했다. 다른 추적자들은 유가무보를 펼치자 차례로 떨어져 나갔지만, 계속 이름을 부르며 쫓아오는 한 명의 거머리 같은 자만은 어쩔 수 없었다. 두 사람의 거리는 멀어지지도, 그렇다고 좁혀지지도 않았다.

두 사람은 어느덧 창안포 인근 야산에 이르렀다. 그때까지도 당자기는 사군의 뒤를 쫓고 있었다.

"사군!"

그는 좀처럼 거리가 좁혀지지 않자 품속에서 뭔가를 꺼냈다. 두 치 크기의 별 모양의 비표였다. 당자기가 가볍게 손을 내젓자 삼 장 거리를 두고 앞서가는 사군의 등을 향해 비표가 날았다.

쐐액! 쐐액!

두 개의 비표가 바람을 가르며 사군의 등을 노렸다.

'암기!'

추적자로부터 느껴지는 이상한 느낌에 이미 주의를 기울이고 있던 사군은 재빨리 허공으로 풀쩍 몸을 솟구쳤다.

하지만 그건 당자기가 원하던 행동이다.

쐐애액! 쐐액!

당자기의 손짓에 따라 비표들이 방향을 바꾸어 사군의 등을 꼬리처럼 물고 달려들었다.

'헛!'

사군은 그제야 비표가 예사 암기가 아님을 알았다. 허공에서 공중제비를 넘듯 빙글 몸을 돌린 사군이 검을 휘둘러 두 개의 암기를 쳐냈다.

탕! 탕!

상대의 공력이 실려 있는 듯, 암기들은 날카로운 금속성을 내며 튕겨져 나갔다.

"핫핫핫!"

"오늘은 내 손을 벗어나지 못할걸!"

당자기는 그제야 흡족한 표정으로 사군 맞은편으로 날아 내렸다. 그도 상대가 암기 따위에 당할 인물이 아님을 알고 있었다.

파파팟!

사군은 대답 대신 명왕개밀의 초식을 전개해 상대의 이마를 갈라갔다. 불편한 심경을 대변하듯 새파란 검기가 일며 밤공기를 찢었다.

"훗!"

예상치 못한 날카로운 공세에 기겁을 한 당자기는 헛바람을 들이키며 황급히 몇 발작 뒤로 물러났다. 하지만 그것으로 충분치 않았다.

청룡첩(靑龍貼).

사군의 검이 그림자처럼 당자기를 쫓으며 요혈을 노렸다.

창! 창! 창!

당자기는 엉겁결에 검을 휘둘러 겨우 공세를 막았지만 끝을 모르고 이어지는 공세에 연신 뒷걸음질치기 급급했다.

상대가 흑백쌍필을 꺾었다고 들었지만 그저 운이 좋았을 것이라 생각했는데……. 어느덧 십여 초 이상 공격을 당한 당자기는 내심 분을 삭이지 못했다.

"이놈!"

당자기는 더 이상 참지 못했다.

그는 다리를 노리고 횡으로 베어오는 검을 무시한 채 상대의 머리통을 노리고 허공을 갈랐다. 다리는 줄 테니 머리통을 달라는 말이다.

팟!

허리를 반쯤 앞으로 숙인 상태로 공격을 해가던 사군은 땅 위를 구르듯 몸을 빙글 돌렸다.

'뇌려타곤!'

당자기는 그렇게 보았다. 머리를 향했던 검이 사군이 구르는 방향으로 살짝 방향을 틀어 옆으로 베어갔다. 허리 비스듬히 땅바닥을 긁을 듯 베어오는 공세에 사군은 더욱 빨리 몸을 굴려 그의 공세에서 벗어나려고 했다.

"흥!"

당자기는 계속 쫓으며 공격을 퍼부었다. 미처 몸을 일으켜 세울 틈도 주지 않는 신랄한 공격에 사군은 적잖이 당황했다. 언뜻 보기에는 방금 전 자신이 펼쳤던 청룡첩을 연상시키는 공격과도 같았다.

급하면 어쩔 수 없다.

정신없이 빙글빙글 몸을 틀어 지면을 굴러 아찔하게 몸을 피하던 사군은 발끝에 걸리는 잔돌의 감촉을 느끼고는, 당자기를 향해 그대로 걸어 차 올렸다.

쫘락!

바닥에 깔려 있던 잔돌들이 날카로운 흉기로 변해 당자기의 전신에 흩뿌려졌다. 놀란 그가 훌쩍 뒤로 물러서자 사군은 그제야 몸을 일으킬 수 있었다.

"제법이로구나!"

몇 차례의 공수 교환으로 사군의 실력이 결코 만만치 않다는 것을 간파한 당자기는 신중한 자세로 사군을 향해 다가서며 공치사를 했다. 새파랗게 젊은 놈과 겨우 엇비슷한 경지라니! 아무리 단둘이 싸우더라도 이럴 때는 상대를 치켜세워 주어야 자신의 체면이라도 선다.

"날 어떻게 알았소?"

"흐흐흐. 궁금한가?"

사군은 그의 입을 주시했다.

"흑백쌍필을 해치운 그 유명한 장보도의 주인을 모른대서야 무림인이라 할 수 없지."

당자기가 사군의 뒤를 악착같이 쫓아온 이유다.

'장보도!'

오랜만에 들어보는 말이다. 그런 게 있기나 했었나. 그 말을 듣고도 아무런 감정이 일지 않았다.

"후후후, 네놈이나 연청아에게 장보도가 있음은 무림인 전체가 다 알고 있다. 어차피 다탁도 당한 것 같으니 나도 책임을 면키는 어렵다. 네놈이 내게 그것으로나마 보상을 해준다면 험한 무림에서 필요없이 목숨을 걸 이유는 없다."

"난 모르오."

귀찮은 싸움은 싫다.

"그렇게 말한다고 될 일이 아니라는 것을 알 텐데!"

"연청아와 헤어진 후 통 만나지 못했소."

"후후후, 그걸 나더러 믿으라는 말이냐?"

사군은 얼굴을 찡그렸다. 답답하다. 이런 자에게는 아무리 진실을 말해 주어도 소용이 없다.

"믿거나 말거나 당신 마음대로 하시오."

"목이 떨어져 나가도 장보도의 행방을 밝히지 않을 놈이구나."

"알았으면 그만 가보시오."

"아니지, 목을 들고 가야지. 네놈 목이면 연청아가 값을 괜찮게 쳐줄

지도 모르지."

당자기는 두 손으로 검을 쥐고 서서히 사군의 주위를 돌았다. 신중한 발놀림에 눌리고 밀린 눈들이 뿌드득거렸다.

사군도 검을 바로 하고 그의 공세에 대비했다.

'그만 가주시오. 싸우고 싶지 않소.'

마음속 간절한 소망이다. 취련과 다탁의 피를 본 지금은 만사가 그저 귀찮기만 했다.

'헉!'

연신 뒷걸음질치던 사군은 바닥에 툭 튀어나온 돌부리를 미처 보지 못해 걸려 몸이 기우뚱했다.

"타앗!"

당자기의 입에서 우렁찬 기합성이 터지며 바닥에 발랑 자빠진 사군의 머리를 틈도 주지 않고 쪼개갔다.

절체절명의 순간, 사군은 전신을 다해 검으로 앞을 막았다.

캉!

요란한 금속성과 함께 검이 두 쪽 나며 튀었다.

"앗!"

두 사람은 거의 동시에 짧은 비명을 질렀다. 내력을 이기지 못한 검이 부러지며 둘 다 자루만 남은 검을 쥐고 있었던 것이다.

바닥에 손을 짚고 반쯤 몸을 기대고 있던 사군이 당자기의 허리를 노리고 발을 감아 돌렸다.

팍!

"웃!"

재빠르게 몸을 틀어 피하기는 했지만 예상치 못한 공격이라 당자기는 엉덩이를 채이고 몇 발짝 뒤로 밀려야 했다.

"흐흐흐, 권각으로 하자는 게냐?"

당자기는 손잡이만 남은 검을 집어 던지고는 사군을 향해 자세를 낮춘 채 손가락을 갈퀴처럼 만들어 차례로 말아 쥐었다.

우두두둑!

당자기의 입가에 비릿한 웃음이 번졌다.

파자권(巴子拳).

당자기는 하북 팔극와(八極窩) 출신이다.

그 일대는 무술이 성해 남녀노소를 불문하고 재간이 뛰어나지 않은 자가 없기에, 표물을 싣고 길을 가는 표사(鏢師)들마저도 입을 닫고 지난다는 표불함창(票不喊滄)이라는 말까지 있다.

그런 팔극와 일대에서 둘째가라면 서러워할 실력자인 그는 큰 뜻을 품고 무림출도를 결심하던 중, 때마침 그 일대에 진을 치고 있던 이자성의 반순 세력에 합류했고, 그로부터 실력을 인정받아 수신호위(守身護衛)로 발탁되었다.

당자기는 부귀와 영화를 좇았다.

권세에서 영원히 멀어진 이자성 곁을 떠난 지금, 바라는 것은 부귀다. 그는 사군이 장보도를 가지고 있음을 기억했다.

권각이라면 누구에게도 지지 않을 자신이 있다. 놈을 한껏 두드려 반쯤 불구로 만들어놓으면 결국 입을 열 것이다.

팍!

당자기는 땅을 박차고 사군을 향해 비호처럼 날렵하게 몸을 날렸다.

무림에서 인정하는 파자권의 특징 중 하나는 짧은 거리에서 일순간에 폭발적인 힘을 쏟아내는 것이다. 자신감에 넘쳐 막무가내로 사군에게 달려든 당자기는 체중을 실어 발을 날렸다.

부웅!

허공을 찢으며 돌아가는 당자기의 발이 살짝 머리를 숙인 사군의 머리를 스쳤다. 순간 사군의 발이 당자기의 디딤발을 찍었다.

팟!

"훗!"

당자기는 헛바람을 들이켰다. 전광석화 같은 사군의 반응에 깜짝 놀란 그는 재빨리 뒤로 한 걸음 물러났다.

"제법이구나!"

"당신도……!"

"이건 어때?"

말과 동시에 당자기는 연신 주먹을 교차하며 노도처럼 사군을 공격해 갔다. 사군이 주춤하며 순간적으로 보인 빈틈으로 그는 몸을 홱 틀어 발로 사군의 옆구리를 찍었다.

맹호번신(猛虎飜身)!

당자기가 자랑하는 암퇴(暗腿) 기습이다.

퍽!

사군은 몸을 틀었지만 등을 내주어야 했다.

'으윽!'

입 밖으로 신음성을 내뱉지는 않았지만 뼈가 부서지는 듯한 고통은 어쩔 수 없었다.

"흐흐흐!"

단숨에 일격을 성공한 당자기는 회심의 미소를 지으며 이어지는 공세를 퍼부었다.

등짝에 일격을 당한 사군은 아직도 몸이 완전히 회복되지 않아 힘겹게 상대하고 있었다.

갈구리처럼 날카롭게 구부린 당자기의 두 손끝이 뱀의 혀처럼 날름거리며 사군의 이마를 찍어왔다. 팔극와(八極窩)에서 첫째를 자부하는 명인답게 매섭기 그지없는 백사토심(白蛇吐芯) 수법이다.

팟팟팟팟!

반 장도 채 되지 않을 거리에서 네 개의 손이 빠르게 공수를 교차하며 갈렸다.

짧게 끊어지는 당기의 공세는 단순하고 명료했지만, 그 힘만은 바위를 뚫을 정도로 엄청났기에 정신없이 뒤로 피하는 사군마저도 감탄을 금치 못할 정도였다.

당자기는 마치 자신의 투로(套路)와 각퇴(脚腿)의 경지를 자랑이라도 하듯 연신 손발을 교차해 가며 사군을 핍박했다.

단경(短勁)을 바탕으로 펼쳐 내는 파자권각(巴子拳脚)의 위력은 일반의 예상을 뛰어넘는 파괴력을 가지고 있었다. 꾸밈없고 절제된 그의 공격은 권각술에 남다른 자부심을 가지고 있던 사군마저도 당황케 할 정도였다.

한동안 당자기의 놀랄 만한 공격에 수세를 면치 못하던 사군이 반격을 시작했다. 어느 정도 통증에 익숙해질 무렵 그는 청룡나(靑龍挐)와 청룡번(靑龍鱗) 등을 잇따라 펼쳐 내며 현란한 움직임으로 상대에 대응해 나갔다.

사군의 청룡투(靑龍鬪) 역시 권각 대결에서 매우 효과적이었기에, 두 사람의 공수는 조화를 이루어 팽팽한 수평을 유지해 가고 있었다.

어느덧 반 각이 지났다.

지친 두 사람의 얼굴은 갈수록 홍조를 띠어갔고, 급기야는 숨소리마저 거칠어져 가기 시작했다.

당자기도 지쳤다.

아무래도 젊은 놈을 상대로 이렇듯 오래 싸운다면 나이를 먹은 자신이 훨씬 손해일 거라는 생각이 든 그는 방법을 달리하기로 했다.

"그만! 헉헉!"

그는 더 이상 공격을 않고 한 걸음 뒤로 물러서며 크게 소리쳤다. 빠르게 오가던 손발들이 거짓말처럼 일시에 움직임을 멈추었다.

"후우!"

사군도 숨을 길게 내쉬며 몸을 추스렸다. 짧은 시간에 그토록 맹렬하게 싸움을 해본 적이 없었다. 두 사람은 말없이 숨을 고르며 짧은 휴식을 취했다.

불과 일 장도 되지 않는 거리. 서로가 자존심을 내세우느라 조금도 뒤로 물러나지 않았기에, 서로의 움직임을 감시하며 가지는 긴장 속의 휴식이었다.

그런 중에도 당자기의 머리는 빠르게 돌아가고 있었다. 사군의 놀라운 무공을 몸소 겪은 그는 신중에 신중을 거듭했다. 확실하게 눌러놓을 한 수가 필요한 시점이었지만 상대의 재간으로 보아 도무지 자신이 없었다.

그는 휴식 중에도 슬며시 자세를 바꾸어가며 사군의 빈틈을 노렸지만 도무지 허점을 내주지 않자 내심 초조해하던 그는 문득 좋은 생각이 떠올랐다.

"사군! 혈안색마!"

천둥 같은 목소리!

'헉!'

놀란 사군이 몸을 휘청했다. 걸려들었다. 당자기는 그 틈을 놓치지 않았다.

팟!

그는 땅을 박차고 앞으로 달려들며 갈구리 같은 손을 일직선으로 곧게 하고는 곧장 사군의 심장을 노렸다.

교룡출수(蛟龍出水)!

일거에 상대의 숨통을 끊어버리려는 명쾌한 한 수였다.

'걸렸다!'

단 한 번의 도약으로 상대를 확실한 공격권 안에 둔 그는, 이 한 수로 오늘 승부를 결정지었다고 믿었다.

팟!

한데 마지막 순간 사군의 몸이 흔들 하는가 싶더니 흐릿한 잔상을 남기며 그의 시야에서 사라졌다.

'이형환위(移形換位)!'

당자기는 속으로 비명을 질렀다. 위험에 빠진 것을 직감한 그는 신속하게 손을 거두며 몸을 옆으로 뺐다.

퍽!

눈앞이 번쩍하더니 둔중한 충격이 그의 옆구리를 훑었다.

"크윽!"

둔중한 충격과 함께 숨이 멎는 듯한 고통이 엄습했다.

당자기는 상대의 함정에 빠진 것을 알았다. 놈은 허점을 노출시켜 자신을 유인했고, 자신은 멍청하게 그 함정에 빠졌다.

그의 신형이 비틀하며 흐트러지는 것을 놓치지 않고 사군의 발이 그의 명치를 파고들었다.

"흡!"

당자기는 가슴이 뭉개진 것을 직감했다.

"으으으……."

털썩 무릎을 꿇는 당자기의 입에서 검붉은 선혈이 주르르 흘러 옷을 적셨다.

생명을 잃은 한 쌍의 눈이 음습한 밤하늘을 응시했다.

당자기가 생각했던 것처럼 사군이 함정을 파고 기다린 것은 아니었다. 다만 혈안색마라는 그 말이 사군의 분노를 일으켰다. 분노는 온몸을 예민하게 만들었고, 당자기로 하여금 스스로가 만든 함정에 빠져 버리게 했던 것이다.

사군은 상대가 서서히 무너지는 것을 무심한 눈으로 고스란히 지켜보았다. 상대는 이제 날마다 찾아오던 그 아침을 더 이상 맞지 못할 것이다. 다시 앞에 나타나서 장보도를 달라거나 혈안색마라는 입놀림도 하지 못할 것이다.

하지만 자신의 손에 죽은 사람을 보는 것은 언제나 끔찍한 일이다. 사군은 뭔가를 털어버리려는 듯 좌우로 고개를 저었다.

"내가 말했잖소. 그만 가달라고……."

사군은 터덜거리는 걸음으로 그곳을 벗어났다.

또 한 쌍의 눈이 있었다.

'대단한 놈이구나!'

중년인 하나가 두 사람이 싸우는 것을 처음부터 빠짐없이 지켜보고 있었다. 사군이라는 이름을 들었을 때 그는 당자기가 사군을 핍박해 장보도의 행방을 말하면 자신이 먼저 움직여겠다 생각했었다. 하지만 싸움이 치열해지는 것을 보고는 양패구상을 바랐는데……. 결과는 전혀 예상치 못한 장면으로 흘러가 버렸던 것이다.

그는 손바닥을 들여다보았다. 얼마나 처절한 싸움이었는지 구경꾼인 자신의 손바닥이 축축하게 젖어 있었다.

"흠, 그곳이로군."

그는 사군의 가는 방향을 어림하고는 어디론가를 향해 몸을 날렸다.

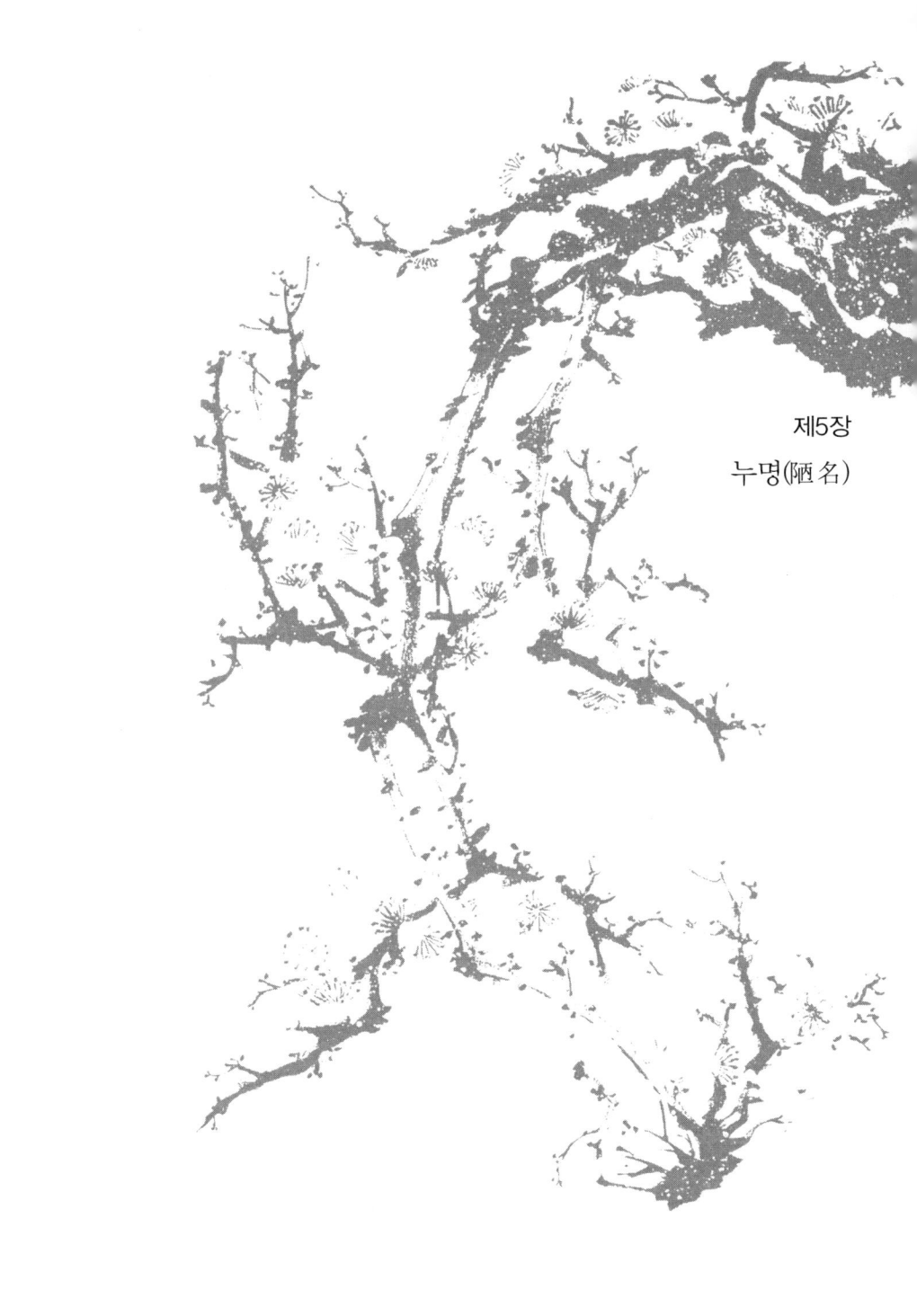

제5장

누명(陋名)

사군이 향한 곳은 자신의 고향이라 할 수 있는 도하촌이
었다.

제 길로 가려면 성안을 관통해 빙 돌아야 했지만, 창안포 뒤
편의 산을 두 개만 넘으면 바로다. 다만 길이 험하고 강도들이
들끓기에 사람들은 그리로 가려 하지 않았다.

'군혜 누님은 잘 있을까?'

남편을 잃었으니 쌍둥이 엄마인 그녀가 무척 어렵게 살 것
은 묻지 않아도 뻔했다.

군혜의 집으로 향하던 사군이 멈칫했다. 그리 가면… 필시
여인의 향기에 취해 또 몹쓸 짓을 하고 말 거라는 생각이 머리
를 스쳤기 때문이다. 그는 고노에게 무공을 배웠던 공터의 움
막으로 가기로 했다.

밤길을 걷는 사군의 머리 속으로 지난날 스쳐 간 숱한 여인

들이 떠올랐다.

처음에는 육체가 주는 쾌감에 마음속 모든 죄의식을 덮을 수 있었다. 하지만 더는 아니었다. 어느 순간부터 여자 없이는 단 하루도 견딜 수 없다는 것을 알아버린 이후로는 그런 자신이 혐오스러웠다. 그가 빠져든 곳은 깊이도 알 수 없는 캄캄한 절망의 늪이었다. 아니, 마지막 종착점이 죽음이라는 것은 알고 있었다.

마을을 지나오면서 다시 예향이 살던 집을 쳐다보았다. 예전과 마찬가지로 사람의 온기라고는 전혀 없는 공허함만이 또다시 느껴졌다.

갑자기 도하촌이 싫어졌다.

'지긋지긋해!'

사군은 모든 것을 털어버리려는 듯 머리를 세차게 흔들었다.

어느새 몸은 공터에 도착해 있었다.

주변을 둘러보니 익숙한 가운데서도 뭔가 낯선 기운이 느껴졌다. 초막의 문을 열자 이내 그 기운의 정체를 알 수 있었다. 한결 널찍해진 초막 안에 놓인 두 개의 침상. 그것에 더해 솥이며, 자질구레한 보퉁이와 벽에 걸린 옷 등 각종 세세한 살림살이가 들어차 있었다. 고노가 죽은 이후 누군가 이곳에 자리를 잡은 것으로 보였다.

허전했다.

그분의 기운이라도 느껴보려고 했는데……. 다행이 침상 중 하나는 고노가 쓰던 것 그대로였다.

사군은 한동안 그곳에 앉아 있었다.

도하촌에 돌아온 탓일까. 문득 코끝으로 어떤 향기가 맡아졌다.

"아……!"

사군은 화들짝 놀랐다.

너무나 익숙한… 한동안 잊고 살았던, 잠결에서나 잠깐씩 느꼈던 잘

익은 살구 같은 예향의 감미로운 냄새였다. 고개를 두리번거리던 그의 눈에 침상 구석진 곳에 놓여 있는 검 한 자루가 들어왔다. 고노가 쓰던 낡은 검이었다.

사군은 한동안 그 자리에 멍하니 서 있었다.

다시 문을 열고 공터 밖을 내다보았다.

멀리 어둠에 잠긴 도하촌이 눈에 들어왔다. 어머니와 함께 살았던 코딱지만한 허름한 움막도 불 꺼진 채 집들 사이에 붙어 있었다.

'어머니!'

한때는 원망의 대상이었던 그 이름!

하지만 지금은 그리움만 마음 가득 몰고 오는 호칭이었다. 월왕회주 구홍의 후처가 되었다던가.

'행복하세요, 어머니.'

문을 닫고는 고노가 쓰던 침상 위에 누웠다. 정청화가 지척에 있다는 생각에 몸은 다시 여체를 찾아 스멀거렸지만 참을 만했다.

드르릉! 드릉!

사군은 그 편안함에, 가벼운 코 고는 소리와 함께 이내 깊은 잠 속으로 빠져들었다.

꿈을 꾸었다.

그 속에서 나타난 사람은 예향이었다.

뜨거운 젖가슴을 안았다. 칠월의 태양보다도 더 강렬한 가슴이었다.

"흠, 그놈이 그 정도더냐?"

"그렇습니다. 솔직히 말씀을 드리자면… 저 같은 놈은 열 명이 있어도 당하지 못할 것 같다는 생각이 들 정도였습니다."

"쓸모없는 놈! 쯧쯧!"

"회주님, 놈은 생사판관은 물론, 공동삼살 중에 녹존진인도 그의 손에 죽었다는 말이 있지 않습니까? 아마 회주님도 상대하기가 쉽지 않으실 겁니다."

계진의 속마음은 회주 구홍이 같은 인물이 서넛이 있다 하더라도 승패를 장담하지 못할 것이라 말하고 싶었지만, 면전이라 한껏 체면을 살려 준 것이었다.

"시끄럽다!"

구홍이 버럭 소리 지르자 계진은 자라목이 되어 몸을 움츠렸다.

'흠… 하긴 생사판관만 해도 그렇지. 그놈이 살아 소홍에 와서 월왕 회주 자리를 달라면 군말없이 내주어야 할 처지가 바로 내 실력인데……'

장보도의 유혹은 결코 떨쳐 내기 어려웠다. 구홍은 이마 가득 주름살을 늘려가며 고심에 잠겼다. 문득 사군과 장래를 약속한 여자라고 밝혔던 예향이라는 계집이 떠올렸다.

'잡아왔더라면 요긴하게 써먹었을 터인데……'

하지만 지금은 어디로 가버렸는지 꼴도 보이지 않는다는 보고를 받지 않았던가. 구홍은 다시 생각에 잠겼다.

"저… 명 부인을……"

다 듣지 않아도 뻔했다. 사군의 어머니를 쓰자는 계진의 말이 미처 끝나기도 전에 구홍은 잡아먹을 듯한 눈으로 계진을 째려보았다. 자신이라고 그걸 모르겠는가. 하지만 그녀와의 밤은 남달랐기에 그런 일에 끌어들이고 싶지 않아 아예 생각을 하지 않으려 하고 있었는데……

"으음!"

구홍의 입에서 신음성이 흘렀다. 문제는 물건이 장보도라는 것에 있었다.

추위를 뚫고 다시 찾아온 아침은 다시 대지에 그 따스함과 밝음을 전했다. 사군은 마른 풀잎이 깔린 침상 위의 나른함 속에 몸을 내맡기고 있었다.

잠자리 탓이었을까. 밤사이 고노를 보았다.

"최상승의 무공을 배우고도 도망이나 다녀? 바보 같은 놈! 내 얼굴에 먹칠을 해도 분수가 있지. 네가 전력을 다하고도 실패를 본 적이 있더냐? 문제는 네 안에 있어. 이놈아, 정신차려!"

"씨! 고노 할아버지는 늘 나만 잘못했대."

"멍충이 녀석!"

기억 속에 남아 있는 고노와의 대화는 그게 전부였다.

사락! 사라락!

공터의 겨울날 아침은 바람 소리에 부대끼는 나뭇가지 소리와 함께 시작한다. 가지들이 내는 소리는 예전이나 지금이나 변함이 없었다.

잠은 깼지만 그 소리를 즐기고자 사군은 눈을 뜨지 않았다. 고노의 침상에 누운 사군은 미동도 않고 바스락대는 그 소리를 조금이라도 더 감미롭게 들으려고 애썼다.

정말 오랜만에 듣는 소리다.

고노의 침상에 누운 사군의 입가에 은근한 미소가 번졌다.

얼마나 지났을까. 사군은 바다에서 떠오른 아침 해가 환하게 천지를 비출 때까지 몸을 움직이지 않았다.

'일어날까. 아니, 좀 더 있을까.'

두 개의 선택을 놓고 갈등까지 일으키며 망설이던 사군은 마침내 일어날 결심을 했다.

"끙!"

막 잠에서 깨어났을 때 누구에게나 찾아드는 나른함을 억지로 밀어내고 환한 대지로 나서니 은백으로 뒤덮인 대지가 펼쳐져 있었다.

공터에는 황량함마저 감돌았다.

휘잉!

동해에서 불어와 쌓인 눈발을 흩날리는 겨울바람이 그를 맞았다. 얼어붙은 날씨 탓인지 소금기는 느껴지지 않았다.

문득 몸이 가려웠다.

사방을 둘러보던 그의 눈이 순간적으로 번쩍 빛을 발했다.

"핫!"

사군은 힘찬 기합성과 동시에 옆쪽으로 일장을 내질렀다.

펑!

순간적으로 홍광이 번쩍하더니 이내 사라졌고, 빠지직 하는 소리와 함께 초막에서 이 장가량 떨어진 소나무가 박살나며 뒤로 자빠졌다.

"후우……!"

사군은 만족스런 표정으로 어깨를 좌우로 비틀며 몸을 풀었다. 하필 그 소나무를 부러뜨려 버린 것은 나무가 뿌리내린 비탈 아래 땅이 심하게 패여 있어 해빙기가 오면 초막으로 쓰러질 것 같아 보였기 때문이다.

그때였다.

짝짝짝.

갑자기 비탈 십여 장 아래에서 사람들 몇이 손뼉을 치며 공터 안으로 몸을 날렸다.

사군은 무심한 표정으로 그들의 움직임을 지켜보았다.

나타난 사람들은 단우평, 남환, 동천근, 음설봉 등이었는데, 잠시 후 그들 뒤로 몇 명이 더 나타났다.

"대단한 한 수였소. 혹시 대수인(大手印)이 아닌지?"

선두에 날아 내린 단우평은 사군의 장력을 본 듯 칭찬인지 비꼬는 말인지, 혹은 자신의 견문을 자랑이라도 하려는지 알 듯 모를 듯한 한마디를 내던졌다.

'이상한데……'

공터에 모이는 사람들의 수가 갈수록 늘어났다.

"반갑소, 사 소협!"

어느덧 공터에 모인 사람들의 수는 적지 않았다. 그런데 그들은 하나같이 사군에 대해 경멸의 눈길을 보내거나 살기등등하게 노려보고 있었다.

앞장선 청죽취개 남환을 비롯해 청성일검 단우평과 만리월표 음설봉, 금부신장 동천근은 물론이고, 그 외에도 수십 명의 사람들이 모였다. 그 뒤를 따라온 수십 명의 개방 제자들이 공터 주변을 포위하듯 둘러싸고 엄중한 신색으로 사군의 움직임을 주시했다.

영문을 모르는 사군은 눈을 둥그렇게 떴다.

"사진, 아니, 혈안색마 사군!"

남환이 죽봉으로 사군을 가리키며 소리쳤다.

"앗!"

짧은 비명을 지른 사군은 몸이 휘청할 정도로 충격을 받았다.

'밝혀졌어!'

머리 속이 하얗게 탈색되는 느낌. 사군은 입술을 질끈 물었다.

"바로 저자요?"

남환이 고개를 돌려 누군가를 향해 물었다. 그의 병기인 청죽은 사군을 향하고 있었다. 사람들의 시선이 모두 그 사람에게 쏠렸다.

'헉! 군혜 누님!'

개방 제자들이 물러서는 그곳에는 쌍둥이 엄마인 군혜가 있었다. 개방 제자들이 한 덩어리처럼 둘러싸고 있었기에 그녀의 출현을 미처 알지 못한 사군이었다.

분노한 사군의 눈에서 파란 광망이 스쳐 갔다.

"군혜 누님께 무슨 짓을 한 게냐?"

"후후후, 내가 아니라 네놈이겠지?"

"뭣이?"

사군은 남환의 알 수 없는 말에 입을 닫았다. 자신을 혈안색마라 불렀고, 군혜 누님을 끌고 오고…….

"저자가 강제로 당신을 겁간한 자가 틀림없소?"

사군의 몸이 흔들 움직였다.

군혜는 애처로운 표정으로 사군을 쳐다보았다.

'미안해. 어쩔 수 없어.'

군혜는 입을 떼지 못했다.

그것을 본 남환이 안색을 굳히더니 입술을 조물거렸다.

"어서 시킨 대로 해라. 아니면 두 아들의 목숨은 없다."

군혜는 부르르 몸을 떨었다. 어린 두 아들이 피를 흘리며 쓰러져 있는 모습이 눈에 선했다. 그녀는 고개를 좌우로 설레설레 저었다.

어렵게 사람을 모아왔는데… 남환의 안색이 더욱 굳었다.

"못하겠다는 게냐?"

"흐흐흐흑……! 흐흑! 맞아요, 맞아요. 저 사람이에요."

군혜는 눈 위에 쓰러져 울며 그렇게 소리쳤다. 미처 말이 끝나기도 전에 사람들의 시선이 모두 사군에게 향했다.

사군은 수십 쌍의 시선을 받자 가슴이 철렁 내려앉았다.

"이 일은 사 소협이 나서서 자초지종을 밝혀주셔야 하겠군요."

음설봉이 한 걸음 앞으로 나서며 말했다. 그녀는 이곳에 오기 전까지만 해도 사군이 절대 그럴 리 없다 믿고 있었다.

"그렇소. 사 소협의 몫이오."

단우평도 거들었다. 구파일방의 말석일지언정 명문정파의 전통을 이어가는 청성파 출신이었다.

이런 상황에서 무슨 말을 해야 하는가. 사군은 입을 열지 못했다.

"되었다. 그만 모셔 드려라. 충격이 크실 것이다."

남환은 쓰러져 흐느끼는 군혜를 돌아보며 말했다. 계속 이 자리에 두었다가 마음이 바뀌어 딴소리를 하면 곤란했다. 개방 제자 둘이 그녀의 팔을 잡아 일으켜 공터를 벗어났다.

"ㅎㅎㅎ흑!"

부축을 받으며 가는 군혜가 사군을 돌아보며 흐느꼈다.

사군은 고개를 저었다. 그가 아는 군혜 누님은 설사 그런 일을 당하더라도 자신에게 해가 될 일을 하는 여자가 아니었다.

"혈안색마!"

남환이 청죽을 들어 사군을 가리키며 소리쳤다.

"흥! 알고 보니 혈안색마라니!"

음설봉이 검을 뽑으며 소리쳤다. 그게 신호라도 되듯 여기저기서 각자의 병장기를 뽑는 소리가 공터를 덮었다.

"난, 난 아니오!"

사군이 한 말은 그게 전부였다. 적어도 군혜 누님에게는 그런 식으로 하지 않았다는 나름대로의 표현이었다.

"후후, 그럼 네놈이 도하촌의 괴부 양씨 댁과 아무런 관계가 없다는 말이냐?"

남환의 그 질문에 사군은 아무 말도 하지 못했다.

"사실이군!"

단우평이 다시 나섰다.

"저런 쳐 죽일!"

"나쁜 놈!"

"사지를 발기발기 찢어 죽여도 시원치 않을 놈이 아니냐!"

좌중의 인물들은 크게 분노해 저마다 한마디씩 던졌고, 공터는 일순간에 살기로 가득 덮였다.

함정이다. 사군은 그 중심에 남환이 있을 것이라 생각했다. 계속되는 사람들의 모멸적인 말에 그는 더 이상 참지 못하고 일갈했다.

"물러서시오!"

하지만 사람들은 꿈쩍도 하지 않았다. 대신 그들은 사군을 더욱 조이고 들어왔다.

"물러서랏!"

스릉!

사군의 입에서 다시 고함이 터졌고, 그와 동시에 허리춤에서 장검이 뽑혀 나왔다. 가늘게 뜬 눈매에서 살기가 넘쳐흘렀다. 흥분에 혈관이 요동치고 심줄이 불끈거렸다.

사군을 향한 남환의 눈이 분노로 이글거렸다.

"소수장원(蘇繡莊園)의 문약란(文若蘭)을 아느냐?"

그 말에 사군을 덮고 있던 살기가 일시에 걷혔다.

남환은 말을 이었다.

"네놈에게 당한 충격과 수치를 이기지 못해 결국 비단에 목을 매 자결을 했지."

말소리가 떨렸다.

우연히 걸식을 갔다가 마주친 문약란은 평생 그가 마음에 품고 살기로 남몰래 맹세했던 여자였다. 잘살기만을 빌고 있었는데…….

"내 마음속의 여자였지."

남환은 사군을 향해 전음을 날렸다. 적어도 놈에게 죽어야 하는 이유는 알려주어야 마음이 후련할 것 같았기 때문이다.

사군은 그제야 남환의 행동을 이해했다.

"외호가 들어보지도 못한 고독검이라고 하더니, 그런 몹쓸 짓으로 고독을 푸는 모양이로구나!"

단우평은 비웃는 표정으로 말했다.

'이놈이!'

수치감이 도를 지나쳤을까. 사군의 몸에서 말로 형용할 수 없는 분노가 다시 일었다. 심장은 다시 벌떡거렸고, 눈 주위에 은은한 홍조가 어리더니 얼굴이 서서히 악귀 같은 형상으로 변해갔다.

"사내라면 반항하지 말고 자결해라."

"흐흐흐. 멋대로 나불거리는 것을 보니 그만한 실력이 있기는 한 모양이구나!"

말과 함께 사군의 검이 번쩍하며 허공을 갈랐다.

파파팟!

날카로운 검기가 단우평의 목 줄기를 파고들었다.

"훗!"

단우평은 재빨리 고개를 틀어 피하며 반격을 가했다.

"청운유천(靑雲流天)!"

커다란 고함 소리와 함께 몸이 그대로 빙글 돌아가며 검을 뻗어 사군의 허리를 쓸어왔다. 청성파가 자랑하는 검법인 청운십삼세(靑雲十三勢) 중 한 초식이었다.

스르륵! 스륵!

검이 바람을 타고 흐르듯 묘하게 흔들리며 상대의 요혈을 노리고 있었다.

"아!"

"헛!"

지켜보던 사람들의 입에서 탄성이 터져 나왔다. 사군의 공격이야 기습에 의한 것이기에 그 날카로움조차도 당연한 것으로 받아들였지만, 그것을 피하고 반격을 가하는 단우평의 간단하면서도 부드러운 동작에 더해진 매서운 공세에는 감탄을 금치 못했던 것이다.

단우평은 후기지수 중에서는 대적할 자가 없을 것이란 말을 듣고 있을 정도의 실력이었는데, 청성파 내의 많은 원로들도 체면을 생각해 연습 삼아서라도 그와 상대하기를 꺼린다는 말이 한때 떠돌기도 했다.

카캉! 캉!

두 갈래의 검기가 불꽃을 튀기며 맞부딪쳤다. 순간 공세를 마치고 옆으로 물러난 사군은 왼발로 상대의 하체를 감아갔다.

"헛!"

예상치 못한 발길질에 놀란 단우평은 몸을 허공으로 솟구쳤다. 그러자 사군은 기다렸다는 듯 검을 곧추세워 그를 찔러갔다.

"악!"

비명의 임자는 음설봉이었다. 단우평의 위기를 목격한 음설봉은 조금도 지체하지 않고 사군을 향해 몸을 날렸고, 남환의 죽장 공세가 뒤를 이었다.

"이것들이!"

음설봉의 기습으로 공세가 무위로 돌아가자 약이 오른 사군은 한껏 공력을 끌어올렸다. 두 사람의 은근한 관계를 알기에 남환이 뒤로 물러서자, 어느새 두 남녀는 자연스레 합세해 그를 협공하게 되었다.

파팟!

스르륵!

사군이 공세를 가하면 단우평이 막아섰고, 그 틈을 이용해 음설봉이 찔러왔다. 하지만 그녀의 공격은 예상만큼 위력을 발휘하지 못하고 있었다. 하오문이 자랑하는 후기지수이기는 하지만, 경공을 제외하고는 다른 명문정파의 신진들에 비해 상대적으로 실력이 떨어지는 것은 어쩔 수 없었다. 몇 초가 되지 않아 두 사람은 뒤로 몰리는 상황이 되었다.

붕! 붕!

별안간 우직한 파공음이 나며 두 개의 도끼가 사군을 쪼개갔다. 두 사람의 합공에도 승기를 굳히지 못하자 금부신장 동천근이 가세한 것이다. 음설봉의 공세에 뒤이어 동천근의 금부가 사군을 쪼개갔다. 두 개의 도끼로 소주 일대에서 적수를 찾기 힘들다는 그는 태어날 때부터 천 근을 들었다는 말이 있을 정도로 타고난 신력을 자랑했고, 결국 지금에는 무거운 도끼를 장검처럼 휘두를 수 있었다.

부웅! 붕!

금빛이 번쩍이는 가운데 두 줄기의 무서운 살기가 간발의 시차를 두고 사군을 덮쳐갔다. 마치 두 사람이 한 자루씩 도끼를 들고 공격을 퍼붓는 듯한 공격으로 쌍부(雙斧)의 이점을 최대한 활용한 수법이었다.

"으헛!"

파공음만으로 무서운 힘이 느껴지는 사람을 상대로 한 도끼질이었다. 사군은 감히 검을 들어 막지 못하고 훌쩍 뒤로 물러났다. 하지만 주변을 지키고 있던 다른 무인들도 저마다 그를 향해 병장기를 뻗어내자, 그물 속에 갇혀 도끼질을 당해야 하는 신세가 되어버렸다.

"비겁한 놈들!"

갈수록 부아가 치민 사군의 눈이 더욱 붉게 변했다.

"비겁한 놈들!"

분노한 사군이 벌겋게 달아오른 얼굴로 일갈했다.

"흥! 힘없는 여인들을 겁간한 네놈이 무어란 말이냐? 너 같은 쓰레기에게는 강호 정의를 논할 필요도 없다!"

음설봉은 뾰족하게 소리치며 일검을 날렸고, 뒤이어 동천근과 단우평의 공세가 잇따라 펼쳐졌다.

사군은 본능적으로 어서 이곳을 벗어나야 함을 느꼈다.

'아무래도!'

온갖 권모술수가 밥줄인 하오문에서도 당당히 살아남은 그녀였다. 사군의 눈이 흔들리는 것을 본 음설봉은 그가 달아날 생각을 하고 있음을 직감했다.

창! 창! 창!

싸움은 갈수록 치열해졌다. 요란한 금속성이 울리며 병장기가 맞부딪쳤고, 동천근의 쌍부가 붕붕거리며 다시 사군을 노렸다.

"하앗!"

사군은 기합성과 함께 길게 신형을 뽑아 공터 뒤쪽의 비탈을 향해 몸을 날렸다. 개방 제자들의 포위망이 있기는 했지만 상대적으로 허술한 곳이었다.

"타앗!"

개방 제자 몇이 그의 앞을 막자 사군은 명왕개밀(明王開密)을 펼쳐 그들을 후려쳐 갔다.

"으악!"

"컥!"

"윽!"

순식간에 세 명의 개방 제자가 피를 뿌렸다. 순간 음설봉이 공격해 가는 사군을 향해 비표를 뿌렸다.

쐐애액! 쐐액! 쐐액!

다시 몸을 날리려던 사군은 몸을 틀어 암기를 막아야 했다.

"이놈!"

그가 달아나는 것을 보고 몸을 날린 남환이 청죽봉(靑竹棒)을 후려쳐 그를 맞상대했다.

빠각!

요란한 소리가 나며 검과 죽봉이 맞부딪쳤다. 하지만 남환은 몸만 비틀하며 몇 걸음 뒤로 밀렸을 뿐 죽봉에는 조금도 손상을 입지 않았다.

그의 죽봉은 백 년이 넘은 군산(君山) 반죽(班竹)으로, 그 강도는 결코 강철에 뒤지지 않았다. 그렇기에 봉을 무기로 하는 사람이라면 반죽봉을 얻는 것을 평생의 소원으로 여겼다.

붕붕! 붕!

동천근은 물론 단우평까지 달려들자 사군은 다시 공터로 밀려 내려올 수밖에 없었다. 그런데 이상하게 마음이 편해졌다.

"후……."

사군은 길게 숨을 내쉬었다. 방금 전 달아나려 했던 자신이 부끄럽기까지 했다.

'이젠 달아나지 않아!'

눈앞의 상대들의 면면으로 보아 이길 가능성은 전혀 없었다. 그럼에도 달아날 생각을 하지 않은 것은, 어차피 머지않아 죽을 목숨이라면 차라리 이곳이 낫겠다는 생각 때문이었다. 하지만 곱게 죽어줄 생각은 없었다.

이제는 필연적으로 찾아올 죽음이 조금도 두렵지 않았다.

'고노가 싫어할 거야!'

그렇게 열심히 가르쳐 주었고, 마지막에는 진기까지 전해주었는데……. 생각하면 할수록 미안했다.

"사내라면 순순히 죄를 청해라!"

"덤비시오!"

그를 막아선 단우평이 검을 곧추세우며 다시 질타하듯 말하자 사군은 자세를 잡는 것으로 대답을 대신했다.

"하앗!"

우렁찬 기합성과 함께 사군이 먼저 선공을 가했다.

검풍이 허공을 휩쓸자 공터에 쌓인 눈이 사방으로 휘날렸다. 주위는 마치 눈보라가 휘날리는 형상으로 변하고 말았다. 단우평과 동천근이 그 뒤를 이었고, 남환과 음설봉은 주위를 빙빙 돌며 기회를 엿보았다.

단우평이 밀리자 남환의 청죽이 그를 공격해 갔다. 몸을 뒤로 젖히는 것으로 그의 공세를 피한 사군에게 둔중한 파공음을 동반한 동천근의 쌍부(雙斧)가 쪼개갔다.

부웅! 붕!

사군은 훌쩍 몸을 날려 뒤로 피했다.

"얏!"

뾰족한 기합성과 함께 음설봉의 검이 등을 쑤셔왔다.

"헛!"

사군이 순간 어렵게 몸을 틀어 검을 피하자 이번에는 남환이 날린 강맹한 일장이 날아와 등짝을 후렸다.

펑!

남환은 개방의 절기인 항룡십팔장(降龍十八掌) 중 교묘하게 상대의 이목을 흐려 등을 후리는 신룡파미(神龍擺尾) 초식을 펼쳤던 것이다. 장력이 막 몸에 닿는 순간 사군은 땅 위로 몸을 굴리는 나려타곤(懶驢陀滾)의 초식으로 겨우 위기를 벗어나기는 했지만, 완전히 피하지는 못했다. 짜릿한 통증이 전신으로 번져 갔다.

일단 땅 위를 구르기 시작하자 그때부터 백척간두의 위기 상황이 계속해서 이어졌다. 상대들은 그에게 일어날 기회를 주지 않고 맹공을 퍼부어댔다.

동천근의 쌍부가 사군을 찍어왔다.

퍽! 퍽!

얼른 굴러 피하자 이번에는 단우평이 파풍황토(破風荒土)의 초식으로 지면을 긁으며 공격을 퍼부었고, 그것을 겨우 피하면 또다시 남환이 용전어야(龍戰於野)의 초식을 펼쳐 그를 짓이길 듯한 막강한 죽장 공세를 퍼부었다. 가끔씩 빈틈을 노리고 파고드는 음설봉의 날카로운 일검 또한 결코 경시할 수 없는 공격이었다.

팍!

동천근의 도끼가 사군의 어깻죽지를 찍었다. 다행히 발버둥질 치듯 몸을 틀었기에 뼈가 바수어지는 것은 피했지만, 근육이 찢어지는 상처를 입는 것은 어쩔 수 없었다.

'씨팔!'

몸을 구르며 공격을 피하느라 바쁜 와중에도 욕설이 목구멍까지 올라왔다. 이어 왼편 어깨에서 진한 통증이 느껴졌다.

억울했다. 계속 미친 개 떼같이 공격을 퍼부어대는 바람에 고노에게서 배운 무공을 펼칠 겨를조차 찾기 힘들었다. 이렇게 가다가는 끝내 한 수에 요절이 나거나, 가랑비에 옷이 젖듯 야금야금 파고드는 상처에 죽어가고 말 것이다.

'한 놈이라도 저승길 동반자로 데려갈까?'

독이 오른 사군은 바닥을 구르면서도 이를 악물었다. 하지만 그것조차
도 혼자만의 사치스러운 생각이었다.

펑!

남환이 날린 일장이 다시 옆구리를 후려쳤다. 이번에는 제법 중심에
격타당했는지 오장(五臟)이 뒤집히는 아찔한 충격이 느껴졌고, 순간적으
로 앞이 캄캄해졌다. 하지만 귀를 파고드는 또 다른 파공음을 듣는 순간
몸을 습관적으로 옆으로 굴리며 벌떡 일으켰다. 남환의 장력을 몸으로
받아들이며 탄력을 이용한 동작이었다.

쐐액!

햇살에 반짝이는 단우평의 검이 살기를 가득 머금고 그의 심장을 노리
고 들어왔다.

"놈!"

사군은 이를 물고 허공으로 몸을 띄웠다.

천마앙복(千魔仰伏)!

현란한 검광이 하늘을 가득 메웠다. 오직 단우평만을 노린 일격이기에
방금 사군에게 일장을 격중시켜 흐뭇함을 즐기던 남환이나, 자기편의 공
격 공간을 만들어주기 위해 반대편 쪽에 밀려나 있는 동천근은 미처 손
을 쓰지 못했다. 오직 음설봉만이 그를 도울 기회가 있었지만 그녀의 검
술은 사군의 공세를 파고들어 막을 만큼 고명하지 못했기에, 단우평만이
엄청난 검광의 공세를 감당해야 했다.

'훗!'

미처 경악성조차 내뱉을 여유도 없었다. 단우평은 자신이 배운 검술
중에 가장 자신있는 청운능파(靑雲凌波)의 초식을 사력을 다해 전개해
상대의 공세를 맞받아갔다. 하지만 그런 대응으로는 사군의 공세를 막아
낼 수 없었다.

"하얏!"

음설봉은 자신도 모르게 악을 쓰며 검과 몸을 동시에 던져 사군의 공세를 막으려 했다.

"웃!"

사군의 공세가 주춤했다.

한 명 정도는 저승길 동반자로 데려가겠다 생각은 했지만, 이렇듯 사랑에 몸을 던지는 여자는 아니었다. 마지막 순간 내력을 집중시켜 단우평을 내려치던 손에서 힘이 쭉 빠져나갔다.

카캉!

요란한 금속성과 함께 수많은 불꽃이 허공으로 비산했다.

파팟!

단우평의 위기를 보고 몸을 내던져 사군의 배후를 공격한 음설봉의 검이 앞가슴을 째고 사군의 등을 길게 찢으며 지나갔다.

"크윽!"

검기에 사군의 몸이 휘청하며 앞으로 쓰러져 갔다.

그는 등짝을 길게 베인 여파로 검끝이 힘을 잃고 지면을 향한 상태에서 단우평의 전면으로 밀려가고 있었다. 재차 뒷목을 베어가던 음설봉은 단우평이 사군의 목 줄기를 노리고 검을 내려치는 것을 보고는 얼른 전권에서 물러났다. 정인에게 음적을 죽이는 공(功)을 양보하려는 것이다.

팟!

마지막 한 치의 여유를 앞둔 절체절명의 순간, 단우평의 검이 허공에서 멈추었다. 도저히 멎을 것 같지 않은, 멈출 수도 없을 것으로 보이는 검이었기에 단우평의 고명함이 엿보이는 한 수였다.

"왜?"

그 질문을 던진 사람은 오직 사랑하는 사람을 살려야 한다는 일념만으로 모든 것을 돌보지 않고 상대를 베어갔던 음설봉뿐이었다. 검을 멈춘 단우평도, 눈 깜짝할 사이에 벌어진 모든 과정을 지켜보고 있던 동천근이나 남환도 그 이유를 알고 있었다.

지금 단우평이 살아남아 다시 상대의 목을 칠 기회를 가질 수 있었던 것은 공격해 왔던 상대가 마지막 순간 내력을 거두었기 때문이다. 무엇으로도 막을 수 없을 것 같던 그 검광이 스스로 빛을 거두어갔다.

만약 상대가 내력을 거두지 않았더라면 정인을 구하기 위한 음설봉의 사력을 다한 육탄 방패도 무용지물이 되었을 것은 물론, 그녀 자신도 결코 무사하지는 못했을 터였다. 아직도 그들이 모르는 것은 갑자기 내력을 거둔 사군의 속마음이었다.

질문에 답이라도 하듯 단우평은 음설봉을 돌아보았다.

"아……!"

순간 음설봉은 가슴이 덜컹했다. 단우평의 눈길이 마치 그녀에게 잔인함을 탓하는 것처럼 느껴졌기 때문이다.

"헉… 헉… 헉……!"

사군은 호흡마저 고르지 못해 연신 헐떡거리고 있었다.

하얀 입김이 끊이지 않고 작은 구름처럼 나왔다가 사라졌다. 검광에 쓸려 올라가 흩날리던 눈발이 바닥으로 제자리를 찾아갔다.

사군 주변의 하얀 눈밭이 피로 물들기 시작했다. 이제 막 육신을 벗어난 홍건한 피는, 그 따스함으로 이내 쌓인 눈을 녹이며 파고들어 그 안에서 조그만 내[川]를 이루며 흘렀다.

'끝났어!'

음설봉이 보기에도 저런 상태라면 결코 살아날 수 있는 사람으로 보이지 않았다. 눈을 돌린 그녀는 단우평의 얼굴을 쳐다보았다.

그때였다.

"하앗!"

그런 남환의 청죽이 사군을 후려갔다. 겨우 숨만 끊어지지 않고 있던 사군이 도저히 피할 수 없는 한 수였다.

"안 돼!"

창!

소리치며 나선 단우평이 남환의 검을 막았다. 죽음을 예감한 듯 미처 죽장이 닿기도 전에 사군의 몸도 움찔했는데,

"……?"

남환은 이상한 짓을 한다는 듯 자리에 서서 단우평을 쳐다보았다. 그의 마음이 너그러워 살생을 행하지 못한다고 생각해 악역을 자처한 것이었고, 또 마음 속의 정인, 문약란의 목숨을 앗아간 웅분의 대가를 치르게 해야 한다는 생각도 있었다.

"그만두시오. 나를 더 이상 부끄럽게 만들지 않았으면 좋겠소!"

단우평에 입에서 흘러나온 말은 목숨을 구해준 은인에게 대하는 목소리가 아니었다.

그 말에 남환의 눈썹이 꿈틀했다.

"난 이만 가겠소. 이대로 버려두어도 얼마 버티지 못하고 죽을 자요. 비록 이 단우평이 작은 이름이기는 하지만 저를 어여삐 여겨주는 강호 동도들에 의해 청성일검(靑城一劍)으로 불리고 있소. 저자가 비록 강호에서 제일 더럽고 수치스러운 죄로 여기는 채화음적(採花淫賊)이기는 하지만, 죽어가는 상대에게 손을 쓸 만큼 용렬한 인간은 아니오. 게다가 여러 동도들이 보셨듯이 나는 이미 저자의 손에 목숨을 빚졌소. 해서 더 이상 손을 쓰지 않는 것으로 그 빚의 일부나마 갚으려 하오. 여러분께서도 본인의 작은 체면을 생각해 주신다면 그를 이대로 죽게 내버려 두기를 바라오."

비록 치부를 말하고 있었지만 단우평의 모습은 당당했다. 그의 말에 반박하는 사람은 아무도 없었다. 이곳에 있는 누구라도 방금 전 그 일검을 받아낼 자신이 있는 사람은 없었다. 반응을 살피던 단우평은 말을 이었다.

"어쩌면 그 길이 자신이 저지른 죄를 반성하는 마지막 기회가 될 수 있기에, 저승에 가서도 회한이 없게 해주려는 본인의 작은 배려이고, 빚 갚음이라고 생각해 주시오."

몸을 돌린 그는 이번에는 사군을 향해 말을 계속했다.

"사군, 이게 내가 할 수 있는 배려의 전부요. 하지만 목숨을 빚진 큰 은혜는 갚을 길이 없구려. 아무쪼록 내세에는 좋은 인연으로 만나기를 바라겠소. 그럼!"

단우평은 검끝을 뒤로 잡고 사군을 향해 정중하게 포권을 했다. 누가 보더라도 사내다운 기질이 넘쳐흐르는, 진정한 무인의 자세로 보였다.

'멋져!'

음설봉의 가슴이 크게 진탕되었다.

진정한 사내를 마음에 품고 바라보는 여인의 그 마음!

그런 단우평의 모습을 대하는 음설봉은 남몰래 눈물을 적셨다.

단우평이 터벅거리며 공터를 내려가자 음설봉과 동천근이 조용히 뒤를 따랐다.

"가시지요."

동천근이 남환을 돌아보며 말하자 그는 다시 한 번 사군에게 눈을 가져가더니 이내 고개를 젓고는 수하들을 불러 모아 단우평의 뒤를 따랐다. 죽는 마지막 순간까지 고통을 받을 거라는 생각이 들자 야릇한 쾌감이 번졌다.

"헉! 헉! 헉!"

사군은 피를 흘리며 눈밭 위에 구겨져 있었다.

죽음이 보였다.

이제는 몸이 움찔거릴 정도로 지독한 통증을 수반한, 이런 끊임없는 헐떡거림을 그만두고 싶었다. 싸늘한 한풍이 얼굴을 할퀴고 지나갔다.

'동해 바람이야!'

반가웠다. 바람은 상처마저도 할퀴었기에 등짝을 시리도록 찌릿거리게 만들었지만, 어머니가 이모가 되던 날 고노의 품에 안겨 맛보았던 그 따스함을 기억하게 했다.

사람이 죽으면 육신의 영(靈)인 백(魄)은 몸을 떠난다던가⋯⋯. 정신은 점점 아득해져 가고 있었다.

"향, 향⋯ 아⋯⋯!"

사군의 입가에 미소가 떠올랐다.

삘릴리이이.

한 자락의 옷도 걸치지 않은 채 소고를 든 예향이 피리 소리를 다리 삼아 너울너울 춤을 추며 하늘에서 내려오고 있었다. 실오라기 하나 걸치지 않았지만 추하다는 생각은 조금도 들지 않았다.

"선녀가 되었구나."

사군은 예향을 고이 안아갔다. 하지만 가슴속에 안겨든 것은 허허로운 공기뿐, 아무런 형체도 그 안으로 들어오지 않았다.

'아!'

안타까운 손짓만이 애타게 허공을 저어댔다.

마침내 예향의 모습이 흐릿하게 사라져 갔다.

피에 젖어드는 눈 속에서 사군은 손바닥을 오므리며 몸을 꿈칠거렸다. 사라지는 예향을 잡으려는 안타까운 몸부림!

마침내 입에서도 울컥 피가 흘렀다.

"향… 아……!"

피에 젖은 입술 사이로 애절한 목소리가 끊어질 듯 이어지며 겨우 흘러나왔다. 바로 곁에 있지 않으면 알아들을 수조차 없는 목소리였다.

휘이잉!

바람이 다시 눈발을 날렸다.

등짝에서 쏟아지던 선혈마저 냉기에 얼어붙었는가. 사군의 몸에서는 더 이상 피가 흐르지 않았다.

마침내 장검에 금칠을 한 도끼까지 휴대한 무시무시한 사람들이 마을 어귀를 벗어나는 것이 보였다.

"가는구나!"

겨우 반 치 정도 열린 도하촌 구석의 허름한 움막 문틈으로 밖을 엿보는 여인의 입에서 조용한 혼잣말이 흘러나왔다.

아침 공기를 찢고 도하촌까지 들려오는 날카로운 병장기 소리에 하루 일을 시작하려던 마을 사람들은 모두 놀라 집 안으로 숨어들었지만, 군혜만은 그렇지 못했다.

'사군일 거야.'

무서운 생각에 벌렁거리는 심장을 왼손으로 꾹 눌러 진정시켜 가며 문틈으로 바깥 동정을 지켜보고 있었다. 군혜는 멀리 병장기를 찬 흉악한 무리들이 다리를 건너 멀리 사라진 것을 확인하고는 종종걸음으로 집을 나섰다. 아이들은 옆집에 맡겨둔 후였다.

"헉! 헉! 헉!"

입에서 거친 호흡과 함께 하얀 입김이 수시로 뱉어졌다. 뛰다시피한 걸음걸이로 산비탈의 공터로 가는 길은 무인들에게는 별것 아닌 일이지만, 무공을 모르는 여인에게는 그리 쉽지 않았다.

"아……!"

마침내 공터에 막 올라선 순간 군혜의 얼굴이 하얗게 탈색되며 짧은 비명이 터져 나왔다. 공터 중앙에는 피투성이가 된 사군이 몸을 웅크린 채 엎드려 있었고, 그 주변에는 상처에서 흘러나온 것으로 보이는 흥건한 피로 인해 눈이 녹아들어 있었다. 시간이 제법 지난 듯 벌써 눈과 하나가 되어 얼어 있었다. 맹세코 이런 끔찍한 광경을 본 적은 단 한 번도 없었다.

"안 돼!"

군혜는 비명을 지르며 후들거리는 다리를 애써 다잡으며, 이미 시체가 되어 있을지도 모를 그에게 천천히 다가갔다. 겁에 질려 한 걸음쯤 떨어져 허리를 반쯤 굽힌 상태에서 생사를 확인하려 뻗어낸 손길은 무섭게 떨고 있었다.

"아!"

아직 죽지 않았음을 알리는 미세한 몸의 움직임을 손끝으로 느낄 수 있었다. 입김이 얼어 입 주변에 난 엉성한 수염들에 하얗게 달라붙어 있었지만 죽은 것은 아니었다.

이러고 있다가는 얼어죽을 것이라는 생각에, 군혜는 사군의 겨드랑이에 손을 넣고 힘을 주어 끌어보려고 했다.

"끙!"

오줌을 찔끔거릴 정도로 아랫배에 힘을 주었지만 머리통 하나는 족히 큰 사내의 몸이라 꿈쩍도 하지 않았다. 다급히 주변을 둘러보던 그녀는 초막 안으로 달려 들어가 새끼줄 뭉치를 가져왔다. 이런 저런 용도로 쓰려고 추명이 준비해 둔 작은 뭉치였다.

새끼줄로 사군의 몸을 묶은 그녀는 줄을 어깨에 걸치고 힘차게 끌었다.

"끙! 끙! 끙!"

머리 속에는 오직 살려야 한다는 생각만 가득했다.

일각이 넘게 얼굴이 새빨개지도록 힘을 주어 거우 초막 입구까지 끌고 온 그녀는 안으로 들어가 사군을 뉘일 곳을 살폈다. 한기가 올라오는 것을 방지하기 위해 바닥에도 마른풀이 제법 깔려 있기는 했지만 성에 차지 않았다. 군혜는 침상 위에 깔린 마른풀까지 몽땅 걷어 바닥에 깔았다.

다시 밖으로 나가 끙끙거리며 사군을 안으로 끌고 들어온 다음 엉클어진 자리를 편하게 정돈하고, 화섭자를 찾아 화롯불을 지폈다. 다행히 초막 처마 구석에 마른 장작이 어느 정도 쌓여 있었기에 불을 피우는 것에는 문제가 없었다.

간단한 살림살이 도구도 있었기에 즉시 눈을 퍼 담아와 물을 끓이기 시작하고는 사군의 옷을 벗겨갔다.

"아!"

놀라 눈이 왕방울만하게 떠진 군혜의 입에서 신음성인지 경악성인지 분간 못할 소리가 흘러나왔다. 등짝에 난 상처를 확인한 그녀는 하늘이 무너지는 충격을 맛보았다. 한 뼘은 족히 넘을 검상이었고, 찢어져 벌어진 살가죽 안으로 허연 뼈가 드러나 보였다. 뼈에는 칼이 베고 지나간 자국 같은 것도 보였다.

그뿐이 아니었다.

왼편 어깨에도 한 치쯤 되는 상처에서 난 피가 옷과 함께 말라붙어 옷을 떼어내기조차 쉽지 않았다. 게다가 둔기에 맞았는지 등과 옆구리에 시퍼런 상흔이 넓적한 모양새로 나 있었다. 눈물이 줄줄 흘렀다.

"흑!"

마침내 군혜의 입에서 울음소리가 터졌다.

눈물을 펑펑 쏟으면서 혹시 하는 마음에 바지까지 벗겨보았지만 다행히 아래쪽에는 상처가 보이지 않았다. 헝겊을 찾아 대충 데워진 물에 적셔 사군의 몸을 닦기 시작했다. 물이 닿자 응고되었던 피가 풀어지며 다시 붉게 번지기 시작했지만, 사군의 가슴이 계속 벌렁거리는 것이 그녀를 안심시켰다.

"미안해! 정말 미안해! 흑! 흑!"

군혜는 눈물을 펑펑 쏟으며 치마를 부욱 찢어내 헝겊으로 상처를 감쌌다. 중상을 당한 덩치 큰 사내라 다루기도 쉽지 않았기에, 얼굴에서 눈물과 땀방울이 섞인 물이 줄줄 흘러내려 젖가슴 안으로 파고들었다.

일단 상처를 싸매는 일은 마쳤지만 그 다음은 어떻게 해야 할지 생각나지 않았다. 성안으로 들어가 의원을 부르고 싶었지만 돈이 없으니 와줄 턱이 없었고, 목숨이 경각에 달린 사군의 곁을 떠나고 싶지도 않았다. 이렇게 만든 것은 자신이었다.

'살려야 해!'

문득 피를 너무 많이 흘렸다는데 생각이 미친 그녀는 새끼손가락을 입안으로 가져가 모질게 물어뜯었다.

"으윽!"

옅은 비명 소리와 함께 새끼손가락에서 붉은 선혈이 쏟아져 흘렀다. 한 방울이라도 아깝다는 듯 얼른 손가락을 사군의 입으로 가져가 안으로 밀어 넣었다.

한참을 그러고 있던 그녀는 머리가 어질어질해질 정도가 되자 이윽고 손을 빼냈다. 한꺼번에 많은 피가 빠져나갔기에 그녀의 안색도 하얗게 질려 있었다. 얼른 손가락을 싸매고는 다시 사군을 살폈다.

아무리 불을 피웠다지만 허름한 초막 안에 벌거숭이가 되어 얇은 이불 속에 들어가 있는 사군을 보니 마음이 안타까웠다.

'그래!'

군혜는 벌떡 일어나 옷을 홀랑 벗고 상처에 무리가 가지 않도록 옆으로 뉘어 있는 사군의 앞으로 파고들었다.

사군의 몸은 싸늘히 식어 있어 마치 차가운 시신 곁에 누운 기분이 들었다. 군혜는 다리를 둘러 그의 엉덩이를 감싸고 따스한 젖가슴을 들이밀어 사군의 심장 부위에다 갖다 댔다. 언젠가 술에 취해 물에 빠져 다 죽어가는 사내를 아내가 이렇게 해서 살렸다는 얘기를 들은 적이 있었다.

"미안해!"

사죄하는 군혜의 마음속에는 안타까움만이 가득했다.

사군의 머리 속은 끝없이 엉키고 있었다.

몸에서 엄청난 양의 피가 빠져나가며 사군으로 하여금 새로운 세계를 만들어내게 했다.

"아!"

허공으로 붕 뜨는 마음을 억제하기 힘들었다. 몸도 덩달아 하늘을 떠다니고 있었다.

형형색색의 빛 줄기가 서로의 아름다움을 뽐내려는 듯 어지러이 교차하며 천지를 빽빽이 메워 버렸다. 그곳에서 만지는 모든 것은 어린아이 속살처럼 보드랍고 매끄러웠고, 그곳에서 들리는 모든 소리는 천상의 음악처럼 귀를 간질이고 마음을 녹였다. 살결에 부딪쳐 오는 바람마저 산들산들 피부 속으로 스며들었고, 사방 어디를 둘러보아도 온통 눈을 시리게 만드는 아름다운 꽃들로 가득 차 있을 뿐이었다.

그곳은 어머니의 자궁처럼 안락하고 포근했다.

얼마가 지났을까.

갑자기 알지 못할 불안감이 엄습했다.

우르르릉!

그런 사군의 마음을 현실화시키기라도 하려는 것인지, 갑자기 뇌성벽력이 하늘을 쪼개 버릴 듯 일어나더니 어디에선가 엄청나게 빠른 먹구름이 몰아쳐 왔다. 곧 먹구름을 따라온 장대비가 무섭게 쏟아져 내리기 시작했다.

쏴아!

모든 것을 바수어 버렸다.

먹구름은 오색, 칠색의 천지를 어둠의 공포 속으로 몰아넣었고, 빗줄기는 사방을 휘황하게 장식했던 온갖 기화요초들을 갈가리 찢어버렸다.

고노가 나타났다.

'할아버지!'

사군은 그 말을 밖으로 내뱉지 못했다.

나타난 사람은 고노로 치장한 악귀였다. 얼굴은 그였으되 이마에서 밀려 올라온 주름에도 불구하고 빤질거리던 그의 머리통에는 핏빛으로 떡칠한 두 개의 뿔이 불쑥 솟아나 있었다. 마치 방금 전 살아 있는 생명체의 뱃속을 헤집어 버린 듯이 가공할 공포를 뿜어내는 뿔이었다.

고노의 두 눈이 급격하게 태(態)를 바꾸었다.

허물을 벗지 못해, 아니, 막돼먹은 버러지에 감염돼 하얗게 까뒤집힌 뱀눈이 저럴까. 까만 눈동자는 어디 가고 온통 흰자위만 드러나 있어, 소름끼치는 악귀를 연상케 하는 형상이었다. 입가에서도 주르르 피가 흘렀다.

고노는 희죽거리더니 사군을 집어삼킬 듯 입을 크게 벌렸다.

쩌억!

드러낸 입 안에서 핏물이 주르르 흘렀고, 두 개의 송곳니에 찢겨진 살점이 늘어져 있는 것도 보였다.

"호호호……!"

고노는 괴이한 웃음소리를 흘리며 사군을 향해 천천히 입을 옮겼다.

'어! 어!'

고개를 뒤로 젖혀 피하려 했지만 몸이 움직이지 않았다.

숨이 찼다.

'헉! 헉! 헉!'

하지만 소리가 새어 나오지 않는 허전한 호흡!

다가오는 송곳니는 점점 그 크기를 더했다. 시뻘겋게 피칠을 한 목구멍 안은 끝없이 아득해, 깊숙한 그곳은 시커멓게만 보일 뿐이었다.

"내 연인을 망쳤어!"

고노는 바로 눈앞에서 남환으로 바뀌어 고함쳤다.

"내 딸을 망쳤어!"

남환은 단우평이 됐고, 단우평은 엄생이 되었다.

"내 딸도!"

이번에는 정춘교였다.

"내 순결을 더럽힌 색마!"

취련!

"더 이상 나를 찾지 말아줘."

유하!

사군은 머리를 감싸 쥐었다.

'끄아아악……!'

하지만 비명 소리는 목 안에 잠겨 버렸다. 소리가 나오지 않았다. 다시 입을 크게 벌리고 한껏 목청을 열었다.

'끄아아악……!'

비명 소리는 여전히 입 안에서만 뱅뱅 맴돌았다. 몸이 폭발할 것만 같았고, 미치도록 답답했다.

고개를 들었다.

'으헉!'

그런데… 그가 스쳐 지나갔던, 모든 여자들이 어느새 그를 포위하듯 둘러싸고 있었다.

사군은 겁에 질렸다.

갑자기 여자들의 얼굴이 바뀌기 시작했다. 눈 꼬리는 하늘로 치솟았고, 빨간 입술은 피칠을 한 듯 번들거렸다. 곱게 빗어 내렸던 머리카락은 어느새 산발로 바뀌어 있었다. 피부 표면이 불끈거리더니 여기저기 갈라져 살이 터져 나오는 여자도 있었고, 또 어떤 여자의 얼굴에서는 비늘이 솟아나기 시작했다.

'아아악……!'

심장이 터져 버릴 것만 같았다.

'헉! 헉! 헉!'

숨이 막혔다.

그들 둘러싼 여인들이 별안간 입을 쩍쩍 벌리더니 서서히 다가왔다. 앞으로 치켜든 두 손에 난 긴 손톱 끝에는 핏덩이들이 너덜거렸다.

음습하게 불어와 건들거리는 바람 속에서 코를 틀어막고 싶을 정도의 지독한 악취와 비릿한 혈향을 맡았다.

주춤거리며 뒤로 물러났지만 뒤쪽에서 무언가가 그를 가로막아 물러서지 못하게 했다.

'흐억!'

돌아보지 않고도 짐작할 수 있었지만, 끝내는 실체를 확인해야 했다.

벽이었다.

목 줄기로 다가오는 손톱과 이빨을 도저히 마주할 수 없어 눈을 꼭 감았다. 섬뜩한 무엇을 느끼는 순간 사군은 입을 크게 벌리고 비명을 질렀다.

'끄아아아아……!'

괴로운 표정으로 이불 속에서 몸을 꿈찔거리던 사군의 입에서 마침내 신음성이 흘러나왔다.

"으……!"

피곤에 지쳐 자신도 모르게 잠시 눈을 감았던 군혜는 젖가슴에 전해지는 미약한 움직임에 눈을 번쩍 떴다.

움직임이 느껴졌다.

정신을 잃고 죽은 듯 늘어져 있던 사군이 꿈틀거리며 자신은 아직 살아 있음을 말하고 있었다. 군혜의 얼굴에서 환한 미소가 피어났다. 뒤집어씌운 이불을 살짝 들치고 사군의 얼굴을 보던 그녀는 화들짝 놀랐다.

"어머!"

사군의 얼굴뿐 아니라 몸 전체가 땀으로 범벅이 되어 있었다. 군혜는 벗어둔 속옷을 들어 사군을 닦아주고는 몸이 식을까 다시 이불을 덮어주었다.

훌쩍!

눈물을 훔쳤다.

사내가 허리를 다쳤다는 사실은 죽은 목숨이나 진배없다.

척추까지 다쳤으니 이제 무인으로서의 생명은 물론, 사내로서의 구실도 못할지도 몰랐다.

꼭 해줘야 할 말이 있었다. 이런 기회가 아니면 입도 떼기 어려울 얘기였다. 잠시 망설이던 그녀는 마음을 짓누르고 있던 일을 털어놓기로 했다.

"네게 잘못을 빌어야 할 일이 있어……."

이불 속에서 희미한 빛에 의지해 사군의 눈치를 살폈다. 하지만 움찔거렸던 바로 전 그 이상의 반응은 없었다. 너무 미안해서 말이 이어지지 않았기에 한층 더 사군의 품속으로 파고들어 눈물을 흘리며 말을 계속했다.

"우리 아이를 죽이겠다고 했어. 어쩔 수 없었어, 흑!"

그녀는 한동안 사군의 품속에서 눈물만 쏟았다.

얼마가 지났을까. 군혜는 다시 입을 열었다.

"사실 한 가지가 더 있어. 지난번… 우리가 처음 밤을 보냈을 때 말을 했어야 했는데……."

죄스러운 마음에 말을 잇기 힘들었다.

"사실 네가 처음 나와 함께했을 때 예향은 이곳에 있었어. 추 노인이라고 부르는 어떤 노인네와 함께 초막에서 살고 있다고 했어. 그런데… 당시에는 그 얘기를 해주기 싫었어. 예향을 만나면 네가 다시는 나를 찾아주지 않을 것만 같았거든. 그런데 오늘 와보니 예향도, 그 노인도 없어졌어. 도무지 어떻게 된 일인지 모르겠어. 아무튼 그때 얘기하지 않은 것은 정말 미안해."

'예향!'

그 이름을 듣는 순간 사군이 정신을 차렸는지 미약하게나마 몸을 떨었다. 하지만 그것뿐, 다른 반응은 보이지 않았다.

'어쩌면!'

군혜는 사군의 몸이 예향이라는 말에 민감하게 반응한다는 것을 알았다. 예향 얘기를 계속하면 큰 효과를 볼 수 있을 것만 같았다.

"예향은 마을에서 나와 함께 살면서 네가 돌아오기만을 기다렸는데…… 어느 날 훌쩍 사라져 버렸어. 마치 네 어머니가 그랬던 것 같이."

귀를 간질이는 이름들!

사군은 눈을 번쩍 떴다.

익숙한, 아니, 아주 오래전에 보았던 천장의 모습이 눈에 들어왔다.

'맞아!'

고노의 초막이었다.

따스한 온기가 전해지는 것이 느껴졌다. 아마도 초막에 남아 있던 고노의 체온일 거라 생각하며 여전히 몸을 미적거리던 사군은 그 따스함이 주는 사실감에 놀라 화닥 몸을 일으키려 했다.

"으윽!"

"어멋!"

신음성과 비명이 동시에 터져 나왔다.

"으으으……!"

"가만히 있어. 많이 다쳤어!"

"흐읍!"

귀에 익은 목소리에 사군은 얼른 신음성을 삼켰다.

"나야, 군혜. 네게 너무 몹쓸 짓을 했어."

군혜의 말소리가 떨렸다.

사군은 그제야 지난 일들을 기억했다.

허리 부근에서 극심한 통증이 느껴졌고, 어깨에도 상처가 있는 것 같았다. 가슴 쪽에서 부드러운 무언가가 간질이는 것이 느껴졌다.

"아!"

여인의 젖꼭지였다. 놀라 몸을 떼려는 순간 군혜는 그의 목을 감은 손을 바싹 끌어당기며 속삭였다.

"이대로 가만있어. 아까는 몸이 꽁꽁 얼어 있었어. 흑! 난 네가 영영 깨어나지 못하는 줄 알았단 말이야."

숭숭 뚫린 초막의 틈새 사이로 비춰드는 햇빛에 얇은 이불 속에서도 서로의 몸을 살펴볼 수 있었다. 가슴에 안긴 군혜의 부드러운 어깨선이 눈에 들어오는 순간 사군은 양물이 불끈거리는 것을 느꼈다.

'어멋!'

군혜는 가슴이 철렁했다. 갑자기 허벅지를 파고드는 사내의 단단한 물건이 느껴졌기 때문이다. 묘한 기분이 들어 잠깐이나마 어찌해야 하나 순간적으로 망설이던 그녀는, 사군의 지금 상태를 떠올리고는 얼른 정신을 차렸다.

"안 돼. 허리뼈에 칼이 지나갔어. 상처가 심해."

부끄러움인지, 설렘 때문인지 모기 소리처럼 작은 목소리였다.

사군은 그 말을 듣고야 자신이 처한 상황을 다시 한 번 인식했다. 그 때문인지 뜨끔거리던 허리 통증이 도를 더했다.

"만약… 만약 말이야. 허리를 쓰지 못하게 되었다 해도 걱정하지는 마. 내가 곁에 있어줄 거야."

품에서 군혜의 뜨거운 입김이 느껴졌다.

"이곳을 떠나 먼 곳에 가서 같이 살면 누가 뭐라 하지도 않을 거야. 내가 먹여 살릴게. 너는 집에서 애들이나 봐줘."

사군이 살아났다는 사실은 그녀를 무척이나 들뜨게 만들고 있었다. 한참을 그렇게 조잘거리던 그녀는 사군의 품속에서 조용히 떨어져 이불 밖으로 나왔다. 비록 화로가 있기는 했지만 사방에 작은 구멍이 숭숭 난 초막 안에는 싸늘한 한기가 감돌았다.

'아차!'

그제야 옆집에 맡기고 온 쌍둥이가 생각난 그녀는 허둥지둥 옷을 걸치고 살며시 초막을 나서서 집으로 뛰었다.

'가는구나.'

사군은 군혜의 다급한 발자국 소리를 들었다. 쌍둥이에게 젖을 물리러 가는 모양이었다.

살며시 진기를 끌어올려 보았다.

'아!'

다행히 진기는 끌어올려졌다. 그제야 안도감이 찾아왔다. 사군은 천천히 운기를 시작했다.

얼마가 지났을까. 운기행공을 계속하니 고통이 어느 정도 가시는 것이 느껴졌다.

한동안 눈을 감고 휴식을 취하던 사군은 또다시 발자국 소리를 들었다. 많은 사람들이 오는지 그 소리는 끊이지 않고 이어지고 있었다.

그런데 무척 피곤했는지 지독한 수마가 그를 엄습했다. 한동안 정신을 차리려고 노력했지만, 시간이 지나자 다가오는 발자국 소리들도 그저 귀찮기만 했다.

사군은 눈을 감았다.

모두가 떠난 공터에 한 중년인이 나타났다.

현 총관이다.

연청아는 아들을 낳았다. 그가 이곳에 나타난 것은 그녀가 낳은 아들에게 아비를 찾아주려는 것이다. 딸이 서방도 없이 홀로 자식을 낳아 키우게 만들 수 없다는 연대종의 간청에, 그동안 계속 사군을 쫓아 헤맸던 그다.

그는 한동안 주의 깊게 사방을 살피더니 사군이 누워 있는 움막 안으로 들어갔다.

잠시 후 움막을 나서는 그의 등에는 사군이 업혀 있었다.

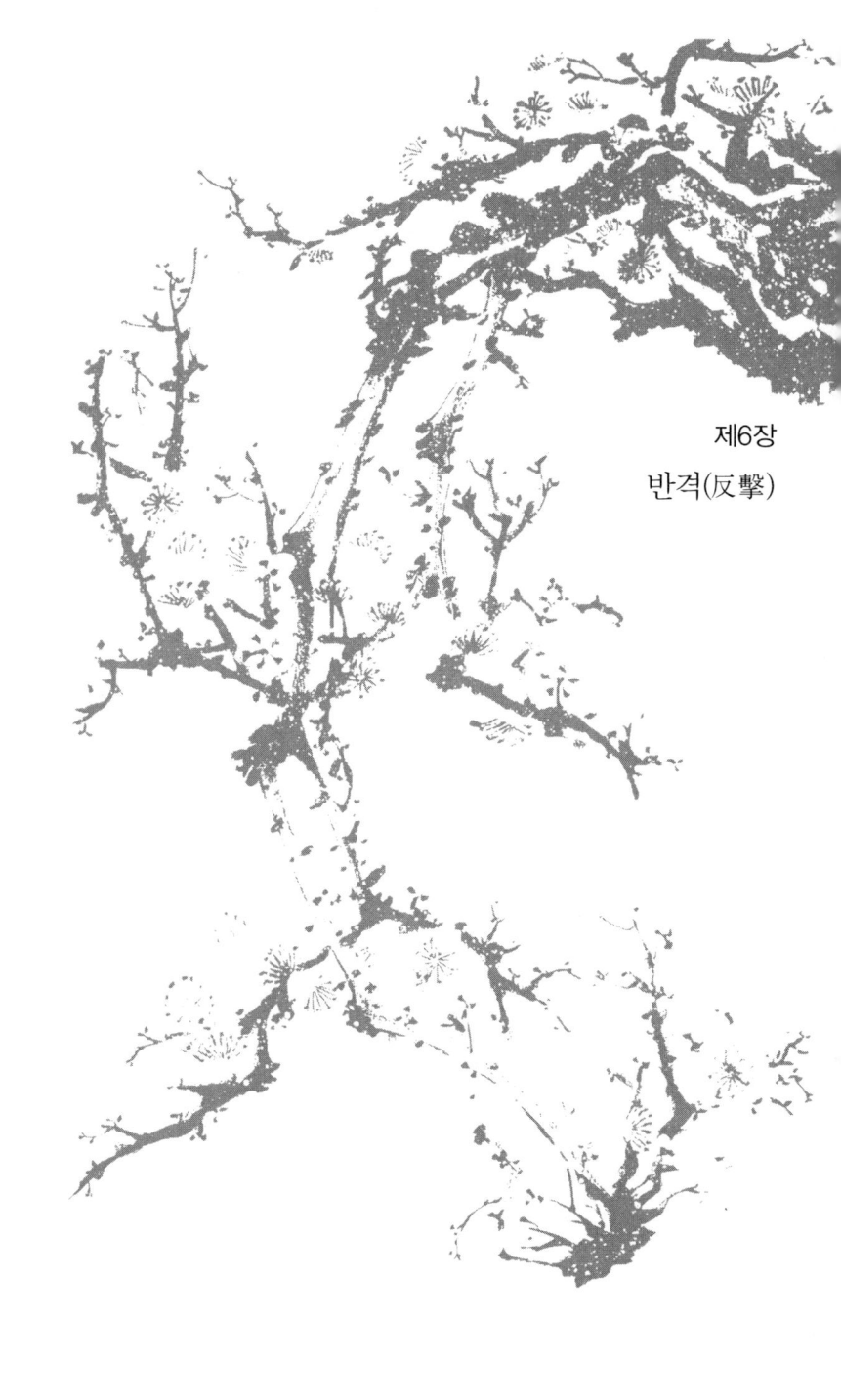

제6장

반격(反擊)

영취원(靈鷲園).

정청화는 추운 겨울 날씨임에도 장창(長窓)을 활짝 열고 그 앞에 서서 몸 가득한 열기를 식혀보려고 애썼다. 그걸 증명이라도 하듯 하얀 콧김이 연신 뿜어져 나왔다.

"아……!"

입에서 긴 탄식이 흘러나왔다.

너무 외로웠다. 따스하게 보듬어 안아줄 사군이 없는 겨울 밤은 너무도 춥고 쓸쓸했다. 은은한 한기를 품은 바람만이 지리하게 이어지는 시간들은 사랑해 줄 사내가 없는 여인에게는 혹독함이었다. 가벼운 바람에 흩날린 눈발이 발그레진 얼굴에 달라붙었다가 이내 녹아 물기로 화하는 것이 느껴졌다.

'차라리 눈발이었다면!'

깊은 곳에서 이글거리는 육신의 욕망을 얼굴에 붙은 눈처럼 스르르 녹여줄 사군이 몹시도 그리웠다.

"도 공자께서 오셨습니다."

멀리서부터 인기척을 낸 시비가 조용히 아뢰었다.

언젠가부터 생긴 규칙. 어떤 보고를 하더라도 마님의 방 가까이 가지 말라는 것이다.

정청화는 옷맵시를 가다듬었다.

따지자면 표국 사람들이 정청화를 찾을 이유는 없다. 하지만 석경령이 쓰러지고 석호인이 폐인이 되다시피한 지금, 모든 실권은 자연 정청화에게 와 있었기에 간부들이 그녀를 찾아오는 일은 일상사가 되어버렸다.

하지만 요즈음의 만남은 특별했다.

정청화는 정춘교가 드러눕자 위기감을 느꼈고, 제갈강과 석호인에 관한 소문까지 들은 터라 수시로 그들과 접촉을 하는 것으로 자신의 자리를 지키려고 애를 썼다.

묵혈마검(墨血魔劍) 도중환(萄仲煥).

한때는 평생을 표국의 이 인자로 자처하는 아비와 의견이 맞지 않아 낙양으로 가 홀로 표국을 세워 운영을 하다가, 병란이 일자 모든 것을 접고 다시 아비의 곁으로 돌아와 일을 거들고 있는 자였다. 서른이 가까운 적지 않은 나이임에도 사업 때문에 혼사를 치르지 못했다고 했던가. 몇 년 동안 밑바닥 생활을 하다가 그런대로 성실성을 인정받아 지금은 보표단(保鏢團)의 부단주까지 승격해 있었다.

단주급들은 정청화를 자주 찾았지만 부단주들은 그녀를 만날 기회나 필요가 없었기에, 오늘 이 자리는 서로 간에 첫 대면이라 할 수 있었다.

"모셔라."

시비가 종종걸음으로 나가고 이내 젊은 사내 하나가 안으로 들어섰다.

"험! 보표단 신임 부단주 도중환입니다. 마님께서 은혜를 베푸셨는데,
인사도 미처 드리지 못했습니다."

안으로 들어선 도중환은 방을 환하게 하는 여인의 미모에 헛기침으로
목을 가다듬은 후 말을 시작해야 했다.

정청화의 눈이 빠르게 사내를 훑었다.

적당한 키에 근육질의 구릿빛 피부를 가진 사내로, 크게 나무랄 데가
없는 수려한 이목구비이기는 했지만 눈빛이 그리 맑아 보이지 않는 것이
흠이었다.

정청화는 며칠 전 도행오가 가져온 승급자 명부에 도중환의 이름이 올
라 있는 것을 알고 있었다.

얼마 전 제남(濟南) 일대로 표물 운송을 떠났던 표행에서 토호(土豪)들
의 습격을 받아 보표단 부단주가 사망했는데, 그 후임으로 천거했던 자
가 바로 도중환이었다. 아비 도행오가 '미욱한 아들 녀석이기는 하지만
장사 수완과 무공은 그런대로 제법 되니, 어여삐 여겨 달라'는 첨언(添
言)과 함께 올린 명부에 서명을 했다.

"앞으로 많은 활약이 기대되는 분이라고 들었어요."

그렇게 말한 정청화는 차(茶)를 준비시키고는 자리를 권했다.

"중요한 직책을 맡게 되었는데, 능력이 모자라 행여 마님의 심려를 끼
치지나 않을지 걱정됩니다."

"겸손이 너무 심하시군요."

정청화는 입가에 가벼운 웃음을 지으며 말했다. 습관처럼 소매가 입을
가리러 가는 듯하다가 멈추고 다시 내려왔다.

'아!'

도중환은 마음이 은근히 진탕되는 것을 느끼고는 적잖이 당황했다.

여자라면 제법 경험이 있기는 했지만 정청화가 누구인가.

미태라면 어디에 내놓아도 빠지지 않을 절강쌍미 중 일 인이 아닌가. 마님이라고는 하지만 칠팔 년 정도 연하로, 한껏 피어나는 여인의 몸은 그를 당황하게 만들어 얼굴까지 붉히고 말았다.

'음!'

정청화는 마음을 다잡았다.

이 사내의 마음을 사로잡지 못한다면 자신이 죽는다. 비록 아비는 병환으로 누워 있지만, 상대가 방심하는 마지막 기회라는 것을 잘 알기에 굳게 마음먹고 하는 일이었다.

약간의 어색한, 하지만 은근한 열기를 품은 여인의 눈길이 사내를 향했고, 그것은 진탕되는 속마음을 숨기지 못해 이리저리 눈을 돌리던 도종환의 눈길과 맞부딪쳤다.

'헉!'

이번에는 사내의 몸이 가볍게 꿈찔했다.

도종환은 얼굴이 벌게지며 황급히 고개를 숙였다.

신임 국주 석호인이 사내 구실을 제대로 하지 못하고 있다는 소문이 문득 그의 머리를 스쳐 갔다.

'사내가 그리운 게야.'

비록 풍류객 행세를 하지는 않았지만 계집이라면 적지 않게 품어본 그였기에, 그 눈길이 무얼 말하는지 알 수 있었다.

"요, 요즘은 곳곳에 도적들이 있는지라 표물 운송이 여간 힘든 것이 아닙니다. 제, 제가 찾아온 것은 그 대책을 말씀드리기 위해서입니다."

그렇다. 그에게는 위기를 기회로 삼아 사업을 확장할 수 있는 자신만의 계획이 있었다. 표국 내 실세인 정청화를 찾아 자신의 계획을 제출해 그것을 성사시켜 표국 안에서의 입지를 굳히려는 생각이 있었기 때문이다. 눈이 탁 트이게 만드는 미인의 은근한 눈빛을 대하는 순간 말을 더듬기는 했다.

"그러시군요. 하긴 지금 표국 내에는 나이 드신 분들이 너무 많아요. 도 부단주 같은 젊은 분들의 활약이 절실하기는 하지요."

목소리가 촉촉하게 젖어 나왔다.

시비가 찻잔을 올리고 물러갔다. 정확히 차 잎을 거두는 절기를 지킨 청명(淸明)과 곡우(穀雨) 사이에 딴 무이차(武夷茶)로, 정청화가 좋아하는 차였다.

'아……!'

찻잔을 만지작거리는 정청화의 부드러운 손을 보는 순간 도종환은 가슴이 덜컥 내려앉는 기분을 맛보았다.

꿀꺽!

마른침이 넘어갔다. 작은 소리였지만 묘한 긴장이 가득한 방 안을 뒤흔들기에는 충분한 소리였다.

정청화는 빨간 연지가 칠해진 입술을 혀로 살짝 핥았다.

'음!'

찻잔을 만지작거리던 도종환의 손이 움직임을 멈추었다. 아무리 정청화가 부지불식간에 한 가벼운 동작이라고는 하지만, 그 고혹적인 모습은 춘색에 젖은 여인의 애타는 애욕(愛慾)을 고스란히 드러내는 듯한 모습이었다.

"흐읍!"

도종환은 길게 숨을 들이켰다.

가벼운 실내복을 걸치기는 했지만, 고운 눈을 내리깔고 빨간 입술을 혀로 말아 올리는 동작에서 옷을 벗은 정청화의 몸매를 상상하게 했다.

꿀꺽!

타는 듯한 갈증이 그로 하여금 차 한 모금을 들이키게 만들었다.

사내의 눈이 찻잔을 향해 있는 동안, 여인의 요염한 눈이 돌출된 목젖의 살아 있는 움직임을 일별(一瞥)했다.

정청화의 눈이 다시 도종환의 눈과 마주쳤다.

촉촉이 젖어 있는 눈망울!

'아!'

순간 도종환의 목젖이 꿈틀했다. 그뿐 아니라 놀란 나머지 하마터면 목구멍을 타고 내려가던 찻물에 기도가 막힐 뻔했다.

"아가씨, 제가 이제껏 살아보니 사람은 둘로 이루어져 있더군요. 절반은 정신이고, 나머지 반은 육신이지요."

어디선가에서 보내온 양선고의 전음을 듣는 순간 정청화의 몸이 싸늘하게 식었다. 하지만 도종환의 앞이라 아무런 내색도 못하고 있었는데……

"사람들은 애써 육신을 천시해 가며 정신 아래에 두려고 하지요. 하지만 아가씨께서도 아시다시피 그건 자신을 속이는 일입니다. 욕망을 숨기지 마십시오. 아가씨의 능력이 닿는 한 잘못이 아닙니다. 사내들은 그렇게 살지요. 육신 또한 정신 못지않게 아가씨께서 태어났을 때부터 쭉 함께해 왔습니다. 결코 정신에 억눌려 평생을 죽은 듯이 숨죽이게 만들 이유는 없지요. 자! 하고 싶으신 대로 하세요! 그리고 그 즐거움을 만끽하세요."

마치 악귀의 유혹과 같은 목소리!

자신을 오해하고 있는 양선고를 탓하고 싶은 생각도 없었다.

정청화는 고개를 들어 콧날을 세웠다.

"앞으로 자주 만나 이런 기회를 가졌으면 좋겠군요."

그만 가달라는 정청화의 말에 도종환은 아쉬움이 가득한 얼굴이었다.

"알겠습니다. 그럼 그때 찾아뵙겠습니다."

자리에서 벌떡 일어선 그는 예를 갖추고는 황급히 물러났다.

'그런대로 멋진 사내야!'

그런 생각을 하는 정청화의 귀에 다시 양선고의 전음이 들려왔다.

"도종환을 확실하게 무릎 아래에 끓리십시오. 그자를 잡으면 보표단과 부국주 도행오가 전폭적인 지지 세력이 되어줄 것입니다. 그때는 아가씨께서 명실 공히 영파상방과 중원표국의 안주인이며, 실질적인 주인이 되시는 겁니다."

정청화의 빨간 입술이 입 안으로 살짝 말려 들어가며 욕탕의 증기에 데워진 얼굴이 더욱 윤기를 머금었다.

장원 별채.

"도 부단주 마저 그 아이에게로 돌아섰다는 말이냐?"

보고를 받는 석경령의 표정이 한층 더 어두워졌다.

운신이 힘들었기에 탁자에 손을 기대고 앉은 그는 지그시 눈을 감았다. 워낙 오랜 기간 누워 있었기에 그의 몸은 아직 완전히 회복된 것이 아니었다.

그의 회복은 철저한 비밀에 속했다.

아들은 차라리 없는 편이 나았다. 이런 중요한 시기에도 놈은 계집들을 불러들여 요상한 짓거리를 한다고 했다. 아들 생각만 하면 뒷골까지 당겨왔기에 아예 머리에 담지 않으려고 애썼다.

지금 자리를 털고 일어난 석경령의 심기는 무척이나 불편했다.

정춘교가 별안간 자리를 깔고 누웠다고는 하지만, 영파오월이 철통같이 지키고 있는 그를 제압할 방법이 없었다.

도와주겠다는 제갈강이 고맙기는 했지만, 그를 끌어들이는 것은 호랑이 대신 늑대를 끌어들이는 것임을 잘 알기에 아직 손을 벌리지 않고 있었다. 아니, 차라리 그렇다면 좋겠지만 제갈강이 호랑이고, 정춘교가 늑대일 수도 있었다. 그게 바로 석자희에게 전말을 듣고도 쉽게 움직이지 못하는 이유이기도 했다.

게다가 병을 치료해 주었으면 한 번쯤 방문을 할 만도 하건만, 무슨 속셈인지 제갈강이 전혀 얼굴을 비치지 않고 있다는 것이 그의 행보를 더욱 신중하게 만들고 있었다.

석경령은 고심에 잠겼다.

석가장이 홀로 일어서기에는 너무 오랫동안 병들고 썩어 있었다. 도움이 필요하다. 그를 고민스럽게 하는 것은 누구에게 손을 벌려야 하는가이다.

"후우……."

오늘도 어김없이 긴 한숨이 나왔다. 눈을 뜬 석경령에게서는 예전의 그 날카로움이 보이지 않았다. 사실 중원표국에 흑심을 품지 않고, 영파 상방의 군더더기들을 말끔히 청소할 실력을 지닌 그 누군가를 찾는 일은 쉽지 않았다.

그런 아버지를 지켜보는 석자희의 마음은 미어지는 듯했다.

"아버님, 제가 제갈 공자를 찾아가 볼까요?"

"아직은 아니다. 지금 그를 찾는다는 것은 중원표국을 짊어지고 가서 구걸하는 것밖에 되지 않는다. 제갈강은 아마도 그걸 바라고 있을 게야. 좋은 방법이 있을 게다. 정청화가 아무리 기를 쓰고 있다고는 하지만 한계가 있다. 한 명 더 포섭한다고 중원표국이 무너지지는 않는다."

"벌써 며칠이 지났습니다. 게다가 다탁이 암살당했으니 더 이상 좋은 대안도 없을 듯싶습니다."

석경령은 다탁과 직접 협상을 시도했었다. 그는 소홍 일대의 진지를 보수하는 다탁에게 많은 자금을 기부하는 것으로 그와의 연대를 모색했다. 제갈강보다는 훨씬 수월한 상대인 것은 물론, 청국의 친왕으로서 부러울 것 없는 그가 표국 하나를 탐내 귀찮은 머리 싸움을 걸어오지는 않을 것이기에 협상 상대로서는 그 이상이 없었다. 그런 그가 가버린 것은 석경령에게 엄청나게 큰 타격이었다.

"그의 후임으로 누군가 올 때까지 기다리실 건가요?"

"그건… 너무 늦을지도 모르겠다."

석경령의 안색이 한층 어두워졌다.

다시 얼마간의 시간이 지났다.

"방법이 없구나. 제갈강을 초청하도록 해라."

석경령은 방금 전 자신의 말을 뒤집었다.

석자희는 오랫동안 병석을 지킨 아버지라 총기가 많이 흐려져 있다고 생각했다. 틀린 것은 아니었지만, 석경령은 또 다른 걱정을 하고 있었다. 정춘교가 정리되고 나면 석가장은 이제 제갈강과 보이지 않는 싸움을 해야 했다. 은혜를 입은 만큼 한 수 접고 들어가야 하는 어려운 싸움이 될 터였다. 더 이상 석가장 내부가 흐트러지는 것을 보고만 있다가 그때 가서는 싸움이 되지 않을까 걱정스러웠던 것이다.

야심한 밤!

영파상방 내원, 특히 정청화가 있는 영춘원은 최근 들어 경계가 유달리 삼엄했다. 오십여 명에 가까운 상방 무인들이 영파에서 증원되어 온데다, 영파상방의 핵이라 할 수 있는 영파오월도 모두 집결해 있었다. 그 모든 것들은 바로 정춘교의 와병 때문이었다.

정청화는 본가에서 온 전령을 읽고 있었다.

정청화의 얼굴이 새파랗게 질렸다.

한밤중에 전령이 가지고 온 소식은 상방이 백여 명에 이르는 도적 떼의 기습을 받았다는 전갈이었다. 다행히 어머니는 무사하다는 소식이었지만 언제 또다시 기습이 있을지 몰랐다. 어머니 걱정에 가슴이 철렁한 그녀는 즉시 영파오월을 소집했다.

"아무래도 안 되겠어요. 백월 호법과 묵월 호법은 지금 즉시 상방으로 돌아가 그곳을 지키세요. 뿌리가 흔들리면 어떤 일도 할 수 없어요."

영파상방이 도적 떼의 기습을 받기는 처음이었다. 모두 그 말에 공감했기에 두 사람은 즉시 중원표국을 떠나 영파로 향했다.

다그닥! 다그닥!

어두운 관도를 두 필의 말이 비호처럼 내달았다.

소흥에서 백여 리 정도 떨어진 영파로 가려면 상우현(上虞縣), 여요현(餘姚縣), 자계현(慈溪縣)을 차례로 지나야 했다. 말을 달려 한나절이면 갈 수 있는 거리였다.

여요현의 야트막한 야산, 백여 명의 궁수들은 관도 위를 빠르게 달려오는 까만 두 점을 노리고 온 신경을 집중했다. 그들은 제갈강의 지시를 받은 구룡수호대 대원들이었다.

"절대 놓쳐서는 안 된다. 일단 사정권 안에 들면 화살을 계속 날려 조금도 틈이 없게 만들어라."

백여 명의 수하들을 셋으로 나누어 배치한 조장 제갈환이 다시 주의를 주었다. 그는 벌써 비슷한 지시를 세 번째 하고 있었다.

아무리 귀신같은 재간을 가진 놈들이라 해도 소리로 모든 것을 판단해야 하는 밤에 날아오는 화살을 피할 수는 없을 터였다.

이윽고 검은 점들이 더욱 뚜렷해지더니 말과 하나된 사람의 형체로 나타났다.

'틀림없이 그놈들이군.'

두 필의 말 위에 탄 사람들이 흰 옷과 검은 옷을 입은 것으로 보아 방금 전 중원표국을 떠나온 묵월과 백월이 분명했다.

제갈환은 약속대로 관도 부근의 큰 나뭇가지 위로 올라가 손을 들어 매복 중인 수하들에게 신호를 보냈다. 목표물이 사정권에 들어온 것은 잠깐 사이였다. 조준을 하고 조장의 신호를 힐끗거리던 수하들은 마침내 시위를 당겼다. 보통 활보다 두 배 이상 힘이 좋은 강전을 사용했고, 제법 무공이 있는 자들은 내력까지 주입한 화살이었다.

핑! 핑! 핑!

백여 발의 화살이 일시에 두 사람을 향해 쏘아져 갔다.

"앗!"

"헉!"

영파상방의 기둥으로, 절강 일대에서 이름을 떨친 두 사람이 이승에서 마지막으로 낸 소리는 짧은 비명뿐이었다.

히히힝! 히힝!

고슴도치가 되어 고통에 찬 말과 사람이 한 덩어리가 되어 관도 위에 나뒹굴었다. 지켜보던 제갈환이 계속 쏘라는 지시를 보내자 수하들도 확인 사살을 하듯 화살을 날려댔다.

본가로 두 사람을 보냈지만 정청화는 무겁게 어깨를 눌러오는 불안감을 지우지 못해 잠을 이루지 못했다. 그런 불안은 이내 현실로 나타났다.

묵월과 백월이 떠난 지 두 시진이 채 되지 않아 또 다른 전령이 달려왔던 것이다.

"대규모 기습입니다. 아까 왔던 자들은 선봉이었던 것 같습니다."

전령의 말에 정청화는 심장이 벌렁거려 하마터면 쓰러질 뻔했다.

남아 있던 녹월과 적월, 청월이 정청화의 주변에 십여 명의 수하만 남긴 채 급히 달려나갔다.

정청화는 거의 실신할 지경이었다.

아침이 밝았지만 그녀는 식음을 전폐한 채 본가에서 날아올 소식에만 매달렸다.

"아가씨, 듣기만 하십시오."

양선고의 전음이었다.

긴장이 가득한 분위기가 절로 느껴지는 전음에 정청화는 가슴이 철렁했다.

"지금 영취원 반경 삼십 장 이내는 정체를 알 수 없는 수십 명의 무리에게 포위되어 있습니다. 개개인 모두 상당한 실력의 고수들입니다."

전청화의 얼굴이 하얗게 탈색되었다.

함정이다. 그리고 보니 본가에서 왔다는 전령의 얼굴이 낯설었던 기억이 떠올랐다. 경황 중이라 소속도 물어보지 못했었다.

"아!"

뒷골을 강하게 때리는 충격에 정청화는 자신도 모르게 짧은 비명을 토했다. 한동안 어찌할 바를 모르던 그녀는 급히 침상이 있는 벽면에 매달아놓은 장검을 내렸다.

"탈출해야 합니다. 아버님까지 구하기에는 이미 늦었습니다. 지금 이곳에 있는 십여 명 남짓한 우리 상방 사람들도 포기해야 합니다."

쓰러져 병석에 누워 있는 아버님을 포기하라는 말에 정청화의 몸이 휘청했다. 전음이 더욱 또렷해지며 양선고의 조심스런 움직임이 입구 쪽에서 느껴졌다.

"그건 안 돼요."

"중환자이니 석가장 쪽에서도 심한 짓은 하지 않을 겁니다. 석경령의 외호가 자비 검객임을 잊으셨습니까. 그는 절대 원한을 쌓는 일은 하지 않지요. 아버님을 구할 방법은 후일 생각하기로 하고, 일단 이곳을 벗어나야 합니다. 아가씨마저 놈들 수중에 떨어지면 아버님을 구할 사람이 아무도 없는 것은 물론, 상방 전체가 위험합니다. 이성적으로 판단하셔야 합니다."

양선고의 말이 맞다. 지금 필요한 것은 이성이다. 정청화는 대답도 하지 못한 채 멍한 표정으로 그 자리에 서 있었다. 양선고는 문소리가 나지 않게 주의하며 방 안으로 들어왔다. 정청화에게 작은 병에 담긴 뭔가를 건네며 함께 들고 온 보퉁이를 펼치자 가난한 집안의 아낙들이나 입는 갈의(葛衣) 한 벌이 나왔다. 대영파상방의 무남독녀요, 중원표국의 안주인인 그녀에게는 도저히 어울리지 않는 옷이었다.

"역용약입니다. 날이 밝았으니 달아나더라도 아가씨의 미모 때문에 쉽게 위치가 노출될 수 있습니다."

"어디로 가지요?"

정청화는 역용약을 받아 빠르게 분장을 하며 물었다.

"상대는 우리가 영파상방 쪽으로 달아날 것을 이미 예상하고 있을 것입니다. 제가 놈들을 그쪽으로 유인할 것이니, 아가씨께서는 반대쪽으로 가십시오. 한동안 상방으로는 가지 마시고 사태를 관망하십시오."

바로 코앞에 마주하고 있건만 두 사람은 여전히 전음으로 말했다. 그만큼 상황은 위태하고 긴박했다.

양선고는 안타까운 표정으로 정청화를 잠시 바라보더니 표정을 굳혔다.

"갑니다!"

양선고는 더 이상 망설이지 않고 복도로 나가 비명 소리에 놀라 달려 나오던 시비 한 명의 수혈을 짚어 옆구리를 끼고는 밖으로 달려나갔다. 막 담장을 넘자마자 이마에까지 검은 두건을 두른 흑의 무인들이 그녀를 향해 공격을 가해왔다. 하지만 양선고는 그들을 상대하지 않고, 공격을 이리저리 피해가며 한껏 경공을 펼쳐 담장을 넘어 달아났다. 영파상방이 있는 방향이었다.

"잡아라! 요부가 달아난다!"

누군가의 고함 소리에 이어 수십 갈래의 신형이 그 뒤를 쫓았다. 이어 중문 쪽이 소란스러워지더니 호위 무사의 호통 소리가 들려왔다.

"멈추시오! 누구도 출입을 금한다는 명령이 계시었소."

중원표국 안이건만 상방 무인들은 정청화의 위세만큼이나 위치가 남달랐기에, 함부로 소리치는 것이 습관처럼 되어 있었다.

"크악!"

"악!"

단말마가 연이어 터져 나왔다.

창문 틈으로 그 광경을 지켜보던 정청화는 재빨리 창문을 박차고 나와 양선고가 사라진 반대편으로 몸을 날렸다.

"앗!"

막 담장을 넘던 정청화의 입에서 짧은 비명이 터져 나왔다.

"핫핫핫!"

"호호호! 아니, 몰골이 그게 뭐야? 설마 영파상방의 무남독녀이자, 중원표국의 안주인이 돈이 없어 그런 갈의를 입었을 리는 없고……."

제갈강과 석자희가 담장 뒤에서 기다리고 있었다.

"내가 뭐라고 했소? 틀림없이 이리로 나올 것이라 하지 않았소? 으핫핫핫!"

제갈강은 자신의 선견지명이 적이 만족스러운 듯 크게 웃었다. 그는 지붕 뒤에 숨어 정청화의 방을 감시하다가 먼저 달아나는 양선고와 그가 옆구리에 끼고 가는 젊은 여인을 보았다. 하지만 그는 나서지 않았다.

보타 신니의 속가제자인 정청화의 무공이라면 여염집 아가씨를 피신시키듯 옆구리에 끼고 갈 이유가 없다는 생각이 스쳤기 때문이다. 진짜는 반대편일 것이라 짐작한 그는 석자희가 책임지기로 한 이곳에 합류했고, 예상대로 정청화가 걸려들었던 것이다.

"호호호! 네가 머리를 쓴 덕분에 비밀 호위까지 떨쳐 내 걱정이 많던 우리 일을 한결 수월하게 만들었구나."

석자희의 말은 사실이었다. 영파오월을 잡기 위해 제갈강이 이끌고 온 세가 주력의 상당수가 투입되었기에, 정작 정청화를 잡기 위한 병력은 충분치 않았다. 제갈강은 포위망만 펼친 채 그들이 돌아오기만을 기다리고 있었다.

이즈음 제갈세가는 제갈옥을 지지하는 세력과 제갈강을 지지하는 세력으로 나뉘어 있어 한 명의 식솔도 아쉬운 처지였고, 그것이 제갈강으로 하여금 한동안 중원표국주를 찾지 못하게 만들었다. 게다가 정작 중원표국 사람들은 적아를 구분할 수도 없는 지경이라 이번 일에 동원할 수도 없었다. 하지만 석자희가 찾아오자 어쩔 수 없이 결행을 한 것이었는데…….

딸을 끔찍이 위하는 정춘교라면 무공이 고강한 비밀 호위 하나쯤은 붙였을 것이라 예상했기에, 그가 가장 두려워한 것은 정청화가 완강히 반항하는 상황이었다.

빨리 움직이자는 양선고의 판단은 시기적절했지만, 상대가 제갈세가의 신임 가주 제갈강임을 몰랐던 것이 실수였다.

"닥쳐라! 내가 무슨 잘못을 했기에 실수까지 동원해 나를 핍박하는 거냐?"

정청화는 악을 썼다.

"호호호. 아무 잘못도 하지 않았는데, 그런 냄새 나는 옷차림으로 월장을 하는 이유가 뭔지 궁금하구나."

그동안 드러내지도 못하고 마음만 끓였기 때문인지 말끝이 점차 올라가며 흥분했다.

"탕부! 한때 너와 절친한 친구였던 내 자신이 부끄럽기만 하구나."

그 말에 정청화의 교구가 휘청했다.

스릉!

석자희는 검을 뽑아 정청화의 목 줄기를 향해 겨누었다.

"탕부 주제에 보타 신니의 속가제자라니! 보타산에서는 사내를 후리는 법만 가르친다는 말이냐? 내 비록 실력이 모자라기는 하지만, 가문의 수치인 너를 몸소 처단하겠다."

정청화는 모욕감에 얼굴이 뜨거웠다. 역용을 한 탓에 얼굴색이 드러나지 않는 것이 그나마 다행이다.

"홍! 감히 하잘것없는 네 실력으로 나와 겨루겠다는 것이냐?"

좌절감에 분노까지 겹친 정청화가 석자희를 향해 공격해 가려는 바로 그 순간이었다.

"멈추시오!"

석자희의 실력을 아는 제갈강이 나섰다. 말과 함께 뒤쪽을 향해 손짓을 하자 들것을 든 수하 둘이 나는 듯이 달려왔다.

"아니!"

정청화는 눈을 부릅떴다. 들것 위에 실린 사람은 정춘교였다. 파리한 안색에 죽은 듯 두 눈을 감고 누운 그의 모습에서 얼마 전까지만 해도 절강 최고의 실력자로 군림했던 모습을 상상하기란 쉽지 않았다.

아비의 그런 모습에 주르르 눈물을 흘리던 정청화는 자신의 검을 석자희 앞에 집어 던졌다.

챙그랑!

화려한 수실과 값비싼 보석으로 장식된 검이 힘없이 바닥에 나뒹굴었다.

제갈강이 손짓을 하자 세 명의 장한이 비호같이 달려들어 그녀를 결박했다. 정청화는 두 눈을 꼭 감고 수모를 감내했다.

"되었소! 이 일을 계기로 중원표국과 우리 제갈 가문은 한식구나 다름없다는 것을 증명해 보였소."

석자희를 쳐다보는 제갈강의 눈이 뜨겁게 이글거렸다.

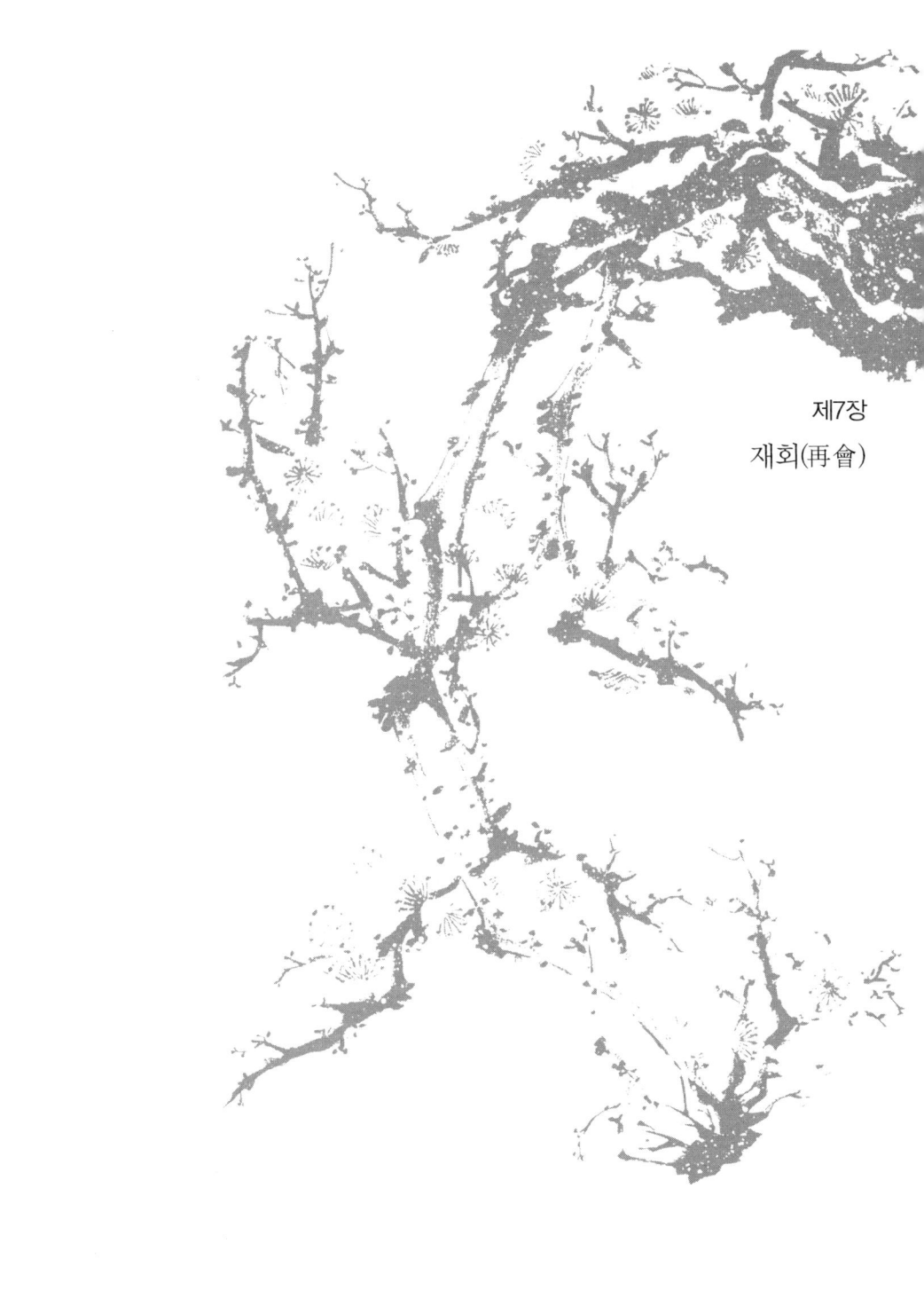

제7장

재회(再會)

소주 유심장(唯心莊)의 내실.

"엄마는 네 아빠를 찾아 사방을 헤맸지. 너를 뱃속에 품고 말이다. 어떤 아름다운 아가씨와 함께 배 안에 있다고 하더구나. 무작정 그리로 향했지. 그런데 아빠는 이미 그 배에서 떠났고, 나쁜 사람들만 있더구나. 엄마는… 흑흑……."

청홍장에서의 수모가 생각난 연청아는 눈물을 쏟았다. 차마 그 말만은 하지 않으려고 했는데……. 하지만 영원히 가슴에 품고 죄인처럼 살고 싶지 않았다. 지금이 아니면 다시는 입을 열지 못할 것만 같았다.

연청아는 눈물로 범벅된 사연을 늘어놓았다. 석호인과 조춘에 이어지는 그 몹쓸 사연들… 영원히 잊고 싶은 기억…….

"으흐흐흑!"

사군은 눈물을 삼켰다.

그랬다. 까맣게 잊고 있었던 연청아는 견디기 힘든 일을 당하고 자신의 아이를 낳았다. 아이는 연청아의 몸 안에서 그 일을 당했을 것이다.

얼굴이 뜨거워졌다.

'죽일 놈들!'

등뼈를 따라 길게 이어져 뇌까지 들쑤시는 통증보다 더한 것은 석호인과 조춘에 대한 분노였다.

"흐흐흑!"

"아앙! 앙! 앙!"

어미의 울음에 놀란 아기가 울음을 터뜨렸다.

"끄응!"

사군은 힘들게 몸을 일으켰다. 허리가 분질러지고 말 것 같은 무서운 통증이 전신을 휩쓸었기에, 침상에서 내려서기도 전에 굵은 땀방울이 쏟아졌다.

지독한 고통은 정신마저 혼미하게 만들었다.

"끄으으… 끄윽! 끅……."

내장을 뒤집는 아픔에 동반한 고통스런 신음성도 발걸음을 멈추게 하지 못했다. 사군은 비틀거리며 힘겹게 연청아와 자신의 아기가 있으리라 짐작되는 휘장을 향해 발걸음을 옮겼다. 아픔에 절로 허리가 반쯤 숙여지고, 앞으로 내딛는 한 걸음 한 걸음은 천근만근 무거웠지만 멈추지 않았다.

아기란다. 자신의 아기라고 했다.

다섯 걸음 정도에 불과한 그 거리를 향 반 자루는 능히 탔을 시간이 걸려서야 겨우 휘장 앞에 도착했다.

연청아도 그 신음성을 들었다.

휘장을 들추지 않아도 사군이 무엇을 하고 있는지 훤히 알 수 있었다.

'이러면 안 돼! 이러지 않아도 그 맘 알아!'

마음 같아서는 단숨에 달려가 비명을 지르며 사군을 부축해 침상에 뉘어놓고 싶었지만……

인내는 고통이라 했던가. 흐느낌에 놀라 우는 아기를 보듬는 손길마저 바르르 떨렸다. 가슴속에 너무 깊이 묻어둔 사람이기에 그만큼 그리움이 컸는지도 모른다.

"끄윽… 끅!"

신음성은 연청아의 가슴을 비수처럼 헤집었다. 아기를 안은 손에 힘이 들어가는 것을 느끼자 참지 못한 그녀는 침상에 아기를 내려놓고는 자리에서 벌떡 일어났다.

'참아야 해!'

연청아는 발걸음을 좀체 떼지 못했다.

욕심인가.

자신 곁에 다가와 내미는 사군의 손을 잡고 싶었다. 떨리는 그 손을 따스하게 잡아주고 싶었다.

입술을 앙다물었다. 한 번 눈물이 터지면 장마철 폭우처럼 흘러내릴 것 같았기에 더 더욱 참았다.

'사군, 너 내게 빌어!'

'미안해요!' 라는 단 한 마디 말만 들을 수 있다면 그 어떤 짓이라도 해야 한다. 지금 또 용서하여 그 옛날 무심한 그 사람으로 다시 돌아가면 안 된다.

불끈 말아 쥔 손등에서 파란 심줄이 불긋거렸다.

그때였다.

쿠당탕!

사군은 요란한 소리와 함께 바닥에 처박혔다.

“악!”

연청아는 비명을 터뜨렸다.

고막을 파고든 그 소리는 벼락에 맞은 듯 머리 속을 뒤집었고, 이어 심장을 떨어뜨릴 것 같은 오싹한 한기가 전신을 뒤덮었다.

황급히 휘장을 들추자 모로 박혀 미동도 하지 않는 사군의 모습이 눈에 들어왔다.

눈앞이 아득했다. 무릎을 굽히고 황급히 사군을 부축해 안았지만 몸은 사자(死者)의 그것처럼 축 늘어져 있었다. 정신을 잃은 사군의 몸은 자신이 감당하기에는 벅찼다. 침상 위로 옮겨야 한다는 생각에, 겨드랑이에 두 손을 낀 연청아는 이를 악물고 용을 썼다.

“끙!”

내력까지 돋우자 그제야 사군을 들 수 있었다. 여전히 힘에 겨웠기에 질질 끌다시피해서 다시 침상으로 데려가 눕혔다.

얼굴은 창백한 정도를 넘어 하얗게 탈색되다시피 변해 있었고, 파랗게 질린 입술 사이로 가는 핏줄기가 흘러나왔다.

연청아는 눈물을 줄줄 흘리며 소맷자락으로 핏기를 닦아냈다.

‘이런 환자를 두고 사과나 받을 생각을 하고 있었다니……’

스스로에 대한 원망이 불같이 일었다.

“바보! 바보!”

식은땀에 축축하게 젖어버린 이마를 덮어내린 사군의 머릿결을 쓸어 올려주며 연신 자신을 자책했다.

어쩌면 사군이 지금 생사 지경에 빠져 있을 수도 있다고 생각한 그녀는 대충 수건으로 닦아준 후 황급히 밖으로 나갔다.

문이 여닫히자 싸늘한 겨울 한기가 후딱 침상을 스치고 지나갔다. 사군의 속눈썹이 실낱같이 꿈틀거렸다.

정신까지 잃은 것은 아니었다.

사군은 그런 소동을 빠짐없이 귀로 듣고 있었다. 아득한 가운데 전해진 연청아의 말소리와 울음은 환청처럼 머리 속을 맴돌다가 사라지곤 했다.

더 이상의 고통은 없었다.

그리 나아지지 않은 상처나 아픔이 없을 리 없건만, 그런 것들마저도 아스라함 속에 파묻혀 아무런 감각도 전하지 못했다. 포근함도 아닌, 망각도 아닌, 꿈결 같은 묘한 시간에 그동안 스쳐 간 모든 사람들의 형상이 끊임없이 이어져 나타났다가 사라지기를 반복했다.

얼마나 지났을까.

문이 덜컹거리는 소리에 이어 다시 한기가 사군을 훑었다.

"흐흑!"

연청아는 그저 울기만 했다.

데려온 사람은 소주 인근에서는 제법 이름깨나 있는 의원이었다. 그는 말없이 침상으로 다가가 사군의 몸 이곳저곳을 살피고 진맥을 하는 등 부산을 떨었다.

시간이 그리 오래되지 않았지만 연청아에게만은 지루하고도 긴 시간이었기에 더 이상 참지 못하고 물었다.

"어, 어떤가요?"

의원의 눈치를 살피는 연청아의 눈은 너무 운 탓인지 새빨갛게 충혈되어 있었다.

"험!"

양 의원은 헛기침만 한 번 해주었을 뿐 대꾸도 않고 진맥만 계속했다. 그는 아직까지도 환자의 상세를 가늠하지 못하고 있었다.

'거참, 이상하기도 하지!'

체면상 '도무지 알 수 없다'는 말은 입 밖으로 내뱉지 못하고 끙끙거리는 그의 내심은 양미간을 좁히는 것으로 대신 드러났다. 소주의 동문로 양 의원 하면 그래도 일대에서는 제법 이름있는 축에 속하는 그는, 부탁과 함께 슬며시 건네주는 거액의 왕진료가 아니었다면 꿈쩍도 하지 않았을 위인이었다.

환자의 상태는 기이했다.

보통의 경우라면 창백하게 질린 얼굴 표정이나 아직도 흔적이 남아 있는 축축한 식은땀 자국 등으로 볼 때, 맥은 약하게 뛰고 몸 전체가 싸늘히 식어 있어야 했다. 비록 환부 근처의 상처에서 나는 약간의 열기를 감안한다고 해도, 지금처럼 폭발하듯 뛰는 맥이나 마치 불덩이를 만진 듯한 느낌은 대체 무엇이란 말인가.

적어도 지금 이 순간 양 의원은 자신에게로 향해 있는 사람들의 시선이 사뭇 부담스럽기만 했다. 한참을 망설이던 그는 무거운 시선들을 이기지 못하고 마침내 입을 열었다.

"솔직히 말씀을 드리자면… 환자의 몸 안에서 기이한 열류가 흐르고 있고, 맥은 금방 건져 올려 펄떡이는 물고기 같은 것이 도무지 원인을 알기 어렵군요. 아마도 전에 기이한 영약을 먹은 덕분이 아닐까 합니다만."

"위험한 상태인가요?"

연청아가 빠르게 물었다.

"그렇지는 않을 것 같군요."

양 의원이 확인을 해주자 그제야 그녀를 비롯한 연대종과 현 총관 등의 안색이 풀렸다. 그는 사군의 몸 이곳저곳을 자세히 살핀 후 몇 가지 약을 조제해 주고 나서는 두툼한 보퉁이를 챙겨 들고 장원을 떠났다.

양 의원이 돌아가자 연대종은 품속에서 뭔가를 꺼냈다. 무척이나 소중한 물건인 듯 손길조차 조심스러웠다.

"제갈세가 비전(秘傳)의 오공숙상환(蜈蚣宿傷丸)이다. 왕년에 어렵게 구한 것으로, 반드시 쓰일 데가 있을 것이라 여겨 아끼던 것이다. 사위 놈에게 주려고 창고에 넣어둔 것인데, 저놈에게 쓰일 줄은 몰랐다. 헛! 헛! 헛!"

연대종의 호탕한 웃음에 연청아는 얼굴을 붉혔다.

사군이 장원 깊숙한 곳에 누워 몸을 어느 정도 회복하는 데는 겨울이 다시 지나고 여름이 다 가서였다.

뼈까지 갈라져 있던 사군이 겉으로나마 정상인처럼 걸어다닐 수 있을 정도로 돌아온 것은 장원 사람들 모두의 헌신적인 노력 덕분이었다.

연청아는 흑사낭이 아닌 현모양처의 모습으로 사군을 정성껏 간호했고, 연대종과 현 총관은 그런 그녀의 노력에 그동안 모아두었던 각종 영약을 내어주며 묵묵히 도와주는 것으로 일조를 했다.

그런 모든 사람들의 노력에 사군은 따스한 정을 느꼈다. 때로는 누님 같고, 때로는 어머니 같이 포근했기에 상실감에 젖어 침대에 누워 있던 사군이 다시 몸을 일으키게 하는데 충분했다.

그는 그곳을 떠나 섬에 가서 조용히 살자는 연대종의 말에 동의했다. 사군이 기억하는 중원에서의 일은 사람을 죽이는 일과 혈안색마의 이름이 전부이다시피했다.

하지만 그는 연청아와 함께 있으면서도 가끔씩 떠오르는 예향과 정청화의 얼굴을 잊지 못했다. 바깥 세상과 완전히 두절되어 연씨 부녀와 아들 단이, 그리고 현 총관의 얼굴만 볼 수 있는 장원 안이라 더욱 그런지도 몰랐다.

잊으려고 노력했다.

이제 막 걸음마를 익혀 비틀거리며 집 안을 돌아다니는 단이의 모습을 보는 즐거움은, 그런 모든 것들을 저 멀리 망각 속으로 던져 버리려는 사군에게 힘을 보탰다.

무림에서 사군은 완전히 망각 속에 잊혀진 사람이었지만, 그렇지 못한 사람들도 있었다.

도하촌은 쑥대밭이 되었다.

한 떼의 청병들이 나타나 남녀노소를 불문하고 모두 잡아갔기 때문이다. 그들은 잡혀간 다음날 모두 처형되었다. 사군이 도하촌 출신이라는 것을 안 다이곤이 지시를 내려 벌어진 일이었다.

다탁이 죽은 이유가 대외적으로는 천연두라는 몹쓸 병에 걸려 며칠간 병마와 싸우다가 병사한 것으로 되어 있었다. 하지만 누군가가 암살자의 신원을 다이곤에게 알렸기에 하루아침에 오른팔을 잃게 되어 속만 끓이던 그는 마을 사람들 수백을 끌어다 죽이는 것으로 분풀이를 했다.

도하촌 사람들을 알고 있는 인근 마을 주민들은 그 말을 믿지 않았지만, 명분은 반청운동을 하는 일당들의 본거지라는 것이었다.

그런 명분에 설득력을 심어주는 일들도 있었다.

척살단이라는 조직이 절강 일대에서 청군의 장수급 인물들을 십여 명 이상 암살했다. 사람들의 입에서 회자되며 떠도는 말에 의하면, 그 핵심에 사군이 있다고 했다. 그들의 활동은 청군에 협력하는 사람들의 간담을 서늘하게 만들었다.

척살단의 정체를 어느 정도 파악하고 있는 다이곤의 보복도 거셌다. 단우평의 영춘장은 느닷없이 들이닥친 청병들로 인해 쑥대밭이 된 후 폐가처럼 버려졌다. 하지만 보타산은 수군이 약한 청군의 전력 덕분에 그 화를 피할 수 있었고, 청성파는 아직 청군의 세력 범위 안에 들지 못했기에 참극을 피할 수 있었다.

사군에 관계된 투서는 계속 올라왔다.

한때 그가 유씨 포목점에서 일을 했다는 이유로 유장과 그 가족을 비롯한 일꾼들 모두가 끌려가 참살을 당했다.

명녹주 역시 그 참극을 비켜가지 못했다. 그녀는 사군의 어미라는 이유 한 가지 때문에 목숨을 잃어야 했고, 구홍은 그녀의 몸을 즐긴 탓으로 수하들과 함께 굴비 엮듯이 끌려가 목이 잘려지는 비운을 맞았다. 그것을 끝으로 월왕회는 붕괴되었다.

광휘당포의 기신도 한때 그를 보표로 고용했다는 이유로 화를 입을 뻔했지만, 전비(戰費)에 보태라고 수만금을 바쳐 겨우 무마할 수 있었다.

정청화는 제갈강에 의해 다이곤에게 바쳐졌다.

다이곤은 그녀의 미모와 뜨거운 몸에 홀딱 반해 전장에까지 항시 데리고 다닐 정도였다. 제갈강은 그 대가로 청군의 도움을 업고 제갈세가의 주도권을 완전히 장악했다. 그는 제갈옥과의 절연을 공공연히 공표했고, 중원에 퍼져 있는 세가 사람들에게 그녀의 행방을 본가로 알리라는 지시가 떨어졌다.

제갈옥은 세가의 원로 중 그녀를 지지하는 몇 명을 비롯한, 수십 명의 식구들을 이끌고 중원을 유랑하는 신세가 되었다.

그런 바깥 세상의 소식은 장원의 담장을 넘어오기는 했지만 연청아가 있는 중문의 문턱은 일절 넘지 못했다.

사군의 몸이 어느 정도 회복되자 두 사람의 밤은 날마다 불타올랐다. 하지만 그 열기는 아직 그의 몸이 완전하지 않았기에 한계가 있었다. 영약의 한계는 거기까지였다.

연청아는 욕심이 생겼다. 평생을 이렇게, 차라리 생과부로 혼자 사는 것이 낫겠다는 생각으로 밤을 보낼 수는 없었다.

'방법이 있을 거야.'

동굴에서의 뜨거웠던 사군을 다시 느끼고 싶었다. 끝이 미적거리는 아쉬운 밤을 보낼 때마다 몸이 예전으로 돌아가면 열기가 태양처럼 이글거리리란 생각이 항시 머리 속을 떠나지 않았다.

"무공을 다시 익혀요. 그럼 몸이 나아지는 속도가 한결 빠를 거예요."

방금 방사가 끝났건만 아직도 식지 않은 몸에 한숨을 몰아쉬던 연청아가 등을 돌리고 누운 사군에게 말을 건넸다. 다시 혈안색마가 된다 하더라도 자신이 부인이니 걱정이 없을 것 같았다.

사군은 움찔했다.

좌도밀종의 기운은 아직까지 몸에 남아 원초의 욕망을 자극하고 있었다. 하지만 그것은 정리되지 않은 그물처럼 전신에 퍼져 기혈의 흐름을 방해할 뿐 아무런 도움이 되지 않고 있었다.

'될까?'

사군도 그런 생각을 하지 않은 것은 아니지만 내심 두려워 선뜻 행동에 옮기지 못하고 있었다. 게다가 혈안색마로 불리며 저질렀던 예전의 만행들이 떠올라 감히 입에 올리지도 못하고 있었는데……

고노의 다정스런 모습이 떠올랐다.

"이제 섬으로 가요."

목소리에 열기가 담겼다.

사군도 연청아의 불만을 몸으로 느끼고 있었다.

'그래! 해보는 거야!'

사군은 살며시 잡아오는 연청아의 손을 힘있게 잡았다.

"그래요. 다시 시작해요."

사군이 동해 바다 깊숙한 곳에 몸을 숨긴 지도 어언 사 년이라는 세월이 흘렀다.

그러는 동안 중원은 서서히 그 임자를 굳혀갔다.

청군은 곳곳에서 벌어지는 싸움에서 계속 승승장구해 중원 대부분이 청군의 손에 넘어가 있었다. 시류를 타려는 사람들은 너도 나도 변발을 했고, 그렇지 않은 사람들은 의병이 되거나 아직 청군의 힘이 닿지 않는 산속으로 몸을 피했다.

망망대해로 펼쳐진 동해의 바닷물결 속에 금방이라도 파도에 휩쓸릴 것 같은 작은 섬 하나가 떠 있다.

낙석도.

하늘에서 우연히 떨어진 커다란 돌 하나가 중심이 되어 파도에 갈고 닦여 섬이 되었다는 전설이 있는 섬으로, 뭍에서는 백여 리 이상 떨어져 있었다.

섬이 작아 웬만한 배를 대기도 쉽지 않은 곳으로, 겨우 십여 호가 모여 살기에 해적들조차 거들떠보지도 않는 이곳에 커다란 장원 하나가 사 년 전에 생겼다.

어느 날 뭍에서 동원된 목수며 일꾼 백여 명이 배에 자재를 가득 싣고 와 한 달여 만에 작은 장원 하나를 뚝딱거리며 지었고, 그 얼마 후에 다시 사람이 들어와 살기 시작했다. 섬 사람들도 중원에서 벌어지는 명군과 청군 간의 싸움을 알기에 그저 난을 피해 들어온 부호 집안이려니 했다.

중원에 있는 고루거각으로 지어진 장원에 비하자면 형편없이 작았지만 낙석도에서는 엄청난 규모의 장원이라, 섬 사람들은 장원 사람들과 마주치면 황급히 옷을 여미고 인사를 했다.

멀리서 보면 커다란 숲처럼 보이는 장원 깊숙한 곳.

한 남녀가 한데 어울려 대결을 하고 있다. 검을 든 사군과 흑백의 쌍필을 휘두르는 연청이다. 쌍필은 임자를 잃고 청홍장의 깊숙한 곳에 버려져 있다시피하던 것이었는데, 섬에 들어오기 전에 딸의 부탁을 받은 연대종이 가져온 것이다.

그는 막대한 돈을 써 중원에서 대나무와 소나무, 등자나무, 귤나무 등을 날라와 심었고, 어느새 그것들은 주위에 커다란 숲을 이루며 장원을 따라 길게 이어져 있었다.

"핫!"

사군의 입에서 우렁찬 기합성과 함께 몸이 둥실 움직이더니 번쩍거리는 광망을 뿌려대며 허공을 갈라 연청아의 머리를 노렸다.

천마앙복(千魔仰伏)!

예전에 펼쳤던 수법에 비해 그 위력이 한층 더 대단했다. 금방이라도 머리가 쪼개질 것만 같은 무시무시한 상황에서도 연청아의 반응은 침착하기만 했다.

창! 창!

쌍필이 현란하게 움직이며 검의 방향을 교묘히 틀어 공세를 피했다. 이어 사군의 옆으로 돌아든 그녀의 왼손이 휘릿 원을 그리며 사군의 전신 요혈을 노리더니, 흑필(黑筆)이 한 개의 점이 되어 심장을 찔러갔다. 동시에 연청아의 입에서 뾰족한 기합성이 터져 나왔다.

"하앗!"

금방이라도 심장에 꽂힐 것만 같은 날카로운 공격이다.

"탓!"

사군이 몸을 휘릭 뒤집으며 연청아의 허리를 쓸어갔다. 청룡번(靑龍

翻)의 수법이다.

"앗!"

경악성과 함께 연청아는 재빨리 몸을 틀어 가까스로 그 공세를 피했다. 이어 그녀는 훌쩍 뒤로 물러서 짐짓 사군을 쩌려보더니, 쌍필을 고쳐 쥐고는 허공으로 훌쩍 뛰어 사군을 향해 달려들었다.

파파파팟!

두 개의 판관필이 빠르게 위아래로 움직이며 사군의 좌우를 향해 교대로 긁어 내렸다.

생사필박(生死筆拍)!

생사판관(生死判官) 범우(范遇)의 독문 무공이 연청아의 손에서 다시 살아나 사군을 핍박해 갔다. 점점이 허공을 찍어 내리는 한 쌍의 판관필이 두 개의 날카로운 선이 되어 어깨선 안쪽을 갈라왔다.

"탓!"

사군의 검에서 일곱 줄기의 홍광(紅光)이 뻗어 나와 두 선을 마주쳐 갔다.

수미강림(須彌降臨)!

삼밀가지검법(三密加持劍法) 최후의 정화(精華)!

사군이 알고 있는 생사판관 범우의 필살기인 생사필박을 상대할 수 있는 검법은 이게 전부가 아니다. 하지만 그는 연청아의 자존심을 고려해 일부러 자신의 최고 절기를 사용해 그걸 받아냈다.

창창창창창창!

짧게 연이은 날카로운 파공음이 허공을 찢었다.

두 초식 모두 전광석화의 빠름을 자랑하는 극쾌(極快)의 수법이다. 하지만 생사필박이 좌우 교대로 세 번씩의 공격이 반복되어 모두 여섯의 공격이 있는 반면, 수미강림은 공격에 일곱 개의 연속된 변화가 있다. 그렇기에 두 초식이 마주친 경우 생사필박을 펼친 사람은 손해를 볼 수밖에 없었다.

범우는 그 마지막 변화를 막지 못해 목숨을 잃었다. 눈 깜짝할 사이에 두 개의 신형이 허공에서 교차했다.

"하하하! 생사필박의 위력이 점점 경지에 오르는 것 같아요!"

먼저 내려선 사군이 연청아를 향해 환한 미소를 지으며 말했다.

"쳇!"

그제야 맞은편에 착지한 연청아는 사군에게 내력이 밀린 탓에 몸을 가볍게 비틀 하더니 그를 뒤돌아보며 혀를 찼다.

힘이 들었는지 발갛게 달아오른 얼굴 위로 두 쪽으로 땋아 둥글게 만 머리에 교차해 찔러 넣은 호접 비녀가 하늘거렸다.

이미 삼십대 중반을 넘은 나이지만 한창 물이 오른 탱탱하고 농염한 몸매에, 살기를 뿜어내던 두 눈에서는 언제라도 사내를 홀릴 듯한 교태가 흘렀다.

석호인과 조춘에게 모진 욕을 당했던 청홍장에서의 악몽 같았던 잔인한 기억은 사군과 보낸 지난 수년간의 꿈같은 세월 속에 모두 녹아, 지금은 그녀의 뇌리에서 영원히 사라져 버렸다.

"멋져요!"

나무 계단 위에 앉아서 두 사람의 비무를 지켜보던 대여섯 살 정도의 사내아이가 두 사람을 향해 쪼르르 달려오며 소리쳤다.

"단아! 핫핫핫!"

"호호호!"

사군과 연청아의 입에서 함박웃음이 터져 나왔다.

마치 어른처럼 백색의 단아한 무에, 영웅건까지 두른 아이의 손에는 자기 키에 맞먹을 정도의 긴 목검이 들려 있었다.

단아는 두 사람의 보물은 물론, 장원 전체의 보물 덩이다.

사군은 달려오는 단아를 덥석 안아 들었다.

"청룡투(靑龍鬪)는 잘 연습하고 있겠지?"

"그럼요. 보실래요?"

바둥거리는 단아를 내려주자 옆 공터로 몇 걸음 걸어간 아이는 목검을 고쳐 잡았다.

"얏!"

앙징맞은 고함 소리와 함께 단아의 목검이 춤을 추었다.

유가무상보(瑜珈無上步)의 보법에 맞추어 펼쳐지는 일곱 초식의 청룡투가 차례로 현란한 동작과 함께 펼쳐졌다.

어린아이답지 않게 빠르게 돌다가 뛰어오르는 단아의 모습을 지켜보는 사군과 연청아의 입에는 줄곧 미소가 감돌았다.

"하앗!"

단아의 청룡투는 공격, 몸을 뒤집어 상대의 허를 찌르는 마지막 제칠 초 청룡번(靑龍飜)이 펼쳐진 것으로 끝을 맺었다.

짝짝짝!

두 사람의 박수에 부끄러운 듯 얼굴을 붉히면서도 단아는 포권으로 멋진 시범을 끝맺는 것을 잊지 않았다.

사실 단아가 멋진 동작으로 청룡투를 펼쳤지만, 그 위력은 아이들의 정교한 발차기를 조금 뛰어넘는 수준이었다. 비록 사군이 가전의 내공심법을 가르치기는 했지만, 청룡투를 이끌어가는 좌도밀종의 운기법(運氣法)은 전하지 않은 까닭이다. 좌도밀종의 내력 운용으로 몸이 폐해를 입을까 염려했기 때문에 연청아는 청룡투도 가르치지 말자고 했었다.

"잘했구나! 정말 멋졌단다. 평소 열심히 노력을 한 덕분이지."

다가가서 단아의 이마를 보듬어주며 말을 건네는 연청아의 얼굴에 얼핏 수심이 스쳐 갔다. 바로 사군 때문이다.

좌도밀종의 열기는 연청아로 하여금 날마다 뜨거운 밤을 보낼 수 있게 했지만, 이삼 년 전부터 하초에서 출발한 그 열기는 서서히 위로 올라가 가슴이 벌겋게 달아오르게 하더니 마침내는 목까지 붉게 만들었다. 밤을 불사르는 그 시간도 길어져 한창 물이 오른 연청아도 이제는 견디기 힘들 정도였고, 누가 보더라도 붉어져 있는 사군의 피부를 볼 때마다 가슴을 졸였다.

사군의 무공은 밤낮을 같이 하는 그녀조차도 깊이를 알 수 없을 정도였다. 그 또한 사군의 몸 안에서 끝없이 늘어만 가는 양기 때문이라는 것을 모르지 않기에 더욱 두려웠다.

언젠가는 찾아오고야 말 그날이 서서히 다가오는 것을 알기에, 단아의 재롱에 웃어도 즐거움은 가슴속까지 파고들지 못했다.

어떤 결정을 내려야 한다는 생각은 하면서도 너무도 두려운 일이기에, 그동안 서로 말 한 번 하지 않았다. 하지만 더 미룰 수는 없다.

"중원으로 들어가 명의를 찾아보면 안 될까요?"

단아의 머리를 두 손으로 감싸며 연청아가 물었다.

사군은 선뜻 입을 떼지 못했다.

좌도밀종의 양기를 다스리는 길은 오직 그들의 내공 구결을 익히는 방법뿐이다. 하지만 그 본가인 서장에서조차 실전되었다는 말을 듣지 않았던가.

두려움은 그녀에게만 있는 것이 아니었다.

한때는 죽어버릴 결심까지 했었지만, 단아와 연청아를 두고 가야 한다는 사실이 그로 하여금 두려움에 젖게 만들었다. 방법이 없을 것이라는 생각은 시간이 갈수록 서서히 무너져 가더니, 요즈음에는 혹시 길이 있을지도 모른다는 막연하고도 불가능한 희망까지 갖게 만들었다. 먼저 입을 떼지 않은 것은 그 말이 가져올 파장 때문이었다.

"길이 꼭 한 곳으로 난 것만은 아니잖아요."

"그… 럴까요?"

"어차피 이곳에서는 방법이 없어요."

현 총관이나 연대종이 가끔씩 뭍으로 나가 몸의 열기를 식혀준다는 귀한 약재는 모조리 챙겨 달여 먹였지만 효험이 없었다.

"황도(皇都)로 가요. 아버님의 말씀에 의하면 요즘 그곳에는 천하 최고의 것들이 속속 들어오고 있다고 해요. 게다가 천하 명의들도 황명에 의해 모두 황도로 모인다고 하더군요."

연청아의 말을 듣고 있던 사군이 표정을 굳혔다.

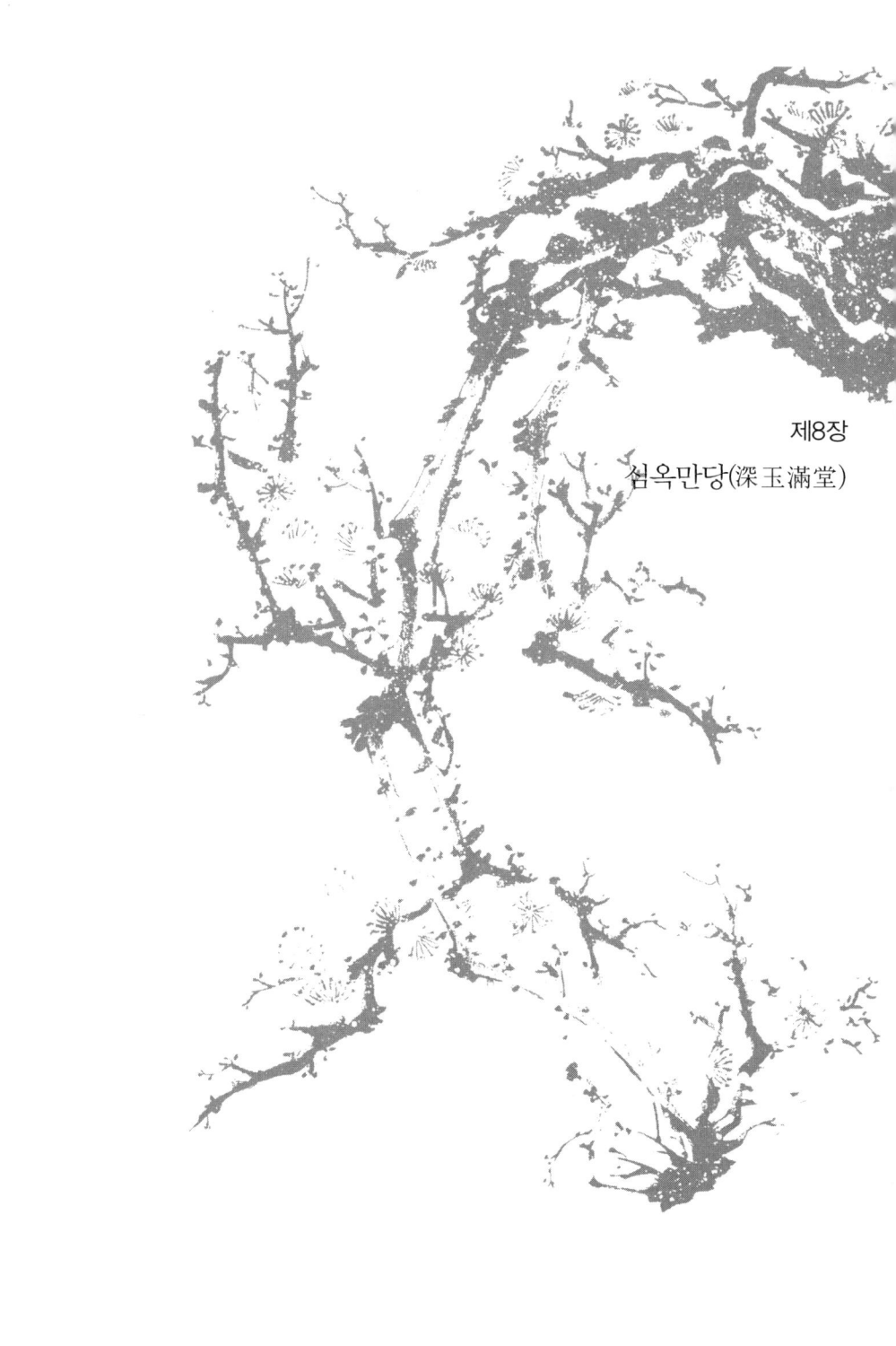

제8장

섬옥만당(深玉滿堂)

小흥 서남 난저산(蘭渚山) 아래 난정(蘭亭).

월왕 구천이 심었다는 대나무 숲 사이로 난 오솔길을 지나면 왕희지가 거위를 키웠다는 아지(鵝池)와 아지정(鵝池亭)이 있다. 한때 대학자 왕희지가 마흔한 명의 명사(名士)를 초대해, 구불구불한 물길을 타고 온 술잔이 자신 앞에 도달하면 시(詩)를 짓게 만들었다는 유상곡수(流觴曲水)도 멀지 않기에 시인 묵객들이 즐겨 찾으며 감회에 젖는 곳이기도 하다.

흔들리는 달빛을 품은 연못을 옆에 하고 정자 기둥에 맥없이 기대앉아 술을 들이키고 있었다. 혼자였지만 이미 적잖이 술을 마신 듯 그의 곁에는 대여섯 개의 빈 술병이 나뒹굴고 있었다.

온세명, 그는 이제 사랑하던 모든 것을 잃었다.

마지막 남은 한 방울을 혀로 핥던 그는 술병을 숲 속으로 휙 집어 던졌다.

"총사, 그렇게 갈 것을 무엇 때문에 그놈에게 그리 집착했소? 덕분에 나는 두 형님을 잃었고, 당신은 목숨을 잃지 않았소?"

혀까지 완전히 꼬부라져 영락없는 뒷골목 주정뱅이 소리다.

그의 지금 모습은 한때 절강 일대를 주름잡았던 절강삼괴의 막내라고는 상상조차 할 수 없을 정도였다.

자신을 지켜주던 기둥을 잃고, 살아가는 목표도 잃어버린 그가 술에 빠져든 것은 그리 이상한 일도 아니었다. 상심은 도를 넘어 마음의 병으로 자리잡았고, 술은 잠시나마 그 병을 치유해 줄 수 있는 유일한 수단이었다.

"우리와 같이하시겠습니까?"

갑작스런 말소리에 술에 취해 비실거리던 온세명의 몸이 굳은 듯 움직임을 멈추었다. 사오 장 곁에서 들려왔기 때문이다.

'허허허, 이젠 이 지경이 되었나!'

이미 목숨의 값어치를 잊은 마당이기에 낯선 사람에 대한 경계심보다는 자책이 먼저 일었다. 말소리는 한 명의 것이었지만 잠깐의 살핌으로 사람은 한둘이 아님을 알았다.

"무슨 까닭으로 나 같은 주정뱅이를 찾는 게요?"

"온 대협, 대명이 자자한 절강삼괴의 한 분이 아니셨습니까? 대체 언제부터 이리되셨습니까. 지하에 계신 두 형님께 미안하지도 않다는 말씀입니까?"

젊은이의 목소리였다. 이어 숲 속에서 남자 둘에 여자 둘, 네 명이 걸어나왔다.

"닥쳐랏!"

가슴이 철렁 내려앉는 충격에 찔끔한 온세명이 품속에서 단극을 꺼내며 벌떡 일어나 소리쳤다.

　"저희입니다. 옥황산에서 대협을 뵌 적이 있습니다."

　"자네들은 척살단(刺殺團)?"

　온세명은 그제야 상대의 안면이 익은 것을 알았다.

　"맞아요. 저희를 기억하시는군요."

　음설봉이 나섰다. 그들은 얼마 전 항주 일대에서 청군 장수 두 명을 죽였고, 뒤를 쫓는 청군 측 고수들을 피해 강을 건너 이곳을 지나다가 우연히 온세명을 알아보고 나선 것이었다.

　그녀도 공동삼살을 죽이고 동귀어진했다는 소문이 있는 절강삼괴에 대해서는 상당한 호감을 가지고 있었고, 그들의 본거지인 쾌각이 붕괴되고 총사 서관이 비극적 최후를 마쳤다는 소문을 듣고는 나름대로 마음 아파했었다.

　"저희와 함께하실 생각은 없으신지요?"

　단우평이 온세명을 보자마자 자극적인 말을 한 것은 바로 그런 이유였다. 청국 편에서 무인들에게 쫓기기까지 하고 있기에 요사이 상당히 힘겨움을 느꼈고, 그런 이유로 한 명의 조력자라도 더 모으려는 생각이 있었다.

　"자네들은 나를 모르네."

　자신들의 목표는 걸개방의 재건이었지, 반청복명(反淸復明) 따위의 거창한 구호가 아니었다.

　"그간의 활약과 희생만으로도 이미 중원천하에 절강삼괴의 충심은 널리 알려져 있지 않습니까. 물론 가족을 잃은 슬픔이 큰 줄은 알지만, 이제라도 지하에 계신 분들이 진정으로 원하셨던 일을 하시지요."

　속사정을 알 리 없는 단우평이 덧붙였다.

"요새 남도 용진우가 비무를 빙자해 공공연히 명(明)의 편에 섰던 무인들을 죽이고 있다고 해요. 우리의 다음 목표는 바로 그자예요."

"난 상관없네."

음설봉의 말에 온세명은 싸늘한 어조로 답했다.

"보기보다 나약하시군요. 온 대협만 상처받은 것은 아니에요. 지난번 옥황산에서의 일로 단우평 공자는 본가인 영춘장이 불타고 모든 식솔들이 죽임을 당하는 아픔을 겪었어요. 아직까지 행방이 묘연한 사군 소협도 그분의 고향인 도하촌 사람 수백이 청병들에게 떼죽음을 당했지요. 게다가 동천근 소협의 소속인 풍정원도 주인이 바뀌었다고 하더군요. 저도 두 사매를 잃었고, 보타산에 해가 될까 스승님과 인연을 끊고 혼자 행동하고 있어요. 마치 혼자만 큰 희생을 당한 사람처럼 말씀을 하시니 듣기가 심히 거북하군요."

입을 열지 않고 있던 왕예까지 나서며 빈정거리듯 말했다.

'그랬군.'

단극을 잡은 손에서 힘이 쭉 빠져나가는 것이 느껴졌다.

"가요. 술을 무척이나 사랑하시는 분이니 어쩌겠어요."

왕예는 말과 함께 일행의 대답도 기다리지 않고 몸을 획 돌려 앞장섰다. 다른 사람들도 잠깐 어정쩡해하더니 이내 온세명을 향해 포권을 해 보이고는 그녀의 뒤를 따랐다.

무림의 먼 후배인 왕예의 행동이 지나치기는 했지만 온세명은 아무 말도 하지 못했다.

'어쩌면……'

술보다는 차라리 저들이 하는 일을 돕는 것이 나을 것 같았다. 어차피 살아도 산 목숨이 아니지 않은가.

"나도 끼워주지 않겠나?"

단극을 품속에 집어넣은 온세명이 황급히 뒤를 따라나섰다.

황도 일대에 가벼운 소동이 일었다.

웬만한 장원 못지않은 큰 규모의 기루가 조양문(朝陽門) 근처에 새로 문을 연다는 소문은, 이내 황도 전체로 퍼져 성안을 온통 떠들썩하게 만들고 있었다.

개원식은 떠들썩했지만 초대된 손님의 수는 의외로 많지 않았다. 각지에서 모여든 숱한 풍류객이나 관리들 중에서 이곳에 초대된 사람은 고작 이십여 명에 불과했는데, 그들 대부분은 고관이나 대부호들이었다.

엄생 역시 심옥만당이 문도 열기 전에 그 사실을 알고 있었다.

기루를 하려면 당연히 관청에 인사를 해야 했고, 이미 그쪽 방면에 상당한 연줄을 쌓은 그였다. 게다가 관리를 접대하려면 이름난 기루의 밀실이 제격이기에, 그런 방면에 관한 정보는 빠짐없이 그에게 전해졌다.

개원식은 성대했다.

남방에서 온 수십 명의 무희들은 물론, 왜국의 기녀에 극단과 악대, 광대 등 축하를 위해 동원될 수 있는 모든 사람들은 다 모였다고 해도 과언이 아니었다. 그들은 교대로 무대에 나타나 갖은 재주를 뽐냈다.

그 자리의 한구석에 엄생도 있었다.

자리를 잡기 위해 엄영까지 친왕(親王) 중 한 명의 후처로 보낸 그였지만, 다이곤을 죽이지 않고는 새 세상에서 자신이 발을 뻗을 곳은 없었다.

그는 방고를 동원해 사군을 부추겨 다이곤을 암살하려 했으나 사군이 나타나지 않자 새로운 자객을 물색했다.

엄생은 뒤에 시립해 있는 호위 차림의 사내에게 전음을 보냈다.

"잘 보아두었느냐?"

"강남에는 남도(南刀)요, 강북에는 북검(北劍)이라더니… 기도가 상당한 자입니다."

"네 실력으로는 쉽지 않을 것이다. 하지만 내게 다 생각이 있으니 걱정 마라. 다이곤도 무공이 보통은 아니라 하니 너는 그자만 눈여겨보도록."

엄생이 그렇게 말한 데는 이유가 있었다.

강남 일대에서 활약 중이던 척살단의 동천근과 방고가 최근에 선이 닿았다는 소식을 전해왔기 때문이다.

진작에 연결이 가능했지만, 방고는 그와 엄생 간에 연결된 꼬리를 노출시키지 않으려고 제삼자를 중간에 넣느라 많은 시간을 허비했다. 어쨌거나 그런 척살단을 끌어들인다면 한결 일이 수월해질 것은 틀림없었다.

그동안 첩실 역할만 해오던 정청화에 푹 빠진 다이곤이 그녀를 위해 성대한 혼인식까지 준비하고 있다는 소문을 들었고, 엄생은 그때가 좋은 기회라 여기고 있었다.

목표를 잃고 강남 일대를 떠돌던 그는 우연히 방고와 연이 닿았고, 그를 따라 황도에 올라와 청수원에 기식하며 몇 개월을 기다린 끝에 오늘 다이곤을 살펴볼 기회를 잡은 것이다. 다이곤은 그에게 좋은 목표가 될 수 있었다. 농민군을 이끌고 황도에 입성했던 이자성이 몰락의 길을 걸은 것도, 그로 인해 민초들의 꿈이 무산된 것도 모두 다이곤의 짓이라 할 수 있었다.

그는 다이곤 뒤에 서서 주변을 둘러보는 갈의현과 시선이 마주치자 짐짓 마주 보며 눈싸움을 하듯 내심의 기를 돋우었다.

그때였다.

챙! 챙! 챙!

요란한 악기 소리와 함께 무희들이 물러가고 객석 전면의 휘장이 걷혔다. 그러자 선녀와 같은 옷을 입은 네 명의 궁장 여인이 모습을 드러냈다.

"허!"

"오!"

…….

사람들의 입에서 경악성이 터져 나왔다. 네 미인은 마치 사람들의 눈을 빨아들일 듯한 미태를 갖추고 있었다.

"꿀꺽!"

누군가 침을 삼키는 소리가 들렸다. 심옥만당의 개원 소문에 잠시 들러보기나 하려고 했던 다이곤도 무대 위의 미녀들에게서 눈을 떼지 못하고 있었다.

그는 다른 사람들이 쉽게 볼 수 없는 특별히 마련된 특석에 앉아 네 고수의 호위를 받으며, 반라의 여인들이 펼치는 선정적인 춤사위를 구경하고 있었다.

"이곳 최고 미인들인가?"

대단한 미태에 한마디 하려는지 그는 뒤쪽에 시립해 있는 갈의현이 들으라는 듯 작은 목소리로 말했다.

"아닙니다. 주인이 어린 여자라고 하는데, 미색이 엄청나다고 하더군요. 그 나이에 이토록 큰 규모의 기루를 세운 것으로 보아, 뒤에 누군가가 있을 것 같더군요."

하지만 잠시 후 그들은 입을 다물어야 했다. 악대들의 은은한 음악 소리와 함께 옅은 분홍색의 궁장을 입은 여인이 사뿐사뿐 무대 위로 걸어 나오고 있었기 때문이다.

그녀의 등장과 함께 장내는 일순 침묵 속에 빠져들었다.

선녀의 하강!

그것으로는 부족했다. 그 어떤 말로도 완벽히 표현할 수 없는 여인의 아름다움에 좌중의 사람들은 감히 입을 벌리지 못했다. 은근히 미소를 지으며 걸어나오는 여인의 모습은 당대의 어떤 화공(畵工)이라도 감히 담아내지 못할 고아함과 화사함을 담뿍 담고 있었다.

뽀얀 우윳빛 살결에 갸름한 얼굴의 이십 세가 채 되지 않은 여인으로, 짙은 눈썹에 오뚝한 콧날, 정열을 가득 담은 듯한 앵두같이 빨간 입술, 그리고 부드럽게 타고 내리는 목선과 얼굴이나 몸매 어느 한 군데 흠잡을 곳이 없는 완벽한 미인이었다.

하지만 그 무엇보다도 사람들의 시선을 사로잡는 것은 수정같이 반짝이는 눈이었다. 마치 사람의 혼령을 빨아들일 듯한 깊고 은은한 눈은, 이곳에 모인 수십 쌍에 이르는 사내들의 시선을 한눈에 받으면서도 조금의 흐트러짐이 없었다.

여인은 두 손을 앞으로 모으고 좌중을 향해 공손한 인사를 올렸다.

"인사드립니다. 심옥만당을 맡고 있는 능소추라 하옵니다. 앞으로 여러 대인들을 충심으로 모실 것이니 자주 들러주십시오. 오늘은 모든 것이 무료이오니 그저 마음껏 즐기고 가시면 됩니다."

뇌쇄적(惱殺的)인 미소와 함께 은쟁반 위에 옥구슬 구르는 듯한 목소리로 말을 마친 능소추는 사람들의 시선을 한 몸에 받으며 미끄러지듯 뒤로 걸어 무대 안으로 들어갔다. 사람들의 입에서 아쉬운 탄성이 터진 것은 능소추가 무대 뒤로 사라진 후였다.

"허어!"

"와!"

능소추가 나가자 모두 체면도 잊은 듯 저마다 앞 다투어 크고 작은 탄성을 내뱉았다.

"흠! 저런 미모를 가진 계집이 아직 알려지지 않고 있었다니, 저 정도면 정청화에 견주어도 결코 뒤떨어진다고 할 수 없겠군. 오늘 밤 능소추라는 계집에게 수청을 들라 하고 싶구나."

다이곤은 고개도 돌리지 않은 채 말했다. 하지만 그 말이 실행에 옮기라는 뜻이 아님은 갈의현도 잘 알고 있었다. 다이곤의 체면도 체면이거니와 본처인 장문황후와 첩실로 들였지만 아직도 마음을 열지 않고 있는 정청화 등에게 곧 알려질 그런 일들은 극도로 삼간다는 것을 그의 주변 사람이라면 누구나 아는 사실이었다.

다이곤은 흥미롭다는 표정으로 계속 무대를 주시했다.

채앵! 채앵! 챙챙챙챙!

또다시 요란한 요발(鐃鈸) 소리가 무대 뒤에서 길게 이어졌고, 이어 반라의 미인 다섯이 무대 뒤에서 색색의 은은한 망사 천을 하늘거리며 나타나 춤을 추기 시작했다. 속이 훤히 들여다보이는 얇은 망사 옷을 걸쳤기에, 춤 동작에 따라 여인들의 젖가슴이며 엉덩이는 물론, 비처까지도 언뜻언뜻 드러났다.

좌중은 또다시 거친 숨소리만 남아 있는 침묵 속으로 빠져들었다.

녹야평(綠野坪).

강남을 떠나온 사람들이면 으레 지나야 하는 황도로 들어가는 관문이다. 작은 평야인 이곳도 여름을 맞아 온통 녹음으로 뒤덮혔다. 여름도 막바지라, 가을이 머지않았음을 알리려는지 숲은 한껏 녹향(綠香)을 떨쳐내는 것으로 그 절정을 과시했다.

따각, 따각, 따각.

그리 급하지 않은 이십여 기의 마필이 저마다의 주인을 태우고 작은 나무들이 여기저기 떼 지어 자라난 평야 지대 안으로 들어섰다.

크고 작은 잎사귀 뒤로 몸을 숨기고 시끄럽게 울어대던 풀벌레들은 일제히 숨을 죽였고, 길게 자란 수풀들은 말발굽에 휩쓸려 휘청거렸다.

뿌옇게 덮힌 옷의 흙먼지에 지친 표정이 역력한 행색으로 보아 먼 길을 왔을 것이 분명했다. 이런 무리들이라면 가끔씩 분위기 전환을 위해 입을 열어 농지거리라도 건네는 자가 있기 마련이었지만, 마상의 인물들은 모두 굳은 듯 말없이 인솔자를 따라 조용히 말을 몰아갈 뿐 누구 하나 입을 여는 사람이 없었다.

선두의 인물은 용진우였고, 뒤를 따르는 이들은 예전 풍정원 선풍각(旋風閣) 소속의 무사들로, 그들은 각주(閣主)인 용진우를 따라 엄생의 풍정원에서 등을 돌린 자들이었다.

용진우는 말 위에서 눈을 아래로 깔고 생각에 잠겨 있었다.

수년간 숱한 무인들과 연이은 비무를 치르며 한동안 강남 땅을 진동시켰던 그의 명성에도 불구하고, 용진우의 얼굴 표정은 그리 밝지 않았다.

천하의 주인이 바뀌는 풍파에 휩쓸려 움직여야 하는 그의 족적(足跡)을 말해 주듯 이마의 주름이 꿈틀거릴 때마다 언뜻 스쳐 가는 알 수 없는 기운은, 힘든 세월의 무게로 내심 깊숙한 곳에 쌓인 고뇌처럼 보였다.

요즘 들어 용진우를 힘들게 하는 고민은 따로 있었다.

'배신자인가?'

한가할 때면 머리 속을 뱅뱅 돌며 떠나지 않는 자문.

더 높은 경지의 무공 성취를 위해 선택한 길이었지만 엄생에게서 등을 돌리는 것은 물론, 중원인으로서 가지 말아야 할 길을 선택했다는 자책감을 지울 수는 없었다. 비무를 빙자해 상대의 목숨을 앗았다는 질책 또한 듣지 않아도 뻔히 짐작할 수 있었다.

늘 이어지는 또 하나의 자문.

'비무인가, 아니면 살인인가?'

반청 무림인들의 살해는 비급을 받는 대가로 그가 해내야 하는 임무였다. 체면상 도저히 자객은 될 수 없었기에 비무를 빙자해 그 일을 해왔다.

비무에 있어 용진우의 한 초식은 항상 더운 피를 요구했다.

혹시라도 점찍은 자가 도저히 자신을 상대할 실력이 안 된다고 여겨 꼬리를 내릴라 치면, 무림인으로서는 차마 하지 말아야 할 말로 자존심을 자극해 싸움판에 끌어들였고, 마지막 자존심을 지킨 상대는 그 대가로 목숨을 내놓아야 했다.

누군들 그가 살인을 자행하고 있다는 것을 모를까.

다이곤으로부터 아직까지 그 일을 그만두라는 지시가 없었지만 이렇듯 황도로 향하는 것은,

"그만하면 되지 않았소?"

하는 일종의 시위였다.

생각은 녹야평이 끝나갈 무렵까지 이어졌다. 평지를 뚫고 난 관도를 따라 잠시 가다 평야가 거의 끝나갈 무렵, 저 너머 아득한 곳에 우뚝 솟은 자금성이 당당한 위용을 드러냈다.

"각주, 황도(皇都)입니다."

끝없이 이어질 것 같은 침묵이었지만, 오랜만에 누군가 입을 열어 사념에 젖은 그에게 목적지에 도착했음을 환기시켰다.

각주(閣主), 순간적이었지만 용진우는 어깨를 으쓱했다. 전에 그는 풍정원의 사대각(四大閣) 중 하나인 선풍각의 각주였기에, 그곳에서 등을 돌린 자신에게 수하들이 물어온 첫마디는 앞으로 호칭을 무어라고 불러야 하느냐였다.

당시는 마땅한 호칭도 생각나지 않았기에 순간적으로 계속 각주라 부르라고 했었다. 호칭을 바꾸지 않은 것이 썩 잘한 일이라 생각하는 것은,

그런 호칭 속에서 무림인으로서 수치스럽게 여기는 배신의 굴레를 마음속에서나마 조금은 달랠 수 있었기 때문이다.

히히힝! 히힝!

목적지에 도착한 주인들의 다급한 고삐질에 말들이 연신 투레질을 쳤다. 용진우 역시 지치기는 마찬가지였다.

이제 그 지겨운 여정도 끝을 보인다는 생각에 모두의 얼굴에 화색이 도는 바로 그때였다.

'응?'

돌연 용진우의 굵은 눈썹이 잠깐 흔들렸다.

평야의 얕은 숲이 끝나가는 바로 그 지점에서 그는 잔뜩 긴장한 공기의 흐름을 읽었다.

"암습자들이다. 대비해라!"

용진우는 재빨리 수하들에게 전음을 날렸고, 흐트러졌던 수하들은 이내 그 말의 의미를 알아차렸다. 하지만 그들은 오랜 경험에 따라 아무렇지도 않은 듯 계속 여유로이 말을 몰아갔다.

따각! 따각! 따각!

동물적인 감각으로 주인들의 마음을 알았는지 말들의 걸음걸이도 자세를 달리해 절도있게 바뀌었다.

"다섯이다!"

용진우는 계속 수하들에게 정보를 전했다.

"저 앞에 작은 숲 무더기 주변이다. 절대 허접한 자들이 아니니 알아서 행동하도록!"

상대의 매복 지점과 실력만 제대로 알려주면 놈들의 공격 지점은 수하들 스스로가 판단해 대처하리라는 믿음이 있었다.

그의 말은 조금도 어긋나지 않았다.

말들이 용진우가 말한 숲 주변 삼 장 가까이 갔을 무렵이었다.

팟! 팟!

쐐액!

…….

날카로운 파공음이 일행을 향해 쏟아졌다.

'암기!'

용진우는 소맷자락을 휘저어 바람을 일으켜 암기를 막아내는 것과 동시에 유성도를 뽑아 들었다. 암기들은 대부분 선두의 용진우를 목표로 한 것들이었다.

어렵지 않게 암기를 쓸어내기는 했지만 곧이어 사나운 바람을 일으키며 그를 공격해 오는 사람들이 있었다.

정면을 공격해 온 것은 금빛으로 번쩍거리는 두 자루의 쌍부(雙斧)였다. 내력이 가득 담긴 도끼는 하나가 되어 그의 머리를 두 쪽으로 내버릴 듯 무섭게 찍어 내렸고, 이어 두 자루의 검이 각각 그의 좌우를 노렸다.

파앗!

대비를 하고 있던 수하들이 말을 박차고 암습자들을 향하는 순간, 그들 앞으로 둘이 더 나타나며 공격을 가해왔다.

공격과 동시에 호위를 차단하는 전형적인 암습!

'더러운 자객 놈들!'

순간 용진우의 유성도(流星刀)가 허공을 찢으며 비산(飛散)했다.

파파파파팟!

분노한 황룡이 폭포를 찢었다.

용진우가 펼치는 삼십육수(三十六手) 유성검법(流星劍法)이다. 기(奇)와 험(險)을 동반한 육합(六合)의 변화 각각에 다시 육합의 변화를 더해 정교함까지 갖춘 도법(刀法), 그러기에 용진우는 자신의 도법이 검법으로 불리기를 원했다.

동천근은 자신을 찍어오는 한 갈래의 빛을 보았다.

번쩍!

지극의 찰라,

"크윽!"

이마를 관통하는 따끔함!

풍정원을 떠난 이래 수년간 험한 시절을 보냈음인가. 쌍부를 잡은 손에서 힘이 빠져나갔건만 동천근의 얼굴에는 안식의 미소가 어렸다.

빛 줄기는 거의 동시에 단우평과 왕예를 향했다.

십수 년 검법을 수련한 무인답게 그들은 그 빛의 의미를 알았고, 순간 본능적으로 검으로 틀어막으며 몸을 틀었다.

창! 창!

몸을 갈라 버릴 듯 무섭게 찢어오는 빛 줄기 하나. 그 의미를 아는 왕예와 단우평은 공격의 반탄력을 이용해 사력을 다해 뒤로 몸을 튕겨냈다. 하지만 그들의 수법은 용진우의 공세를 완전히 막지 못했다.

팟! 팟!

용진우의 유성도는 왕예의 뺨과 제갈청의 팔을 찢으며 지났다. 땅에 내려섬과 동시에 엄청난 고통이 뒤따랐지만, 두 사람은 미처 비명도 지르지 못한 채 검을 곧추세우고 상대의 이어지는 공격에 대비했다.

두 사람 다 죽음을 생각했지만 용진우의 빛 갈래는 황급히 방향을 틀어 뒤를 돌았다.

음설봉과 제갈청은 호위를 차단하는 역할을 맡고 있었다. 그들은 세 사람이 용진우를 암습하는 것을 돕기 위해 두 명의 호위를 막아서기는 했지만, 이미 암습을 알고 잇따라 달려드는 나머지 손들은 어쩌지 못했다.

하지만 용진우가 돌아선 이유는 따로 있었다.

캉!

푸욱!

공격을 틀어막는 상대의 검과 부딪치는 순간 온세명의 단극은 재주를 넘었다. 뒤를 노리는 무시무시한 살기를 도외시한 채 행한 공격이었다. 뾰족하게 날이 선 단극의 끝은 상대의 복부를 여지없이 꿰뚫었다.

"끄윽!"

뱃속 깊숙한 곳에서 끌려나온 신음성이 뒤를 이었다.

팍!

수하의 죽음에 분노한 용진우의 유성도가 그를 노렸지만, 한 명을 죽이는데 성공한 온세명이 이미 몸을 옆으로 뺀 후였다. 용진우의 공수가 빠르기는 했지만 동천근과 왕예, 단우평으로 이어지는 공격을 모두 막아내고 다시 온세명을 향해 오는 데는 시간이 필요했기 때문이다.

"실패!"

이미 돌아가는 상황을 파악한 음설봉은 그 말을 남기고는 그대로 몸을 틀었고, 그 반대 방향으로 온세명이 경공을 펼쳐 달아났다. 단우평과 왕예, 제갈청 등도 기회를 놓치지 않고 사방으로 흩어졌다. 용진우의 저격에 실패했을 경우를 대비해 미리 약조한 대로였다.

"이놈!"

수하의 죽음에 분기탱천한 용진우는 온세명만을 쫓았다. 그에게 동료를 잃은 다른 수하 역시 그를 목표로 했다.

일이 실패로 돌아갈 경우 다른 사람의 위기는 모른 체하고 달아나기로 약조는 했으되 죽음을 담보로 싸웠단 끈끈한 정이 모든 약속을 무위로 만들었다.

달아나던 단우평이 그것을 보고 다시 방향을 틀어 온세명을 뒤쫓는 수하들을 쫓자, 음설봉 역시 돌아와 그를 거들었고, 제갈청과 왕예도 이내 상황을 파악하고는 재차 공격에 나섰다.

"앗!"

가장 후미에 섰던 수하 하나가 공격을 받고 놀라 몸을 틀었다. 그러자 다른 수하들도 방향을 틀어 그들을 상대하는 수밖에 없었다.

온세명은 사력을 다해 황성을 향해 경공을 펼쳤다. 사람들이 많은 성 안 저잣거리라면 아무리 용진우가 추격해 온다 해도 살아날 확률은 있었다.

하지만 상대는 절정의 고수였다. 용진우의 신형은 빠르게 거리를 좁혀 갔고, 마침내 이 장 정도의 거리가 되자 그는 칼을 든 손을 온세명의 등으로 가볍게 저어갔다. 보통의 경우라면 공격을 하기에 제법 거리가 먼 거리라 할 수 있었다. 하지만 용진우의 칼은 공기를 가르며 온세명의 등에 매서운 도기(刀氣)를 쏟아냈다.

'헛!'

온세명은 등을 갈가리 찢어버릴 것 같은 공세에 놀라 더 이상 신법을 전개하지 못하고 땅으로 몸을 굴려 칼바람을 피했다.

"후후후, 제법이로군. 절강삼괴의 실력이 어느 정도인지 궁금했는데, 그래도 내 손 아래서 십여 초는 버틸 만한 재간은 되겠구나."

겨우 일어나 자세를 잡고 단극을 꼬나 들던 온세명은 불끈했다.

"후후후! 오랑캐의 주구가 되어 숱한 의협지사들을 죽인 인간 백정 주제에 실력은 제법 되는 모양이로구나."

"이놈이!"

용진우의 눈썹이 활처럼 휘어 하늘을 향해 솟아올랐다. 상대는 가장 아파하는 곳을 후벼 파고 있었다. 그는 입을 흉측하게 일그러뜨리고는 유성도를 칼집에 꽂았다.

"흐흐흐. 척살조라 불리는 놈들 중에 네놈이 끼어 있을 줄은 정녕 몰랐다. 기개는 좋다만 실력은 그렇지 못한 것이 안타깝구나. 흐흐, 감히 나 용진우를 비웃다니… 놈! 가장 잔인하게 죽여주마. 고통에 못 이겨 제발 죽여달라고 비는 네놈의 모습을 보고 싶구나."

으드드득!

용진우는 두 손을 가슴 앞으로 끌어들이더니, 다시 네 손가락을 모아 앞으로 쭉 뻗어 온세명을 향했다.

선인장(仙人掌)!

소림의 실전 절예가 그의 손에서 펼쳐지고 있었다.

"감히!"

온세명은 맨손으로 상대하려는 그를 보고는 모욕을 당했다는 생각에 노해 소리치며 용진우를 향해 단극을 후려갔다.

용진우는 가볍게 몸을 틀어 공세를 피하며 손을 앞으로 뻗어 온세명의 왼쪽 어깨를 쳐갔다. 초고수만이 볼 수 있는 실낱같은 틈을 놓치지 않은 것이다.

빠악!

'윽!'

온세명은 어깨를 쇠몽둥이로 맞은 강한 충격에 몸을 휘청이며 뒤로 뺐지만 입으로 신음성을 내뱉지는 않았다. 팔을 움직이려고 해보았지만 힘을 조금도 쓸 수 없었고, 대신 극심한 고통이 뒤따랐다. 뼈가 조각난 것이 분명했다.

'제길, 용진우 앞에서 흥분을 하다니! 그간 너무 오래 술에 절어 있었어!'

온세명의 이마에서 땀이 삐질거렸다. 아픔이 너무 심했다. 하지만 그는 이를 악물다시피해 단극을 쥐고 천천히 용진우에게 다가섰다.

"훙!"

용진우는 코웃음을 쳐가며 비웃었다. 그는 왼발을 들어 온세명의 이마를 찍어갔다. 그러자 단극이 기다렸다는 듯이 발목을 베어왔다.

팟!

순간 용진우의 왼발이 전광석화같이 거둬지며 손이 도검처럼 온세명의 목을 찍어갔다. 발은 허초였다.

하지만 이번에는 온세명도 당하지 않았다. 그는 마치 예상했다는 듯이 몸을 틀어 공격을 피하며 단극을 뒤집었다. 창끝처럼 잘 다듬어진 손잡이 끝이 용진우의 손을 찍어갔다.

팍!

"끄윽!"

신음성이 터진 곳은 온세명의 입이었다. 단 한 번도 몸에서 떼어놓지 않았던 단극이 저만치 허공으로 솟구쳤다. 어느새 튀어나온 용진우의 발이 단극을 쥔 오른손을 옆에서 후려 차버렸기 때문이다.

뼈가 부러진 듯 손목이 너덜거렸다.

"네놈의 한계지. 고수와 하수의 차이가 무언지 이제는 잘 알겠지? 읽는 수가 짧으면 항상 당하는 법이야. 그래서 하수라 불리지."

단단하게 모아진 손가락들이 온세명의 오른쪽 어깨를 후볐다.

퍽!

모든 것을 포기하고 마지막 발길질을 날렸던 온세명은 옆구리를 휘감아오는 용진우의 왼발에 몸이 붕 떠서 저만치 나뒹굴었다.

쿠당탕!

양쪽 팔이 못 쓰게 된 처지라 중심을 잡지 못한 그는 그대로 땅에 처박혔다.

"흐흐흐. 이제야 주둥이가 좀 점잖아지겠군."

"죽여라!"

"물론이지. 하지만 네놈에게는 잠시 시간을 내주고 싶구나."

용진우는 버둥거리는 온세명을 향해 능글맞은 목소리로 말했다. 이런 적은 없었다. 싸움에 진 상대의 목숨을 빨리 취해주는 것 또한 무인의 예의라 믿고 있는 그였다. 오늘의 광기는 비급을 미끼로 수치스런 임무를 내린 다이곤에 대한 분풀이인지도 몰랐다.

그는 번들거리는 눈으로 상대를 보며 천천히 다가갔다. 온세명은 눈을 감았다. 혀를 깨물어야 하나. 순간적으로 그런 생각이 떠오른 바로 그때였다.

"멈춰!"

호통 소리와 함께 백삼을 입은 청년 하나가 맹렬한 속도로 용진우를 향해 달려왔다.

용진우는 힐끗 상대를 돌아보다가 경악했다.

"아니, 네놈은!"

그는 한눈에 나타난 상대가 사군임을 알아보았다.

"아직 살아 있었구나. 네 몸이 척살조의 조장이라는 소문을 믿지 않았는데. 핫! 핫! 핫!"

용진우는 일이 잘 풀리고 있다 생각했다.

살인에 염증을 느껴 다이곤의 허락도 받지 않은 상태에서 무작정 오는 길이었는데… 세간에 척살조(刺殺組)를 이끌고 있다고 알려진 사군의 목을 들이민다면 다이곤의 질책은 걱정할 필요가 없었다. 게다가 놈은 다이곤의 아우이자, 오른팔 격이었던 다탁을 암살한 장본인이 아닌가. 그는 온세명을 향하던 손을 거두고 사군을 향해 돌아서 자세를 잡았다. 이미 상대의 실력을 아는지라 서두를 필요가 없었다.

퍽!

"컥!"

그는 돌아서며 온세명에게 분풀이 삼아 발길질을 한 번 해주고는 뒤도 돌아보지 않고 달려오는 사군을 마주 대했다.

두두두둑!

용진우는 손에 다시 힘을 주었다. 손가락 마디로 넘쳐 나도록 느껴지는 기운들이 짜릿한 쾌감을 전해주었다.

획!

사군은 용진우의 이 장 앞까지 다가와 몸을 멈추었다. 그는 온세명을 공격하는 상대가 누군지 알지 못했다. 하지만 몸에서 풍기는 기도로 보아 예사 인물이 아니라는 것을 직감적으로 느끼고 있었다.

"왜 그 사람을 공격하는 게요?"

"저자가 먼저 나를 공격했다."

사군을 쉽게 생각한 용진우는 귀찮다는 듯이 빈정거렸다.

한데……

'아니!'

사군을 마주 대한 용진우는 내심 경악을 금치 못했다.

상대는 더 이상 한동안 몰래 관찰하기도 했던 그 어린 청년이 아니었다. 무림에서 자신의 상대라면 갈의현밖에 없을 것으로 알았는데… 경지에 오른 무인을 대하는 가슴 벅찬 진한 흥분에 용진우의 자세는 한결 점잖고 신중해졌다.

"자네라면… 오랜만에 제대로 된 비무를 해보겠군."

방금 전과는 상당히 다른, 격식과 품위를 곁들인 어투.

"본인은 지금 당신과 싸우러 온 것은 아니오. 저 사람만 네게 넘겨준다면 다툴 일이 없을 것 같소."

그건 용진우가 바라는 바가 아니다.

"데려가는 조건이 바로 그것이다. 내 목을 베기 전에는 저자를 풀어주지 않을 것이다. 마지막 일격을 선사하려던 참이거든."

"당신은 누구시오?"

사군도 상대에게서 물씬 풍겨오는 절정고수의 기도를 읽었다. 생사판관 범우를 상대한 이래 처음 느껴보는 기분이었다.

"남도(南刀)라고 하면 알 수 있겠는가?"

용진우는 유성도를 뽑아 손바닥에 올리며 말했다.

"당신이 남도 용진우?"

"그렇다네, 고검 사군 소협."

'헛!'

사군은 흠칫했다. 고검이라는 조금은 낯 뜨거운 외호는 광휘당포에서 우연히 만들어낸 것으로 아는 사람이 극히 적었다. 자신은 상대에 대해 잘 알지 못하는데, 상대는 자신을 너무도 잘 알고 있다는 사실이 은근히 그를 불쾌하게 만들었다.

사군의 표정에서 그런 내심을 읽었는지 용진우는 가볍게 미소를 띠며 말을 이었다.

"너무 기분 나쁘게 생각할 필요는 없네. 세상을 살다 보면 하기 싫은 일도 몇 가지쯤은 해야 한다는 것은 알겠지? 그저 과거에 자네에 대해 약간의 관심을 가져야 하는 일을 했을 뿐이네."

그리 명쾌하지도, 후련하지도 않은 대답이었지만 사군은 더 이상 거론하지 않았다. 자칫 혈안색마라는 오명과 관련이 있을지도 모른다는 생각이 얼핏 스쳐 갔기 때문이다. 대신 그의 눈길은 바닥에 쓰러져 고통에 젖은 눈으로 자신을 바라보는 온세명에게 향했다.

"저 사람과 약간의 교분이 있소. 무슨 일인지는 몰라도 저만하면 되지 않았소? 내가 데려가 치료하도록 해주시오."

"그는 내 목숨을 노렸어. 그리고 무엇보다도 나는 지금 자네의 목이 절실히 필요한 사람이지. 그런데……."

용진우의 눈이 사군의 전신을 빠르게 훑었다.

"얼핏 보아하니 무공이 예전과는 천양지차인 것을 느끼겠더구나. 한동안 무림에서 보이지 않더니 그동안 어디서 특별한 기연이라도 얻은 게냐?"

사군은 그 말에는 대답하지 않았다. 어차피 목숨을 건 한 판이 남아 있을 뿐이다.

"그럼 할 수 없군!"

상대는 자신의 목까지 필요하다고 하지 않았던가. 온세명을 구하고, 자신을 구하는 것은 실력에 달렸다.

애써 면전에서 부인하기는 했지만 마적산에서 죽은 온세정이나, 옥황산에서 서관이 걸개방 무리들을 이끌고 자신의 수하 행세를 하던 것이 늘 마음에 걸렸었다. 어머니를 충심으로 따랐다는 그들에 대해 가끔은 동질감도 느꼈었고. 무엇보다도 마음의 빚으로 남아 늘 개운치 않았다.

"무림의 관례라면 자네에게 삼초를 양보해야 하겠지만, 이미 그런 경지는 넘어선 것 같으니 그냥 평수로 겨루는 것으로 하지."

용진우가 무심한 어조로 말했다. 그간 다이곤으로부터 몇 권의 진기한 무공비급을 대가로 받아 열심히 연마해 왔기에 나름대로는 갈의현을 만나더라도 자신에 차 있었다. 한데 어째서 사군이 오히려 자신과 비슷한 경지에 올라와 있다는 말인가. 하루아침에 공력을 쑥쑥 늘릴 수 있다는 전설 같은 천고의 영약이라도 먹지 않고는 불가능한 일이다. 오랜만에 적수를 만난 것이 기쁘기도 했지만 그는 내심 묘한 질투심이 일었다.

쐐액!

돌연 기분이 나빠진 용진우는 어느새 뽑은 유성도로 사군을 향해 날카로운 일격을 감행했다. 정수리를 노리고 갈라오는 그 기세는 산악이라도 단숨에 쪼갤 듯 엄청났다.

"탓!"

사군도 이미 예상하고 있었다는 듯이 벽력같은 기합성을 넣으며 마주쳐 갔다.

창! 창! 창!

고막을 째는 듯한 금속성이 연이어 터졌다. 단 한 수로 보였던 용진우의 공격에는 세 수의 숨은 변화가 도사리고 있었는데, 사군은 그 사실은 간파하고 있기라도 한 듯 모두 막아내 버렸던 것이다.

"대단하군!"

용진우는 더 이상 공격을 않고 언제 그랬냐는 듯 슬쩍 뒤로 몸을 빼며 말했다. 기실 방금 전 그 한 수는 사군의 실력을 염탐하기 위함이었고, 그 대가는 충분했다. 용진우는 자신의 유성도에 강하게 맞부딪쳐 오는 상대의 힘과 변화를 충분히 간파할 수 있었다.

사군은 대답하지 않았다.

그도 용진우의 공격을 받는 순간 허초임을 알 수 있었다. 다만 용진우 같은 초고수라면, 순식간에 허초를 실초로 바꿀 수도 있었기에 조금도 태만하지 않았던 것이다.

그때였다.

"크윽!"

멀리서 병장기 부딪치는 소리와 함께 비명성이 이어졌다. 순간적으로 용진우의 머리 속에 뒤처져 있는 수하들이 떠올랐다.

"크윽!"

또다시 비명 소리가 이어졌다. 바람을 타고 실낱같이 흘러드는 소리였지만 용진우의 귀에는 천둥처럼 들렸다. 선풍각 대원들은 충직한 수하이자, 그가 유일하게 정을 붙이고 있는 사람들이었다.

'제길! 내가 이놈에게 오래 묶여 있으면 그 아이들을 죄다 저승사자 앞으로 보내게 생겼군.'

용진우는 수하들 생각에 다급해졌다. 수하들의 실력이 그리 만만한 것은 아니지만 척살조 놈들의 면면을 살펴보자면 자신의 도움 없이는 오래 버티지 못할 터였다.

"공연히 시간을 낭비해 가며 오래 끌 것 없이 단 한 초로 승부를 가리는 편이 낫겠다. 이렇게 하자. 각자 비장의 한 초식만을 사용하는 것으로, 그게 빠르고 좋지 않겠느냐?"

돌연한 용진우의 제안에 사군은 잠시 당황했다.

그럴 생각이라면 굳이 자신에게 말을 건넬 필요가 없이 최강의 수를 쓰면 이쪽에서도 그에 걸맞는 초식으로 맞상대를 해줄 것이 아닌가. 무슨 꿍꿍인가.

잠시 무거운 침묵이 두 사람 사이를 겉돌았다.

상대는 일합의 승부를 원하고 있었다.

창! 창! 창!

멀리서 희미하게 병장기 부딪치는 소리가 들려왔다. 두 사람이 싸우는 중에도 계속 이어지던 소리였다.

'그럴지도 모르겠군!'

사군은 그들과 용진우가 어떤 관련이 있을지도 모른다는 생각을 했다. 상대는 싸움 도중 위급해지면 교묘한 신법으로 몸을 빼고 다시 대결하는 시간 소모적인 상황을 미리 말로 차단하려는 것 같았다.

"원한다면!"

조급한 상대다.

사군은 하늘을 향해 검을 곧추세웠다.

서로 다른 두 겹의 층을 이룬 구름 무리가 빠르게 하늘을 교차해 가는 사이로 잠깐씩 비추는 햇빛에 검날이 반사되며 번쩍거렸다.

용진우는 표정을 굳혔다.

필생의 공력을 한 몸에 담은 유성검이 부르르 몸을 떨었다. 지금 그가 펼치려는 것은 천장 만장의 폭포를 쪼개고 하늘을 연다는 파폭개천(破瀑開天)의 한 수다.

육합의 변화가 끝이 없을 듯 이어져 나오는 삼십육수의 도법 중에서도 가장 현란한 초식! 용진우 스스로도 아직 끝을 보지 못한 한 수다.

이제껏 무림에서 만났던 무인들 중 그 초식을 받을 만한 자격이 있다고 생각한 사람은 북검 갈의현 단 하나뿐이었다.

"하앗!"

"탓!"

두 개의 신형이 땅을 박차고 서로를 향했다.

파팟!

도검에서 일어난 두 줄기 사나운 강기가 공기를 찢었고, 짧은 순간이나마 이리저리 허공을 넘나들던 신형이 마침내 하나로 뭉쳐 갔다. 햇빛에 반사된 무수한 도광(刀光)이 사군의 전신을 덮으며 옥죄었고, 도망(刀網)에 갇힌 사군의 검은 형체조차 찾아보기 어려웠다.

타격음도 없었다.

두 사람이 스쳐 지나간 자리에는 뿌연 흙먼지만 남았다.

폭풍이 할퀴고 지나간 폐허처럼 갈가리 찢어진 대지 위에 두 사람이 삼 장의 간격을 두고 등을 마주 대했다.

주변을 온통 무겁게 짓누르는 짧은 침묵이 이어졌다.

백의를 입은 사군의 옷 위에 군데군데 핏물이 배어 나오더니 빠르게 번져 갔다.

먼저 입을 연 것은 용진우였다.

"정말 무서운 한 수로군!"

목을 쥐어짠 듯 힘겨운 말투.

"정말 변화가 대단했소."

사군이 말을 받았다.

"어떻게 받아냈지?"

용진우는 정말 궁금했다.

순간적으로 사군은 대답을 하지 못했다.

'어떻게?'

방금 전 촘촘한 그물망을 이루며 덮어오던 도망을 떠올렸다. 수미강림의 초식을 펼치려고 했었다. 하지만 정작 그의 검에서 떨쳐 나간 것은 지극히 평범한 찌르기 한 수였다.

"틈을 보았소."

"파폭개천에도 틈이 있었던가?"

그랬다. 허점이라고는 전혀 없어 보였던 한 수였다.

"사람이… 만든 초식일 뿐이오."

잠시 생각하던 사군은 그렇게 대답했다. 자신도 알 수 없는 사이, 그의 검은 그물 사이의 작은 구멍을 뚫고 용진우의 가슴을 깊숙이 찔렀던 것이다.

"그랬군!"

용진우는 무릎을 꿇고 풀썩 자리에 주저앉았다. 한 손으로 누르고 있던 가슴에서 손이 떨어지자 붉은 핏물이 주르르 흘러 빠르게 땅을 적셔

갔다.

사군은 그를 버려두고 온세명에게 다가갔다.

"온 대협!"

"주공!"

용진우의 선인장에 두 손발을 격타당해 시체처럼 누워 있던 온세명의 눈에서 주르르 눈물이 흘러내렸다.

사군을 미워했었다.

두 형님은 물론, 총사까지 나서 주공을 모셔 방을 재건한다고 나섰다가 이런 저런 이유로 모두 죽음을 맞았다. 죽지 못해 사는 인생이었다. 하지만 사군이 다가와 말을 거는 순간 입에서 튀어나온 것은 '주공'이라는 말뿐이었다.

그는 가슴 깊숙한 곳에서 왈칵 치밀어 오르는 격정을 느꼈다.

사군 또한 다르지 않았다. 그가 온세명을 들어 가슴에 안고 일어나는 순간, 말발굽 소리가 들리더니 잡목 사이로 말을 타고 달려오는 사람들이 보였다. 용진우의 수하들을 힘겹게 물리치고 오는 왕예, 단우평, 음설봉, 제갈청 등이었다.

사군은 한눈에 그들을 알아보았다.

제9장

암살(暗殺)

사냥에 동원된 군사들의 수만도 천여 명이 넘었다.

창검으로 무장한 자들 틈틈이 무기 대신 징이며 호각은 물론, 나팔까지 휴대한 병사들도 보였다.

만리장성을 끼고 있는 이곳은 사냥에 알맞은 적당한 언덕과 숲이 있기에 시간이 나면 그가 가끔씩 이용하는 사냥터였다. 이렇든 대규모 병력을 몰이꾼으로 동원해 사냥에 나선 경우에는, 호랑이나 곰 등이 주요 목표라 웬만한 작은 짐승 따위는 거들떠보지도 않았다.

"간밤 꿈에 어린 호랑이 한 마리가 악착같이 내게 달려들더군."

번쩍이는 백색의 갑주(甲胄)를 걸친 다이곤이 문득 지나가는 말처럼 한마디 던졌다. 팔기 중 정백기주(正白旗主)이기도 한 그의 지위를 알리는 백색 깃발이 길게 이어져 하얀 물결을 이루며 펄럭였다.

늘 그렇듯 을대는 침묵으로 그의 다음 말이 이어지기를 기다렸다.

"아무리 어리지만 그래도 범의 종자라고, 그 사납기가 보통이 아니라 꿈속에서도 여간 곤혹스럽지가 않았는데…… . 핫핫핫!"

을대는 애써 큰 웃음을 터뜨리는 것으로 호탕함을 보이는 다이곤의 태도에서, 간밤 꿈자리가 무척이나 뒤숭숭했을 것이라 짐작했다.

"감히 황부에게 덤비다니 겁이 없는 호랑이 새끼입니다. 크게 벌을 주어야 마땅할 것입니다."

"핫핫핫! 그럴 필요까지야…… . 천하에 내 자식이 아닌 것이 있더냐. 그 범이 더 자라 세상 돌아가는 이치를 깨닫는다면 자연 무리한 짓은 삼갈 게야!"

"지당하신 말씀입니다."

꿈에 보았다는 어린 호랑이란 필시 십오세 복림을 지칭하는 것이리라. 이름뿐이던 황제 복림은 점차 나이를 먹음에 따라 최근 들어 부쩍 정사에 관여하려 했고, 그런 행동은 황실 안에서 미묘한 긴장을 불러오고 있었다. 그것을 염두에 두고 말을 받았고, 그런 짐작은 사실 다이곤의 생각과 조금도 다르지 않았다.

"녀석, 어련히 알아서 넘겨줄 텐데…… ."

다이곤이 목소리를 낮추어 중얼거리듯 말했다.

그는 마상에서 지그시 눈을 감았다. 지난 일들이 주마등처럼 그의 머리 속을 스쳐 갔다.

나이 어린 복림이 황제로 추대된 데에는 그만이 아는 비밀이 있었다. 아니, 말은 없지만 당시 늘 곁에서 떨어지지 않았던 갈의현도 눈치는 채고 있었을 것이다.

그토록 정정했던 황태극이 돌연 사망하자 청국의 권력층에는 황제의 자리를 두고 엄청난 회오리가 몰아쳤다.

황태극의 맏아들 호격(豪格)을 차기 황제로 추대하려는 양남기(鑲藍旗) 세력과 도르곤을 추대하려는 다른 귀족들 사이에서는 한바탕 피바람의 소용돌이가 칠 듯했다. 하지만 막판에 가서 황태극의 아홉째 아들 복림을 황제로 추대하는 것으로 하고 다이곤이 물러선 것에는 이유가 있었다.

바로 장문황후 때문이었다.

그는 이미 황태극이 살아 있을 때부터 남몰래 그녀와 사랑을 키워왔었다. 그렇기에 그는 황태극의 아들로 알려진 복림이 자신의 친자가 틀림없으리라는 확신을 가지고 있었다.

그녀에게 그 사실을 애써 확인하지 않은 것도 혹시라도 그런 믿음이 깨어질까 하는 두려움도 있었지만, 다른 한편으로는 그런 일이 두 사람이 몇 년간 키워왔던 은밀하고도 위험했던 목숨을 건 사랑을 의심하는 것이라 생각했기 때문이다.

정적(政敵) 호격을 물리치고 실권을 장악한 그가 가장 먼저 한 일은 전임 황제 황태극(皇太極)의 비(妃)였으며, 현 황제 복림의 어머니이기도 한 장문황후를 자신의 왕후로 삼은 것이었다. 중원인의 눈으로 보자면 형편없는 패륜의 짓거리였기에 시끄러울 법도 했지만, 다이곤의 권력이 워낙 막강한데다 형사취수(兄死取嫂)의 관습은 만주인들에게 그리 낯설지 않았기에 뒷말은 크게 없었다.

세월이 흘렀지만 그녀에 대한 사랑은 변함이 없었다.

비록 몇 년 전 정청화의 미소에 반해 그녀를 첩으로 들이기는 했지만, 그녀에게 내궁(內宮)의 숱한 품계 중 그 어떤 사소한 지위도 내리지 않은 것은 바로 장문황후에 대한 식지 않은 사랑 때문이었다. 그녀 역시 그 사실을 잘 알기에 정청화 건은 사내의 일시적인 바람기 정도로 알고 애써 눈감아주는 처지였다.

사냥을 나왔다가 잠시 아련한 회상에 젖은 그를 깨운 것은 호위 무장 을대의 목소리였다.

"왕야!"

다이곤은 눈을 번쩍 떴다.

천여 명이 넘던 병사들이었건만 장령급 수십 명만 남고 나머지는 눈에 띄지 않았다. 지금쯤이라면 아마도 그들은 다이곤이 있는 이곳에서 사냥 터 반대편으로 이동해 반원의 커다란 포위망을 형성하고 그의 지시만을 기다리고 있을 것이다. 을대의 말은 사냥 준비가 끝났음을 알리는 것이 었다.

다이곤은 입가에 만족한 미소를 띠며 가볍게 고개를 끄덕였다.

'시작인가!'

잠시 주변을 둘러보던 그는 한 손을 힘차게 쳐들었다. 사냥은 그가 가 장 흥미있어 하는 여흥으로, 그만큼 절차도 각별했다.

을대는 엄숙한 표정으로 다이곤의 손을 보았다. 사냥의 시작 신호를 기다리는 것이다.

금방이라도 신호를 내릴 것만 같았던 다이곤이 문득 을대를 돌아보았 다.

"병사들에게 수확이 괜찮으면 큰 포상이 뒤따를 것이라는 언질은 해 두었느냐?"

이곳에 모인 병사 누구도 그 사실을 모르는 자는 없다.

"물론입니다."

"그럼 시작한다!"

다이곤이 큰 목소리로 소리쳤다. 그러자 뒤쪽에서 붉은 기를 들고 따 르던 기수가 좌우로 요란하게 흔들기 시작했다.

"와!"

"와!"

삐이이익! 삐익!

둥둥둥둥둥…….

병사들의 요란한 함성과 호각 소리, 북소리 등이 한데 어우러지며 산 주변을 뒤흔들었다. 말 위에서 그 소리를 듣고 있는 다이곤의 입가에 흐뭇한 미소가 떠올랐다. 이런 소란 역시 그가 사냥에서 즐기는 것들 중 하나다.

그는 말안장에 걸쳐 두었던 활을 들어 살피더니 흐뭇한 미소와 함께 쓰다듬으며 곧 있을 사냥에 대비했다.

멀지 않은 숲가에서 누런 황금빛의 만주병 갑주를 걸친 기병 다섯이 그런 다이곤의 모습을 지켜보고 있었다. 금색 갑주는 팔기 중 황제 복림이 기주로 있는 정황기(正黃旗)의 복장이었다.

푹 눌러쓴 투구로 인해 얼핏 보는 것으로는 얼굴마저도 분간하기 힘들 정도였는데, 그들은 며칠 전부터 이곳에 집결해 오늘을 기다리던 사군 일행이었다.

"지금이오."

사군은 숲 속 비스듬히 뉘어놓았던 황색의 깃발을 끌어 치켜들고 말했다.

그러자 나머지 사람들도 각각 장창을 곧추세우고 대오를 갖추었다. 사군이 선두에 서고 왕예, 단우평, 음설봉, 제갈청이 차례로 뒤를 따랐다.

그들은 황제가 보내는 전령을 가장해 다이곤에게 접근하려는 것으로, 그 모든 것들은 사군이 복명회 향주 임모로 알고 있는 엄생이 준비해 준 것들이었다. 뿐만 아니라 그는 극비에 속하는 다이곤의 사냥 일정까지 알아내 사군 일행으로 하여금 이곳에서 미리 준비를 할 수 있게 만들었다.

　성안 구석진 곳의 외딴 장원의 내실.

　엷은 휘장이 처져 있는 그 앞에 사군을 비롯한 척살조 사람들이 서 있고, 휘장 안에는 한 중년인이 있었다.

　"귀공이 바로 세간에서 척살조라 불리는 충의지사들의 수장(首將)입니까?"

　"충의지사라니 과분한 말씀입니다만, 척살조라는 말이 저희를 칭하는 것임은 분명한 것 같습니다."

　사군이 말했다.

　"본인은 복명회(復明會) 향주(香主)로 있는 임모(林某)라고 합니다. 본회의 규정상 본인의 이름을 말씀드리지 못하는 것과 감히 면전에 나서지 못하는 점을 죄송스럽게 생각하며 이해를 구합니다. 그나저나 호걸들께서 정말 대단한 일들을 하고 계신다고 들었습니다. 청군 장수의 목이 떨어졌다는 소식이 들려올 때마다 본인은 며칠씩 잠을 이루지 못하고 있습니다. 중원 전체가 나서도 하지 못한 일을 호걸들께서 대신하고 있지 않습니까!"

　우국충정이 절절이 배어나는 격동에 찬 목소리였다.

　"과찬의 말씀입니다."

　"당치도 않습니다. 지금 중원에 그 누가 있어 귀공들과 같이 엄청난 일을 하는 사람들이 있습니까. 제가 비록 복명회의 향주라는 부끄러운 직함을 가지고 있지만, 저 역시 이름조차 밝히지 못하는 졸부(拙夫)일 뿐입니다. 마음은 있으되 힘이 없으니… 휴우……."

　한숨을 내쉰 그는 자신의 무력한 처지가 답답한지 잠시 말을 잇지 못했다. 그런 태도는 잠깐 동안 방 안을 숙연한 침묵 속으로 빠져들게 했다. 엄생은 다시 말을 이었다.

"그간 귀고들이 목숨을 걸고 숱한 큰일들을 해오셨음을 잘 알기에, 이런 염치없는 부탁을 드리는 것이 과연 사리에 합당한가에 대해 저 나름대로 많은 고민을 했습니다."

말을 꺼내기가 쉽지 않다는 것을 보이려 함인지 휘장 안의 엄생은 고개를 숙인 채 뒷짐을 지고 앞뒤로 오갔다. 이미 이곳에 오기 전에 나눈 말들이 있었기에 사군 일행 역시 그 다음에 이어질 말을 알고 있었지만 굳이 입을 열지는 않았다.

"휴. 잘 아시겠지만 다이곤 그자를 없애지 않고는 중원을 오랑캐의 말발굽 아래에서 구하는 것은 불가능하기에……."

엄생은 다시 말을 멈추었다. 오늘 그는 자신이 할 수 있는 최대한의 연기를 펼치고 있었다.

"저희가 해야 할 일에 대해서는 이미 들어 잘 알고 있습니다. 오늘 이곳을 찾아 향주님을 뵌 것은 청국의 황족들에 대해 상당한 정보를 가지고 있다기에 도움을 받자는 것이 전부입니다."

그가 쉽게 말문을 열지 못하는 것을 보고 사군이 나서며 말했다.

"많은 정보를 가지고 있는 것은 아닙니다. 하지만 다이곤의 일정 정도라면 섭정왕부 안에 연결된 비선을 가동한다면 가능한 일이지요. 해서 저도 작은 일이지만 귀공들을 돕고자 이 자리에 모신 것입니다."

사실 엄생이 사군을 이곳에 부른 이유는 따로 있었다.

"장강 일대에서 활약하시던 분들이 많이 계시니 드리는 말씀입니다만, 혹시 정청화 소저를 아시는지요?"

'헛!'

놀란 사군은 몸을 휘청거릴 뻔했다.

분명 정청화라고 했다. 한동안 잊고 살았던 이름이었는데… 머리 속이 멍해지고 있었지만 말소리는 계속 귓속으로 흘러 들어왔다.

"세간에는 잘 알려지지 않았지만, 아비 정춘교가 중원표국을 욕심내다가 제갈세가의 현 가주 제갈강의 도움을 받은 석경령과 석자희의 반격을 받아 몰락했지요. 그 후 정청화는 다이곤의 후처로 들여보내졌지요. 듣자 하니 아직도 다이곤에게 마음을 주지 않고 누군가를 그리며 몇 년간을 눈물로 지새우고 있다고 합니다."

사군의 입술이 미미하게 흔들렸다. 충격을 받았다는 증거다. 휘장 안의 엄생은 사군의 그런 모습을 즐겼다.

'내 딸을 망친 놈!'

드러내지만 않았을 뿐 그 일은 아직도 엄생의 마음 한구석에 한이 되어 쌓여 있다. 싫다는 엄영을 막대한 혼수를 들여 그리 알려지지 않은 평범한 상인에게 보내 버렸다. 쫓아내듯 보낸 딸이었다. 이제 그 빚을 돌려줄 때가 된 것이다.

"정말 우연한 일이었지요. 수하 중 하나가 다이곤 주변을 계속 탐색하던 중에 근처를 맴도는 웬 노파를 발견했는데, 알고 보니 정청화의 유모였다더군요. 제갈강이 선물 삼아 정청화를 다이곤에게 넘기는 순간부터 은밀히 뒤를 따랐다고 하는데, 경계가 너무 심해 구출할 엄두를 내지 못하고 있다고 하더군요."

'양선고야!'

사군은 그 노파가 누구라는 것을 알았다. 비록 일면식도 없었지만 정청화에게서 그녀의 존재에 대해 들은 적이 있었기 때문이다.

방고가 양선고를 만난 것은 엄생에게는 또 다른 행운이었다. 덕분에 그가 짜놓은 각본이 한층 힘을 발하게 되었기 때문이다.

"정청화 소저는 누군가를 그리며 날마다 눈물로 지샌다고 들었습니다."

중원 천지에 오랑캐들에게 몸을 망친 여자가 한둘인가. 이런 자리에서 새삼 정청화의 개인적인 사연을 얘기하는 이유가 궁금했다.

그런 궁금중에 엄생이 점을 찍었다.

"제가 다이곤에 관한 정보를 얻을 수 있는 것은 바로 정 소저의 목숨을 건 제보 때문입니다. 정말 대단한 여걸이지요."

엄생은 긴 한숨과 함께 고개를 좌우로 내저으며 말을 이었다.

"휴, 심정 같아서야 무슨 수를 쓰더라도 구해 드리고 싶지만……."

"제가 하겠습니다."

사군의 말소리에 흥분이 담겼다.

순간 엄생은 놀란 표정으로 그를 쳐다보았다. 다이곤을 암살하는 막중한 임무를 눈앞에 두고 있는 시점이었다.

"물론 암살에 성공한 이후의 얘기입니다. 반드시… 임무는 반드시 성공할 것입니다. 제가 약속을 드리지요."

사군 일행이 이곳에 오기 전에 북검 갈의현에 대해서는 적절한 조치를 취할 것이니 오로지 다이곤만 목표로 하면 된다는 언질을 받은 터였다.

갈의현만 없다면 자신을 막을 자는 없다고 믿었다. 아니, 막을 자가 있다 하더라도 정청화는 구해야 한다.

'다이곤은 무조건 내 손에 죽는다.'

사군은 그렇게 되뇌이며 속으로 이를 악물었다.

엄생은 고마움과 감동에 젖어 어쩔 줄 몰라 하는 표정을 지었다. 비록 휘장에 가려 표정이 확연하진 않았지만, 그가 무척이나 감동했다는 것은 누구나 알 수 있을 정도였다.

'후후후.'

그런 겉모습과는 달리 엄생의 머리 속으로 사군이 갈의현에게 죽임을 당하는 모습이 선연히 그려지고 있었다.

'한 사람도 남아서는 안 되지.'

다이곤의 죽음에 관련된 사람들 모두에게 영원한 안식을 찾아주어야 한다. 비록 자신의 정체를 숨겼다고는 하지만 누가 아는가. 사소한 실수가 죽음을 몰고 오는 경우가 인간사에 왕왕 있다. 이런 거사를 치러놓고 완벽하게 마무리하지 않는다면, 앞으로 편히 눈을 뜨고 중원상계를 호령할 수 없다는 것은 필연의 이치이다.

엄생이 생각해 낸 것은 이이제이(以夷制夷)의 완벽한 실현이다.

"다이곤의 장원은 무척이나 넓고 경계가 삼엄합니다. 익숙한 사람들이라도 자칫 길을 잃을 수 있을 정도라고 들었습니다. 정 소저가 계신 곳을 모르고 가신다면 장원 안에 들어가서도 큰 낭패를 당할 수 있습니다. 일을 시작하기 전에 정 소저가 계신 곳에 대한 정보를 구해다 드리도록 하지요."

엄생은 할 수 있는 한 최대한 도움을 주겠다는 듯 사군을 향해 은밀히 전음을 날렸다.

따각, 따각, 따각.

사군 일행은 멀리 수십 기의 호위 무장을 대동하고 병사들의 사냥 몰이를 지켜보고 있었다. 황색 갑옷을 걸치고 정연히 대오를 갖추어 다이곤 일행에게 접근하는 그들은 이내 누군가의 눈에 띄었다. 작은 소동이 일었다. 을대는 물론 다이곤도 그 소동의 진원지를 알아챘다. 을대는 말 머리를 돌려 다가오는 사군 일행을 향했다.

"그냥 두거라."

"복장을 보아하니 황제의 전령 같구나. 굳이 확인할 필요도 없다. 일단 오면 무슨 소리인지 들어보자꾸나."

다이곤의 말에 을대는 말을 멈추었다.

사군 일행은 다이곤 앞에 도착했다.

사군은 물론 뒤따르던 사람들 모두 황급히 말에서 내렸다. 다이곤이라면 당금 천하의 최고의 실세이다. 아무리 황제의 명을 받고 왔다고 하더라도 그 앞에서는 예를 다해야 한다는 말을 복명회주 임모로부터 들어 알고 있었다. 대오를 갖추어 다이곤 삼 장 앞까지 다가간 그들은 일제히 무릎을 굽히고 예를 표했다.

"천세, 천세, 천천세!"

다이곤은 말에서 내릴 생각도 하지 않고 가볍게 고개를 끄덕이는 것으로 인사에 답했다. 황부(皇父)를 자처하는 다이곤이 보는 황제란 커가는 어린아이일 뿐이었다. 그런 황제가 보낸 사람이란 단순한 심부름꾼일 뿐 그 이상도 이하도 아니었다.

"무슨 일이냐?"

"황제 폐하께서 이르시기를… 네 목이 필요하다고 했다."

어느새 검을 뽑아 들고 비호처럼 다이곤을 향해 달려들었다. 그와 동시에 단우평과 왕예 등을 비롯한 다른 척살조 조원들도 일제히 무기를 뽑아 드는 것과 동시에 다이곤 주변의 호위 무장들을 향해 몸을 날렸다.

히힝!

갑작스러운 충격이 다이곤이 타고 있는 말에 전해졌는지 앞발을 치켜들었다. 마치 주인을 보호하기라도 하려는 듯한 행동이었다.

파팟!

사군의 검이 커다란 원을 그리며 말을 쓸어갔다.

"자객이다!"

"막아라!"

주변의 호위 무장들이 놀라 나서기도 전에 그들은 척살조의 공격을 받아야 했다.

"으악!"

"커억!"

사군의 검이 말의 목과 다이곤의 허리를 한 번에 쓸어버린 것과 단우평과 왕예의 검이 호위 무장의 목을 떨군 것은 거의 동시였다. 워낙 순식간에 벌어진 일이었기에 부근에 떨어져 있던 호위 무장들은 지금 무슨 일이 벌어지고 있는지 퍼뜩 이해조차 하지 못하는 상황이었다.

다이곤은 미처 비명을 지를 틈도 갖지 못했다. 망연한 한 쌍의 눈동자만이 이승에서의 마지막 하늘을 감상하듯 허공을 향했다. 일세를 풍미했던, 중원천하를 맹렬한 기세로 삼켜가는 효웅의 죽음치고는 너무나 허망했다.

'해냈다!'

검끝에서 느껴지는 뼈를 가르는 묵직한 감촉에서 사군은 다이곤의 죽음을 확신했다. 어머니를 죽이고, 도하촌을 몰살시키고, 그것도 모자라 정청화까지 노리개로 삼았던 원수를 마침내 갚았다. 하지만 복수는 기대만큼 후련하지는 않았다.

"저, 저놈이!"

다이곤의 죽음에 경악한 호위 무장들은 그제야 병장기를 뽑아 들고 사군 일행을 향해 달려들었다.

"갑시다!"

그는 타고 왔던 말에 신속하게 올라타 올라왔던 길로 사납게 말을 몰아 달아났다.

"으악!"

무장 하나가 앞을 막아서다가 엄청난 기세의 사군의 검에 그대로 목숨을 잃었다. 덕분에 달려들던 자들이 주춤했고, 사군 일행은 그 틈을 이용해 포위를 뚫었다.

두두두두…….

"잡아라!"

"놓치면 안 된다!"

호위 무장들은 일제히 말을 몰아 맹렬히 사군 일행을 추격했다. 언덕과 골짜기를 넘어가는 길고 긴 추격전이 이어졌다.

"와!"

삐이이익! 삐익!

다이곤의 불행을 모르는 사냥터의 병사들은 짐승 몰이에 여념이 없었다. 사군 일행은 그런 소란을 뒤로하고 빠르게 말을 몰아 달아났다.

일행은 말에 익숙하지 않았다. 전장과 사냥으로 단련된 상대들은 차츰 그 거리를 좁혀오고 있었다. 이대로는 무리였다.

"흩어집시다."

사군은 거북하게 느껴지는 갑옷을 말 위에서 차례로 벗어 던지며 뒤도 돌아보지 않고 말했다. 상황은 그만큼 급박했다. 십여 장에 불과한 거리. 추격자들의 마술(馬術)을 고려한다면 반 각이 채 지나기도 전에 한바탕 싸움을 벌어야 할 것은 뻔했다.

다이곤을 죽인 것은 자신이다 일행이 뿔뿔이 흩어지면 다이곤의 호위 무장들은 자신만을 추적해 올 것이다.

기대는 어긋나지 않았다.

"저놈이다!"

사군의 말에 따라 사방으로 흩어지는 일행을 뒤쫓던 호위 무장들은 사군을 지목해 추격을 계속했다.

사군은 되도록 숲이 우거진 곳을 골라 말을 몰았다. 우거진 숲이라면 그만큼 쉽게 달아날 수 있을 것 같았다. 숲 속으로 말을 몰아가는 것은 마술에 익숙한 호위 무장들에게도 쉬운 일이 아니었지만, 사군에게는 더 했다.

휘익!

더 이상 말을 타고 달아나는 것이 어렵다고 본 사군은 말에서 내려 녹음이 우거진 숲 속으로 스며들었다.

"놓치지 마라!"

"저쪽이다!"

"잡아라!"

갑작스레 말을 버리고 숲 속으로 스머드는 사군을 본 다이곤의 호위 무장들도 분분히 말에서 내려 그가 사라진 숲 속으로 뛰어들었다.

단우평과 음설봉은 함께 움직였다.

그들은 말 머리를 나란히 하고 달아나고 있었다. 칠팔 기의 기병들이 뒤를 쫓아오는 듯하더니 이내 말머리를 돌려 사군이 사라진 방향으로 가 버렸다.

"이제 어디로 갈 거죠?"

음설봉은 고개도 돌리지 않고 물었다.

"다이곤을 죽이는 일에 나섰으니 청나라가 싸움에 져서 만주 땅으로 쫓겨가기 전에는 당분간 사문으로 돌아갈 수는 없을 것 같소. 당신은 어디로 갈 거요?"

마땅히 갈 곳을 정하지 않은 단우평은 대답 대신 되물었다.

"나도 그래요. 이제 곧 청국 오랑캐들이 우리를 잡으려고 현상금을 내걸 테니, 우리 하오문 식구들 중에도 욕심을 내는 자가 더러 있을 거예요. 당분간 어디 숨어 있으며 사태를 관망해야겠어요."

"갈 곳은 있소?"

음설봉은 대답을 하지 않았다. 갈 곳이 없는 것이 아니라 내심으로 단우평이 함께 숨어 있자는 말을 하지 않을까 기대하는 마음이 있었기 때문이다. 하지만 이어지는 그의 말에 크게 실망하지 않을 수 없었다.

"나도 정한 곳은 없지만 이제 천지간 홀홀 단신이니 어디 갈 곳이야 없겠소. 이곳을 벗어나면 각자 갈 길을 가도록 합시다."

따그닥! 따그닥! 따그닥!

두 사람 사이에 갑자기 말이 끊겼고, 한 쌍의 말발굽 소리만 호젓한 산길을 따라 길게 이어졌다.

'마지막일까?'

음설봉은 헤어짐이 두려웠다.

우연히 단우평을 만나 마음을 뺏긴 이후로 단 한 번도 그에게서 멀리 떨어진 적이 없었는데… 감히 생각지 않았던 다이곤까지 죽인 마당이니 이제 더 이상 함께할 일도, 명분도 없어져 버렸다.

따각! 따각! 따각!

음설봉의 마음이 전해졌는지 타고 있던 말도 차츰 속도를 줄였다. 이에 단우평의 말도 보조를 맞추려는 듯 어깨를 나란히 했다. 음설봉의 눈이 바람결에 흩날리는 한 쌍의 말갈기를 주시했다. 은근한 기대는 방향을 잃고 흩날리고 있었다.

이대로 헤어질 수는 없다.

음설봉은 속마음을 강하게 누르고 있는 자존심을 걷어버렸다.

"파양호 입구에 동림사(東林寺)라는 절이 있어요. 그곳에서 멀지 않은 곳에 저를 낳아주신 어머니가 살고 계세요. 하오문 내에서도 모르는 아버님과 저만의 비밀이지요."

눈이 뜨거웠다. 말을 하며 단우평을 바라보는 음설봉의 눈망울은 금방이라도 울음을 터뜨릴 듯했다.

단우평은 가슴이 뭉클해지는 것을 느꼈다.

'그곳에 함께 가지 않겠어요?'

음설봉은 그렇게 묻고 있었다.

수년간 숱한 어려움 속에서도 생사고락을 같이해 온 동지이자, 자신에게 변치 않는 뜨거운 눈길을 보내왔던 음설봉의 마음을 그라고 왜 모르겠는가. 저 말을 하려고 얼마나 용기를 냈을까 생각하니 안쓰러운 마음은 물론, 그 말에 원하는 답을 줄 수 없는 자신의 처지가 원망스럽기까지했다.

하지만 두 사람 사이에는 엄연한 벽이 있었다.

명문정파인 청성파의 제자가 하오문의 여인과 사랑에 빠져 혼인을 했다는 말이 났다가는 자신은 물론 사부와 사숙, 사형제를 비롯한 문파 사람들이 무림에서 고개를 들고 다니지 못할 터였다. 그 이유만 아니라면 집안까지 이미 몰락해 버린 단우평이 음설봉의 사랑을 받아들이지 못할 까닭이 없었다.

단우평의 입에서 아무런 말이 없자 음설봉은 마침내 눈물을 쏟았다. 입술을 질끈 문 그녀는 눈물을 감추려는 듯 단우평의 반대 방향으로 고개를 돌렸다

멀리 갈림길이 나타났다.

음설봉은 그곳에서 헤어지자는 말을 들을까 겁이 났다. 따사로운 늦여름이었지만 오한이 이는 듯 몸이 덜덜 떨려왔다.

따각! 따각! 따각!

말 머리를 나란히 한 채 이별을 앞두고 있는 연인의 절절한 안타까움은 무거운 침묵으로 나타났다.

어느덧 말이 갈림길에 도착했다.

여기서 서로 다른 길로 가자고 말한 적도 없지만 알지 못하는 사이에

두 사람은 그곳을 이별의 장소로 인식하고 있었는지 말 머리가 각자 방향을 달리 했다.

"저……."

음설봉은 뭔가 말을 꺼낼 듯했지만 끝내 뒷말을 잇지 못했다.

푸르릉! 푸릉!

그 말을 대신 잇기라도 하듯 말이 고개를 좌우로 흔들어가며 투레질을 해댔다.

"그럼!"

더 있다가는 무슨 말이 입에서 튀어나올지 몰라 겁이 났다. 단우평은 그 말을 마지막으로 남기고 천천히 말을 몰아갔다.

음설봉은 아무런 말도 하지 못했다. 그저 떠나는 그의 뒷모습을 멀거니 바라보고 있을 뿐이었다.

단우평의 모습이 점점 작아졌다. 하지만 음설봉은 그 모습을 계속 지켜볼 수 없었다. 펑펑 솟아나는 눈물이 시야를 가렸기 때문이다.

"흐흑……."

음설봉은 더 이상 견디지 못하고 안장 위에 머리를 박고 울기 시작했다. 머리 속이 텅 비어버린 듯 아무 생각도 나지 않았다.

따그닥! 따그닥! 따그닥!

단우평이 말을 몰아 달려왔다. 슬픔에 젖어 울던 음설봉은 잠깐 동안 그 소리를 듣지 못했다. 말발굽 소리를 들은 것은 단우평이 가까이 다가왔을 때였다.

고개를 든 음설봉의 눈앞에 단우평이 멋쩍은 모습으로 나타났다.

"단우 공자!"

"나, 난 말이오. 혼자… 다니는 것은 영 체질에 맞지 않는 모양이오. 왜 이리 어색하고 허전한지……."

눈물에 젖다시피한 음설봉의 얼굴에 미소가 활짝 피어났다.

"저하고 똑같군요. 우린 서로 잘 맞는 것 같아요."

말을 하고 보니 너무 지나쳤다 싶었는지 음설봉의 얼굴이 붉게 물들었다. 하지만 정작 그 말에 얼굴이 더 새빨개진 사람은 단우평이었다. 그것을 본 음설봉이 참지 못하고 웃음을 터뜨렸다.

"호호호호!"

"하하하하하!"

어색함과 부끄러움을 웃음으로 덮어버리려는 듯 단우평도 크게 웃음을 터뜨렸다. 두 사람은 서로를 쳐다보며 그렇게 한참을 웃었다.

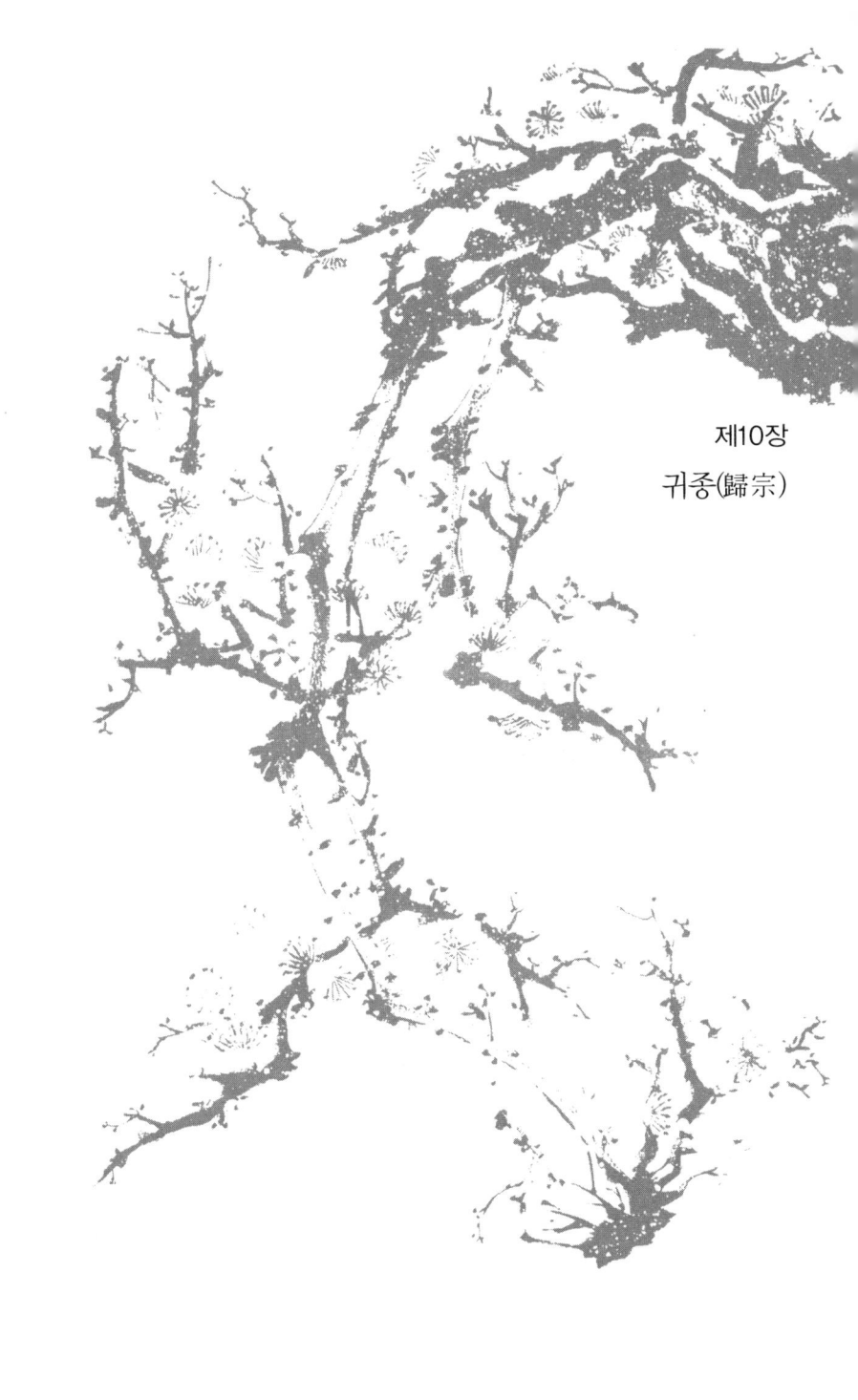

제10장
귀종(歸宗)

사군은 널찍한 뒷골목에서 넘을 수 없는 높다랗게 쳐진 담장을 노려보았다. 다이곤의 거처인 섭정왕부는 마치 작은 궁성과 같았다. 굳이 수시로 순시를 도는 경비병들의 움직임이 아니더라도, 다이곤의 위세를 잘 알기에 그 근처에서 얼쩡거리는 사람은 아무도 없었다.

호위 무장들의 추격을 뿌리치자마자 막바로 이곳으로 온 것은 다이곤의 죽음이 알려지면 청병들이 황도를 메울 듯이 깔릴 것이기에, 그때는 정청화를 구하는 일이 더 어렵다고 생각했기 때문이다.

사군은 귀를 열어 담장 건너편의 인기척을 살폈다.

그런 식으로 한참을 왕부 주위를 돌던 사군은 마침내 '바로 이곳'이라 할 만한 틈을 찾아냈다. 사군은 그곳에 몸을 숨기고 기회를 엿보았다.

그때 한 조의 경비병들이 순시를 돌았다.

다이곤의 저택을 지키는 수하들답게 모두 위엄있는 움직임들이었다. 사군은 그들이 지나가기를 기다렸다 가볍게 땅을 박차 바람에 둥실 몸을 실어 담장을 구르듯 넘었다.

담장 안은 연이어진 건물들로 빼곡히 들어차 있었다. 하지만 이미 복명회 향주 임모가 은밀히 전한 왕부의 지도로 정청화가 있다는 거처를 몇 번이나 확인을 했기에, 그는 익숙하게 몸을 움직여 건물 사이를 지나갔다.

사군은 장원의 평범한 고용인처럼, 때로는 사람들의 눈을 피해 은밀히 움직였다. 지금 그가 신경을 쓰는 것은 혹시라도 있을지 모를 매복이었다. 청국에서 다이곤의 위치를 생각한다면 비밀 호위들의 존재나 그들의 매복 경계는 차라리 당연한 준비로 예상해야 했다.

운이 좋았다고나 해야 할까. 호위들 대부분이 오늘 벌어지는 사냥에 참석했기에 왕부 내의 경비는 보기보다 빈틈이 많았다. 사군은 그런 허점을 파고들어 그런대로 손쉽게 정청화가 있는 내궁까지 접근할 수 있었다.

정청화는 저잣거리를 구경하고 방금 섭정왕부로 돌아와 있었다.

다이곤에게 뇌물로 바쳐진 자신의 처지에 그동안 몇 번이나 죽을 결심을 했었다. 하지만 모진 것이 사람 목숨이라, 막상 실행에 옮기지 못하고 지낸 것이 몇 년째이다. 탈출을 생각해 보지 않은 것도 아니었지만, 막상 이곳을 떠난다 해도 천지간에 자신이 몸을 맡길 곳은 없었다. 유일하게 있다면 사부가 있는 보타산이겠지만, 그곳 생활은 너무도 지겨웠기에 단 한 번도 생각해 본 적이 없었다.

하지만 엄생이 사군에게 말한 것처럼 누군가를 그리며 눈물로 밤을 지새우고 있지는 않았다.

가끔씩 침실을 찾는 다이곤에게 몸을 맡기며 몇 년을 지내다 보니 이게 팔자려니 하는 마음이 들었다. 또 만인지상의 지위에 있는 그를 생각하면 첩의 자리라 해도 그 지위만큼은 누구도 넘보지 못할 만큼 당당했기에, 어느새 그런 편안함에 젖어 들어가는 자신의 모습에 화들짝 놀라기도 했다.

게다가 예전부터 시중을 들었던 시비들을 다시 구해달라는 그녀의 간청이 다이곤의 말 한마디에 이루어졌기에, 그만 찾지 않는다면 섭정왕부 깊숙한 곳에서의 생활도 예전과 다름없는 생활처럼 느껴지고 있었다.

그런 평온함을 온통 뒤흔들어 버린 것은 바로 양선고를 통해 시비에게 전해져 들은 사군에 관한 소식이었다. 정청화는 한동안 남모르는 고민에 싸여 지내야 했다. 단순히 사군이 나타났다는 말이 아닌, 지금의 남편 다이곤을 죽이려는 자객으로 나타났다는 사실이 그녀를 더욱 혼란스럽게 했다.

그간 자신에게 잘해준 다이곤에게 미안한 마음이 들기는 했지만, 그녀가 택한 것은 왕부 내에서의 사치와 권세가 아닌, 밤을 뜨겁게 달구던 사군과의 추억이었다. 정청화는 사군이 설사 다이곤의 암습을 시도한다고 하더라도 호위의 규모를 익히 알고 있기에 실패할 것이라 예상하고 있었다. 그녀가 바라는 것은 암습이 실패하고, 사군도 죽지 않는 그런 상황이었다.

그녀가 갑작스레 저잣거리나 구경하겠다고 한 데는 이유가 있었다. 그녀는 척살조가 다이곤을 암살할 것이니 갈의현을 사냥에 참석하지 못하게 붙잡고 있어 달라는 은밀한 전언을 받았다. 궁리 끝에 생각해 낸 방법이 다이곤에게 갈의현을 자신의 호위로 달라는 것이었다.

굳이 사냥터에까지 그를 데려갈 필요는 없다고 생각한 다이곤은 모처럼 하는 정청화의 부탁을 흔쾌히 받아들였다. 하지만 밖에 나가서도 불안한 마음을 다스리지 못해 일찍 돌아와야 했다. 다이곤이 아닌 사군에 대한 걱정이 그녀를 안절부절못하게 만들었기 때문이다.

정청화는 창가에 서서 바람을 맞으며 조금이라도 답답한 마음을 풀어 보려고 했다.

'꼭 살아 다시 만나는 거야.'

사군에 대한 걱정은 시간이 지날수록 산처럼 불어났다. 정청화는 제발 살아만 달라는 기원을 마음속 확신으로 만들려고 애를 썼다.

"아가씨!"

환청이었나? 또렷이 귀에 들린 그 소리가 바람에 스쳐 지나가는 기억 속의 목소리라 생각했다. 하지만 그럼에도 불구하고 가슴이 탁 막히고, 피가 거꾸로 흐르는 듯한 흥분이 온몸을 뒤덮었다.

"아가씨!"

"앗!"

전음이 분명한, 너무도 귀에 익은 목소리. 정청화는 자신도 모르게 비명을 터뜨렸다. 조금만 더 컸더라면 경비 무사들까지 달려올 정도였다.

"쉿! 조용히 듣기만 하세요."

정청화는 휘청거리는 몸을 겨우 지탱하느라 창틀에 손을 기댔다.

얼마나 듣고 싶었던 목소린가. 자신도 모르는 사이에 눈물이 볼을 타고 주르르 흘러내렸다.

"지금 저와 함께 가야 해요. 혹시 챙기지 못한 중요한 것들이 있으면 얼른 준비하세요."

"아니, 없어. 너만 있으면 돼.'

미처 생각해 볼 사이도 없이 그 말이 쏟아져 나왔다.

"그럼 가세요. 제가 뒤를 따를게요."

정청화는 창문을 넘어 정원에 내려서 사군이 전음을 날렸으리라 짐작되는 곳을 살폈지만 그의 모습은 눈에 띄지 않았다.

"그냥 가시기만 하면 돼요."

이리저리 살피는 정청화에게 다시 전음이 들려왔다.

"간다."

정청화가 담장 가까운 곳을 향해 몸을 날리자 사군도 뒤따랐다. 잠깐 동안은 그들을 막아서는 이가 없었다. 하지만 담장을 십여 장 남겼을까.

"누구냐?"

나무 위에서 한 인영이 쏘아져 나오며 정청화의 앞길을 막아섰다. 그녀가 어쩌지 못하고 주춤하는 사이, 뒤따라온 사군이 재빨리 앞으로 나서 다짜고짜 그를 향해 공격을 퍼부었다.

"악!"

상대도 경각심을 품고 있었지만, 빛살처럼 빠르게 쑤셔오는 사군의 검을 그대로 몸으로 받아야 했다.

"침입자다!"

"잡아라!"

삐익! 삑!

마치 기다리고 있기라도 한 듯 사방에서 누군가의 고함이 터졌고, 요란한 호각 소리와 함께 숱한 인영들이 분분히 도검을 빼 들고 그들을 향해 달려왔다.

"가요!"

사군은 정청화의 손을 낚아채듯이 잡고 경공을 펼쳤다.

"아니!"

밖이 소란스러워 나왔던 갈의현도 그들을 보았다. 그의 눈에 띈 것은 정청화의 손목을 잡고 납치해 가는 사군의 모습이었다.

"섯거라!"

갈의현의 얼굴이 성난 호랑이 같은 표정으로 변했다. 그는 막 왕부의 담장을 넘는 사군의 뒤를 쫓아 무서운 속도로 몸을 날렸다. 담장을 넘은 사군은 고래 등처럼 길게 이어진 지붕들을 타고 넘어 왕부에서 최대한 멀리 달아났다.

"잡아라!"

"놓치면 안 된다!"

인근에 있던 경비 무사들 역시 그들의 뒤를 쫓았다. 한데 그들이 채 몇 장을 가기도 전이었다.

"으악!"

선두에 가던 무사 하나가 갑자기 피를 뿌리며 쓰러졌다. 뒤따르던 무사들은 갑작스런 암습에 놀라 황급히 몸을 빼며 흩어졌다. 그들 앞에 한 노파가 검을 들고 앞길을 막아섰다.

양선고였다.

사군이 정청화를 구하러 올지도 모른다는 전갈을 받고, 도움을 주기 위해 왕부 근처에 몸을 숨기고 있다가 소동이 일자 나선 것이다.

"나를 넘고 가야 한다!"

양선고는 맹렬히 검을 휘둘러 사군을 뒤쫓으려던 무사들을 물러서게 만들었다. 당황한 듯 주춤거리며 뒤로 물러서던 무사들은 이내 속속 동료들이 도착하자, 양선고를 포위해 압박해 갔다. 사군과 갈의현은 이미 그들의 시야에서 벗어나 쫓아갈 수도 없기에 양선고라도 확실히 잡으려는 것이었다.

쫓고 쫓기는 추격전은 지붕과 지붕을 넘나들며 끝없이 이어졌다.

이제 사군과 정청화를 쫓아가는 사람은 갈의현 혼자였다. 그 역시 사군과 마찬가지로 혼신의 재간을 다해 경공을 펼쳐 추격하고 있었다.

'놈! 어디까지 가나 보자!'

감히 자신이 있는 섭정왕부까지 들어와 다이곤이 아끼는 첩을 훔쳐 달아난다는 사실이 그를 분노케 했다. 거기에 더해 사냥을 떠나기 전에 다이곤이 웃으며 한 '자네가 잘 지켜주게'라는 말에 '잘 알겠습니다'라는 말로 약속까지 한 터였다.

말수가 적은 만큼 갈의현은 자신의 모든 말에 책임을 졌다. 오늘 놈을 놓친다면 세간에 두고두고 조롱거리가 되는 것은 물론이고, 약속조차 지키지 못한 사내가 되고 말 것이기에 절대 놓칠 수 없었다.

추격전은 점차 갈의현에게 유리하게 전개되어 가고 있었다.

유가무상보 경공을 한껏 펼쳤지만 정청화를 끌고 달려야 하는 사군이기에, 두 사람 간의 거리는 시간이 흐를수록 눈에 띄게 좁혀지고 있었다. 다만 이곳에서 싸움을 하면 무조건 자신이 손해라는 것을 잘 알기에 그저 앞만 보고 달릴 뿐이었다. 게다가 자신을 쫓아오는 자가 북검 갈의현이 틀림없다는 것을 알기에 초조감이 도를 더했다.

그런 사군의 귀에 전음이 들려왔다.

"조금만 더 가면 심옥만당이라는 곳이 있다. 살고 싶으면 그리 피해라."

사군은 목소리의 임자가 천장파파임을 알았다. 과연 그녀의 말대로 얼마 가지 않아 심옥만당이의 금색 편액이 눈에 들어왔다. 어차피 계속 달아날 수 없다고 생각한 그는 망설이지 않고 그곳의 담장을 넘었다.

"이리로!"

나타난 사람은 의외로 제갈청이었다. 그는 얼른 사군 일행을 후원으로 안내했다.

사군이 심옥만당 안으로 사라지는 것을 본 갈의현은 조금도 망설이지 않고 뒤쫓아 들어갔다. 하지만 후원에 도착한 그를 순식간에 둘러싸는 사람들을 보고는 깜짝 놀라고 말았다.

'함정?'

그런 것 따위는 두렵지 않았다. 다만 청루로 알고 있는 이곳이 놈의 본거지라는 사실에 조금 당황하기는 했다. 그는 재빨리 자세를 잡고 상대를 파악해 나갔다.

그를 품 자 형으로 포위한 사람들은 제갈청과 천장파파, 그리고 사군이었다. 사군은 안으로 들어서는 순간에도 뒤를 쫓는 갈의현을 의식하고 있었고, 듣지 않아도 천장파파가 그를 이곳으로 유인해 싸울 계획이라는 것을 알고는 얼른 공조를 했던 것이다.

쾅!

"북검! 죽을 곳을 찾아왔구나!"

천장파파가 용두괴로 땅을 후려치며 소리쳤다.

"핫핫핫! 본좌를 너무 우습게 보는구나. 북검 갈의현이 허명일 뿐이라 여기는 모양인데……."

스릉!

말과 함께 그는 등에 꽂고 다니던 검을 뽑았다. 그러자 거무튀튀한 철검이 모습을 드러냈다. 일반적인 검보다 길이가 반 자가량 더 길어 보였고, 두께도 두 배는 됨직했다. 얼핏 보기에도 보통 무기가 아님을 알 수 있었다. 길이나 무게를 생각할 때, 북검 갈의현의 무기라는 것을 몰랐다면 장식용으로나 생각할 법한 검이었다.

파앗!

사군의 검이 허공을 찢으며 갈의현을 노렸다. 천마앙복의 초식이었다.

쐐액!

갈의현은 육중하고 긴 철검을 상상할 수 없을 정도로 빠르게 움직여 그를 맞아갔다.

빡!

검과 검이 마주쳤으니 금속성의 불꽃이 이는 것이 당연했지만, 대신 묵직한 타격음만 전해졌다.

"흡!"

그 한 수의 교환에 사군은 가슴을 둔기로 얻어맞은 것처럼 기혈이 꽉 막혀 버리는 엄청난 충격을 맛보아야 했다.

휘잉!

사군이 조금 손해를 본 것을 안 천장파파가 용두괴로 갈의현을 찍어갔다. 동시에 제갈청 또한 그의 옆구리를 노리고 검을 휘둘렀다.

철검이 원을 그렸다.

빡!

다시 묵직한 소리와 함께 천장파파가 비틀거리며 뒤로 물러섰고, 제갈청의 검은 허공만 베었다.

'아니!'

지켜보던 제갈옥은 가슴이 철렁 내려앉았다.

그녀는 오라비 제갈강을 피해 떠돌다가 우연히 능소추가 심옥만당이라는 청루를 열었다는 소문을 듣고 이곳으로 와 몸을 피하고 있었다.

그녀가 성안 곳곳에 남긴 독문 표식을 보고 제갈청이 찾아온 것은 며칠 전이었다. 그리고 오늘 돌아온 그에게서 다이곤을 해치웠다는 소식에 기뻐했는데……

'내 판단이 틀렸다는 말인가?'

제갈옥의 얼굴은 사색이 되었다.

사군을 이곳으로 끌어들인 것은 그를 상대할 자신이 있었기 때문이다. 두 사람이 지붕을 타고 벌이는 추격전은 성안을 떠들썩하게 만들었고, 그들을 발견한 천장파파는 그 주인공이 누군지 단번에 알아보고 제갈옥에게 알렸다.

이미 제갈청을 통해 사군이 용진우를 죽였다는 말을 들었기에, 아무리 북검 갈의현이라 해도 사군과 천장파파, 제갈청 등을 내세우면 승산이 있다는 판단을 했기에 모험을 한 것이다. 그런데 단 두 합의 교환에 사군은 물론, 천장파파까지도 맥을 못 쓰고 있지 않은가. 갈의현에게 모두 죽임을 당할지도 모른다는 최악의 상황이 그녀의 머리를 스쳤다.

마음을 졸이고 있는 것은 그녀뿐만이 아니었다.

싸움을 지켜보던 정청화 역시 애가 타기는 마찬가지였다. 참지 못한 그녀가 맨손으로 싸움판에 끼어들어 갈의현에게 일장을 날렸다.

'아니!'

갈의현은 내심 크게 놀랐다. 납치되었다고 생각했던 그녀가 오히려 구출하러 온 자신을 공격해 왔다. 돌아가는 상황을 정확하게 파악하지 못한 그는 그녀의 장력을 맞상대하지 않고 가볍게 피했다.

"타앗!"

요란한 기합성과 함께 사군의 검이 다시 갈의현을 노렸다. 하지만 이번에는 정면 공격이 아니라 상대의 빈틈만을 파고드는 수법이었다.

그는 얼떨결에 교환한 일합에 상당한 손해를 보고 주춤거렸는데, 천장파파 등이 시간을 벌어주어 다시 몸을 회복할 수 있었다. 내력이라면 자신이 있다고 생각했는데, 상대는 그가 상상하는 그 이상이었다.

사군은 방법을 바꾸어 청룡투의 신법을 적절히 섞어 사용해 갈의현을 공격해 갔다.

그의 대응은 적절했다. 갈의현은 다이곤의 배려로 황궁 비고 안에 비장된 숱한 영약을 섭렵하다시피했고, 덕분에 그의 내공은 예전보다 이성가량은 더 증진된 수준이었다.

하지만 그도 사군에게 놀라기는 마찬가지였다.

회심의 일격을 날렸건만 상대는 언제 그랬냐는 듯이 다시 맹공을 퍼붓고 있었다. 게다가 수법마저도 교묘하게 바뀌어 여간 상대하기가 까다롭지 않았다. 천장파파가 심한 상세를 입고 피를 흘리며 멀찍이서 조식을 취하고 있기에, 숫자 하나가 줄었지만 곤혹스럽기는 더했다.

쐐액! 쐐액!

육중한 철검은 사군을 에워싸듯 검망을 형성하며 쉬지 않고 허공에서 춤추었다. 하지만 사군은 교묘하게 몸을 틀어가며 그의 공격을 이리저리 잘 피하였고, 간간이 매서운 일격을 날려 상대의 공격 수위를 조절하는 것도 잊지 않았다.

갈의현은 그런 사군의 공격을 내심 반겼다. 시간을 끌어준다면 곧 수하들이 달려올 것이니 손해날 일이 없는 것이다.

삑!

"으윽!"

육중한 타격음과 함께 제갈청이 비틀거리며 물러났고, 입에서 피를 쏟았다. 짬짬이 허점을 노리고 공격해 오는 그를 귀찮게 여기던 갈의현이 짐짓 사군을 공격하는 척하다가 몸을 돌려 그를 공격했던 것이다.

사군이 나섰지만 이미 늦었다.

"후후후. 더 데려올 사람이 있느냐!"

갈의현이 사군을 향해 비꼬듯이 말했다.

파팟!

분노한 사군의 검이 갈의현을 향해 매섭게 쏘아갔다. 하지만 그 역시 그의 함정에 빠진 격이었다. 철검은 기다리고 있었다는 듯 사군의 검을 마주쳐 왔다.

삑!

'크윽!'

충격은 적지 않았다. 가슴속에서 뜨거운 무언가가 솟구쳐 올라와 목구멍을 간질였다.

"와악!"

사군은 입으로 붉은 핏덩이를 쏟아내야 했다. 나른하게 힘이 빠져나간다 싶은 그 순간, 몸 안에서 내력들이 한 덩어리를 이루며 빠르게 돌았다.

"아!"

"악!"

제갈옥과 정청화는 저마다 짧은 비명을 질렀다. 두 여인 모두 파랗게 질린 얼굴로 어쩔 줄 몰라 했다. 단 한 차례의 장력을 퍼부었던 정청화는 실력의 차이를 절감하고 조용히 물러서 구경만 하고 있는 처지였기에 그 안타까움은 더했다.

가슴을 졸이고 있는 사람은 그녀들만이 아니었다.

"앗!"

능소추 역시 후원에서 벌어지는 소란에 나왔다가 사군을 발견하고는 너무 반가워 눈물까지 흘리고 있다가, 그의 위기에 심장이 말라붙는 충격을 맛보고 있었다.

"후후!"

갈의현은 휘릭 몸을 날려 빠른 속도로 사군에게 달려들며 다시 일검을 날렸다.

빡!

엉겁결에 막아낸 한 수가 마지막이었다. 그 한 수의 교환에 힘이 빠져 손에서 검이 튕겨져 저만치 날아가 버렸다.

그 충격에 사군은 엉덩방아를 찧으며 바닥에 주저앉았다.

"죽어라!"

갈의현의 검이 숨통을 노렸다. 사군이 검까지 놓치자 탈진 상태에 이른 것이라 짐작한 그는 거침이 없었다.

푸욱!

철검이 사군의 가슴으로 파고들었다.

"아악!"

"안 돼!"

바로 그 순간 사군의 왼팔이 붉게 변하더니 갈의현을 향해 붉은 광망을 쏟아냈다.

"헛!"

펑!

갈의현의 헛바람 소리와 장력이 터진 것은 거의 동시였다. 마지막 순간, 소용돌이치던 진기 덩이를 본능적으로 이용해 쏟아낸 것은 청룡대수인(靑龍大手印)이었다.

사군이 검까지 놓치는 것을 보고 최후의 일격에만 급급했던 갈의현은 가슴이 시커멓게 타 들어가 구멍이 뚫리며 저만치 나동그라져 있었다.

"으윽!"

사군도 철검을 피하지는 못했다. 비록 갈의현에게 반격을 가했지만 공격의 탄력을 피하지는 못했다. 사군의 가슴 위로 피가 샘처럼 솟구쳐 나왔다.

밤이 깊었다.

심옥만당 내실.

분홍색 초롱 안에서 은은한 유등이 하늘거려 침실 전체를 희미하게 비추었다.

화려한 비단 금침 주변을 온통 붉은색 휘장으로 장식해, 마치 낭군을 맞는 새색시의 첫날밤 같은 분위기를 연상하게 하는 침상이었다.

속이 훤히 드러나 보이는 망사 옷을 입은 예향은 사군의 머리를 자신의 무릎에 눕히고 작은 숟가락으로 차를 떠 사군의 입 안으로 흘려 넣었다. 몸을 흥분시키는 열락분(悅樂粉)이 들어가 있는 차였다. 침상 곁에 놓여져 은은한 향기를 내뿜는 음양난(陰陽蘭) 또한 최음제 역할을 하고 있었다.

얼마가 지났을까. 시체처럼 누워 있던 사군의 몸이 꿈틀거리며 반응을 보였다.

사라락! 사라락!

예향은 망사마저 벗어버렸다.

옥방선녀술(玉房仙女術)의 비기는 사내의 뼈를 녹이고 밤을 불사르는 데만 쓰이는 것이 아니었다.

중상을 입고 며칠 동안 혼절해 있는 사군을 살리는 방법은 아직도 몸 안 어디엔가 남아 있을 강한 양기를 끌어올리는 길뿐이라고 믿기에 하는 일이었다.

예향은 뜨거운 젖가슴을 사군의 가슴에 밀착시켰다. 피를 멎게 하기 위해 온통 헝겊으로 동여맸는데, 그 위로 미약한 심장 박동 소리가 고스란히 전해져 마음을 더욱 아프게 했다.

상처는 심장 반 치 위에 손가락 마디만큼 크게 벌어져 있었다. 그조차도 마지막 순간 사군의 반격에 놀라 갈의현의 손길이 비켜나지 않았다면, 철검은 고스란히 심장을 쑤셨을 것이다.

예향은 온 힘을 다해 사군의 양기를 살리기 위해 노력했다. 몸에서 흘러나온 땀이 침상을 적실 정도가 되어서야 예향은 옥방선녀술을 끝맺었다.

지친 예향은 눈을 감았다.

문득 예전 공터에서 군 오라버니를 기다리며 불렀던 무공구결이 생각났다. 이제는 노랫가락이 되어버린 구결이었다.

공유군상(空有群像)~ 공납만상(空納萬像)~ 극유잡중(極有雜衆)~

예향의 입에서 나직한 가락이 흘러나왔다.

사군이 눈을 뜬 것은 이튿날 아침이었다.

하지만 그는 잠깐씩 눈만 뜨는 것이 고작일 뿐, 아무것도 하지 못했다. 눈을 떠도 눈동자는 천장만을 바라보고 있었지만, 예향과 정청화는 그조차도 고마워했다.

예향은 눈을 뜨자마자 뒷정리부터 했다.

갈의현의 시신도, 끝내 죽음을 이기지 못한 천장파파의 시신도 모두 심옥만당의 후원 땅속 깊숙한 곳에 묻었다.

제갈옥은 심옥만당을 떠나기로 했다.

그녀는 그전에 많은 도움을 주었다는 복명회 향주 임모를 만나 사군 일행을 살벌한 성안에서 데리고 나갈 방법을 찾아보려고 했다.

다이곤의 사망에 대한 공식 발표문에는 사냥을 갔다가 낙마 사고로 목숨을 잃은 것으로 되어 있었다. 하지만 성안 사람들은 그것을 반신반의했다. 그도 그럴 것이 황성 성안은 팔기 갑주를 걸친 병사들이 살벌한 눈매를 번뜩이며 가가호호 들쑤셔 누군가를 찾고 있었고, 다이곤이 죽던 날 지붕 위를 달리며 벌어진 괴이한 추격전을 생생히 기억하고 있었기 때문이다.

몇몇 사람들은 그날 심옥만당으로 들어갔던 사군과 정청화, 그리고 그 뒤를 쫓는 갈의현 등을 목격하기는 했지만 아무도 입을 열지 않았다. 이

런 살벌한 정국에 자칫 고변을 한답시고 나섰다가 무슨 일을 당할지 모
르기 때문이다.

"으핫핫핫!"

엄생은 모처럼 대소를 터뜨렸다.

다이곤이 죽었다는 공표에 한숨을 돌리기는 했지만, 왕부에서 갈의현
과 함께 사라진 사군을 찾지 못해 은근히 속을 태우고 있었다. 그때 제갈
옥이 제 발로 걸어와 사군을 성 밖으로 내보내 달라는 말에 속으로 쾌재
를 불렀다.

하지만 그는 서둘지 않았다.

이튿날 그는 모든 준비를 마친 후에야 말과 마차 등을 보내 사군 일행
을 태우고 성 밖으로 나갔다. 성문을 지키는 장수들에게는 미리 충분한
뇌물을 건넸기에 황성을 나서는 것은 어렵지 않았다.

덜컹덜컹!

세 대의 마차가 관도를 따라 천천히 나갔다.

우선 급한 대로 그곳을 벗어나 후, 일단 엄생이 성 밖에 임시로 마련했
다는 장원으로 향했다. 사군과 제갈청의 부상이 깊었기에 마차의 속도는
형편없이 느렸다.

관도를 벗어나 마차가 겨우 지날 만한 한적한 작은 숲길을 따라 갔다.
길 위로는 각양각색의 잡초들이 무성하게 자라 있어 오랫동안 사람이 다
니지 않았음을 말해 주었다.

대부분 사람들의 신경이 사군과 제갈청의 상세에 집중되었기에 분위
기는 가라앉아 있었다. 달리 신경 쓰이는 일이라야 마차가 덜컹거리는
것 정도였다.

앞장선 엄생도 말을 아꼈다.

그토록 소원했던 다이곤을 마침내 죽였고, 이제 잠시 후면 마지막 우환거리마저 없앨 수 있었다. 마차를 안내하는 수고로움을 아끼지 않고 자신이 직접 나선 것은, 그 마지막을 확실하게 장식하려 함이다.

이윽고 마차는 얕은 언덕에 위치한 목적지에 이르렀다. 낮은 담장이 둘러쳐진 조그만 장원으로, 주변의 경관으로 보아 제법 운치를 아는 사람이 살던 집으로 보였다. 하지만 허름한 기와 담장은 물론, 장원 주변에는 잡초들이 우거져 있어 누가 보기에도 한동안 사람이 살지 않았다는 것을 말해 주었다.

문을 활짝 열어젖히자 보기와는 달리 제법 넓은 마당과 몇 채의 작은 건물들이 모습을 드러냈다.

안에는 엄생의 지시에 따라 십여 명의 무사들이 미리 와서 대기하고 있었다. 그들은 마부들 대신 말고삐를 잡아 마차를 안으로 인도했다. 일행을 대하는 태도가 자못 정중해, 제갈옥을 비롯한 일행은 그들이 자신들의 안전을 지켜주기 위해 특별히 배치된 자들이라 생각하고 내심 고마워했다.

"어서 안으로 드시지요."

무사들의 조장으로 보이는 자가 다가와 일행에게 인사말을 건넸다. 그곳에 와 있던 사람은 방고였다.

"방은 치워두었겠지?"

마침내 때가 되었다.

"물론입니다."

"사방을 철저히 경계하도록 하고, 환자가 두 분 있으니 일단 그분들부터 안으로 모시도록 해라."

엄생은 위엄있는 목소리로 지시를 내렸다. 그의 지시에 방고가 눈짓을 하자 무사 몇이 마차에서 사군과 제갈청을 부축해 방으로 들였다.

사군은 또다시 혼몽 속을 헤매고 있었다.
"네 죄는 내 사랑을 빼앗아간 것이지!"
얼굴을 알 수 없는 누군가가 듣기에도 끔찍한 목소리로 악을 쓰며 사군을 공격했다.
'아니야! 난 아니야!'
"죽엇!"
상대는 빗살 같은 일장을 쏟아내 사군의 가슴을 후려쳤다.
펑!
가슴에 엄청난 충격이 느껴졌고, 다음 순간 입에서 붉은 핏줄기가 뿜어져 나오는 것이 느껴졌다. 신음성을 내려고 했지만 입 밖으로 소리가 나오지 않았다. 사군은 몇 번이나 소리를 지르려고 애를 썼다.
상대는 그런 사군을 비웃듯 능글맞은 웃음을 띠며 이죽거렸다.
"네놈도 고통을 아는 모양이군. 숱한 악업을 쌓고도 섬으로 도망가 편히 지낼 수 있다고 생각했느냐!"
고막을 후려치는 천둥 같은 호통이었다.
사군은 죽음을 직감했다. 두려움이 전신을 엄습했다. 사랑하는 아들 단이의 모습이 떠올랐고, 이어 연청아와 정청화, 그리고 예향이 차례로 나타났다가 사라졌다. 그들은 사군을 향해 애타는 얼굴로 뭔가 말을 했지만 그 소리는 조금도 들을 수 없었다.
상대는 또다시 공격을 퍼부었다. 최후의 일격!
'안 돼!'
몸이 절로 웅크러졌다. 또다시 찾아올 엄청난 충격을 예상했는데, 아무런 고통이 느껴지지 않았다. 몸이 파도처럼 둥실거렸다. 무슨 일인가 한참을 생각하던 그는 누군가 자신을 떠메어 가고 있음을 느꼈다.

"살아 있나?"

생사를 확인하는 그의 귀에 또 다른 목소리가 들렸다.

"청국의 최고 무장 갈의현을 물리치신 분이다. 상세가 무척이나 심한 분이니 각별히 신경을 써야 한다."

무슨 일이 일어나고 있는지를 알지 못하던 사군은 그제야 자신이 갈의 현을 상대하다가 부상당했음을 기억했다.

그런데!

목소리가 귀에 익었다.

'누구지?'

사군은 낮게 깔리는 묵직한 목소리의 임자가 언젠가 자신과 대화를 나누었던 것이 생각나 기억을 떠올리려고 애썼다.

그런 생각은 오래가지 않았다. 그는 이내 무섭게 찾아오는 수마를 이기지 못하고 깊은 잠 속으로 빠져들었다.

"방이 많지 않으니 불편하시더라도 한동안 함께 지내셔야 하겠습니다. 방은 여러분이 편한 대로 정해 쓰도록 하시지요."

엄생의 말대로 장원의 크기에 비해 방은 몇 되지 않았다.

제갈옥은 제갈청과 같은 방에 들어 상세를 보살폈고, 사군은 능소추로 소개한 예향과 그녀의 시비들과 더불어 안에 작은 방이 하나 더 달린 가장 큰 방에 들었다. 당연히 사군과 같은 방을 배정받을 생각을 하고 있던 정청화는 능소추가 그의 간호를 자처하자 어쩔 수 없이 다른 방에 있게 되었다.

언제 준비했는지 모두에게 따끈한 차가 제공되었다.

'누구지?'

정청화는 능소추라 불리는 여인의 정체가 궁금했다.

심옥만당에서는 능소추가 사군을 치료하기 위해 함께 있어야 한다기
에 그런 줄로만 알았는데, 사군을 바라보는 능소추의 눈빛에서 본능적
으로 둘 사이가 범상치 않음을 알았다. 다만 예전 사군의 여성 편력에
대해 대충은 알고 있었기에, 그들 중 하나일지도 모른다는 짐작만 할 뿐
이었다. 자신의 처지를 알기에 뒷전으로 밀려나도 아무 소리도 못하였
다.

지금 정청화의 얼굴에는 불편한 기색이 가득했다. 그런 것은 아무래
도 좋았다. 그보다는 이곳에 와서부터 뭔가 불안한 느낌에 마음이 무거
웠다. 위험한 성안에서 밖으로 나왔으니 당연히 마음이 홀가분해야 했
다.

복명회 향주라는 사람과 그의 수하들이 자신들을 정중히 반겨주었음
에도 알 수 없는 불안감이 차츰 전신을 옥죄어오고 있었다.

긴장 속에 이어진 여정이라 몸이 피곤했기에 머리맡에 검을 놓아두고
침상에 누웠지만 좀체 잠에 들지 못했다.

엄생은 천천히 내실 건물을 향해 걸었다. 이제 정리할 시간이 된 것이
다. 원래 그는 사군만을 목표로 했었다. 한데 예상치 못하게 놈이 정청화
를 구해 섭정왕부에서 달아났고, 만일에 대비해 왕부 주변에 잠복시켰던
방고는 지붕을 타고 달아나는 사군과 갈의현을 따라잡지 못했다. 자신의
진면목을 모르는 제갈옥이 제 발로 찾아와 주지 않았다면 무척이나 아쉬
웠을 터였다. 그의 뒤로 방고를 비롯한 무사 몇 명이 따랐고, 나머지 무
사들도 저마다 내실을 포위했다.

낡은 장원은 삽시간에 무거운 긴장 속으로 잠겨 버렸다.

예향은 돌연한 바깥 공기의 변화를 알지 못했다. 시비들을 물린 그녀
는 사군의 머리맡에 앉아 두 손으로 살며시 그의 한 손을 잡아 감쌌다.

깊은 숨결로 보아 또다시 잠에 빠져든 것 같았다.

"군 오라버니, 꼭 정신을 차리셔야 해요. 그렇게 믿을게요. 그리고… 앞으로는 무슨 일이 있어도 절대 진기를 끌어올리지 마세요. 그때는 영원히 눈을 뜰 수 없을 거예요."

말소리가 떨려 나왔다.

사군의 전신은 열기로 덮여 있었다. 목은 물론 얼굴까지 불그스레한 것으로 보아, 양기가 머리까지 치밀어 올라가 있는 것으로 보였다. 한동안 안 보인다 싶다가 왜 늘 이 모양으로 갑자기 나타나 속을 뒤집는지……. 예향은 그만 울고 싶었다.

눈시울이 붉어지는 바로 그때, 바깥쪽에서 인기척이 들렸다.

"험!"

헛기침과 함께 나타난 사람은 엄생이었다. 그는 미처 안에서 대꾸도 하기 전에 문을 열어젖혔다. 뒤따라온 방고가 재빨리 나서며 경계하는 행동을 취했다.

"무슨 일이지요?"

크게 놀란 예향은 자리에서 벌떡 일어섰다. 상대의 몸에서 싸늘하게 전해지는 기운은 뭔가 좋지 않은 일이 일어날 것이라는 예감을 들게 했다.

"후후후, 명줄이 꽤나 긴 놈이로구나."

"그게 무슨 소리!"

"물럿거라!"

순간 사태가 심상치 않음을 눈치챈 시비들이 재빨리 검을 들고 앞을 막아서며 소리쳤다.

방고가 앞으로 나섰다.

그는 아무 말도 없이 다짜고짜 검을 휘둘렀다.

"악!"

"으악!"

제법 무예를 익혔다고는 하나 방고를 상대하기에는 너무나 무기력한 실력이었다. 그러자 남은 시비 둘이 겁을 잔뜩 집어먹고는 한 발짝 뒤로 물러섰다.

"그만! 사람을 죽이다니, 이게 무슨 짓이에요?"

"아직도 모르겠느냐? 너희 모두를 저승길로 인도하려고 왔다."

예향은 새파랗게 질렸다.

"당신은 한편이 아니었나요? 복명회 향주라고 들었는데……."

"사람의 직함이야 수시로 바뀔 수 있는 것이지. 그 바로 전에는 강남 부호 임충이었고, 더 이전에는 풍정원주 엄생이었지. 그리고 지금은 저승사자라 할 수 있겠지. 하지만 잠깐 동안은 풍정원주로 불리고 싶구나."

엄생의 눈이 깊어졌다.

'이건 함정이야!'

예향은 온몸에서 힘이 스르르 빠져나가는 것을 느꼈다. 남은 시비 둘이 잔뜩 겁먹은 표정으로 자신을 쳐다보고 있었다.

"무기를 버려라!"

말소리가 떨려 나왔다.

맞은편 건물에 있던 정청화는 그 소란에 눈을 떴다. 재빨리 머리맡에 두었던 검을 뽑아 들고 밖으로 나온 그녀가 본 것은 검을 들고 문을 포위하고 있는 무사들이었다.

"이놈들!"

뽀족한 호통을 치며 진기를 끌어올리려던 정청화는 창자가 끊어지는 고통에, 그 자리에 풀썩 주저앉고 말았다. 순식간에 이마에 땀이 맺힐 정도로 지독한 통증이었다. 그녀는 힘겹게 고개를 들어 상대를 올려다보았다. 그들은 방금 전까지 일행을 정중하게 맞아주었던 무사들이었다.

"아악!"

비명 소리에 놀라 고개를 돌리니 제갈옥은 물론, 부상을 당해 누워 있던 제갈강까지 무사들에게 질질 끌려나오고 있었다.

정청화는 심장이 오그라드는 충격에 휩싸였다.

일행이 밖으로 끌려나와 무릎이 꿇려진 것은 잠깐 동안이었다.

사군은 또다시 낯익은 목소리를 들었다.

몸이 질질 끌려가다가 어딘가에 내동댕이쳐졌지만 조금도 고통이 느껴지지 않았다. 그는 목소리의 임자를 다시 떠올리려고 애썼다.

"듣고 있느냐, 사군! 넌 내 딸을 망쳤다. 어차피 지난 과거사이기에 갈의현에게 조용히 죽어주었다면 그것으로 끝내려고 했다. 그런데 운 좋게다시 살아났더군. 하지만 네놈의 운도 그것으로 끝이다."

자신을 부르는 소리에 사군은 움찔했다. 엄생의 말은 계속 이어졌다.

"눈엣가시 같은 다이곤을 네놈이 죽이게 만들고, 네놈은 갈의현의 손에 죽게 만든다는 것이 내 계획이었지. 모든 일이 순조롭게 돌아갔지만 네놈이 죽는 것은 아직 실현되지 않았기에 내가 나선 것이다."

"무엇 때문에 그런 쓸데없는 계획을 꾸며 여러 사람을 죽게 만들었나요?"

제갈옥이 물었다.

"후후후. 무림 상계를 일통하는 것이 내 꿈이었지. 그래서 아끼던 장보도까지 강호로 흘려보냈건만, 저놈이 중간 중간 나서서 일을 망쳐 버린 데다 전란까지 크게 일면서 모든 일이 수포로 돌아갔지. 하지만 중원의 주인이 누가 되든지 간에 아무도 내 꿈을 방해하지는 못해! 다이곤도나를 죽이려고 했지만 결국 자신이 죽었다. 알다시피 그런 비밀은 무덤

에 묻어버리는 것이 가장 좋지. 이제 저놈 차례다. 게다가 저놈은 내게
큰 빚을 지기까지 했으니 죽어야 할 이유가 하나 더 있는 셈이지. 그래도
저놈 덕분에 너희까지 한꺼번에 보낼 수 있으니, 잃어버린 돈이 이자를
달고 나타난 셈이라고나 할까. 핫핫핫!"

"엄영!"

정청화가 비명을 지르듯 소리쳤다. 그러자 엄생의 눈빛이 표독스럽게
변했다.

"흠… 말이 길어지면 끝이 좋지 않을 수 있지. 이것으로 끝내기로 하
지."

엄생이 눈짓을 하자 무사들은 서서히 일행을 향해 다가섰다.

"내가 도적을 끌어들였구나! 진작 그곳에서 죽이지 않고 이곳까지 태
워와 죽이려는 이유가 뭐냐?"

제갈옥은 악을 썼다. 엄생의 말이 사실이라면, 자신 또한 모두에게 죄
인이 되는 셈이었기 때문이다.

"행여 너희가 반항이라도 하면 일이 귀찮아질 수 있기 때문이다. 성안
에는 항상 보이지 않는 눈과 귀가 있는 법이거든. 만약 그랬다가는 그동
안 쌓아 올린 청국 내에서의 내 위치에 다시 문제가 생기지. 난 그 상황
이 싫었을 뿐이다. 한 가지가 더 있다면… 금옥만당에 나타나지 않은 다
른 놈들의 행방을 캐려면 약간의 취조가 필요했기 때문이다. 장보도의
행방이 궁금하기도 했고. 한데 이제 와 곰곰이 생각해 보니, 그럴 필요까
지는 없겠어. 필요 이상으로 일을 벌이면 더 귀찮은 일들이 생기는 법이
거든."

엄생의 말은 막힘이 없었다.

"이제야 모든 것을 이해할 수 있겠군."

모두 입을 다물고 있는 가운데 누군가 그의 말에 응답을 했다. 바로

이들이 끌려 나온 담장 밖이었다.

"웬놈이냐!"

엄생이 놀라 소리쳤다.

그러자 그 말에 화답이라도 하듯 가볍게 담장을 넘어오는 사람들이 있었다.

방고를 비롯한 휘하 무사들이 일제히 그들을 막아섰다. 하지만 담장을 가볍게 넘어오는 신법을 보고는 적잖이 긴장을 한 모습들이었다.

"너희는 대체 누구냐?"

"알 것 없네. 그랬다가는 네 목숨도 위태로워지지 않겠나?"

재차 묻는 엄생의 말을 가운데 복면인이 받았다.

"뭣이!"

"난 거래를 하려고 왔네. 애초에 자네에게 팔 물건이 없다는 걱정에 나서지 못했는데, 그렇게 시원하게 알려주니 이젠 되겠다 싶어 나선 것이지."

"그게 무슨……!"

엄생은 상대의 말을 얼핏 이해하지 못하다고 반문하려 퍼뜩 생각나는 것이 있었다. 그는 재빨리 머리를 굴렸다.

"무엇을 원하는 것이냐?"

"저들 모두의 목숨."

연대종은 바닥에 꿇려 있거나 내팽개쳐진 사군 등을 턱으로 가리키며 말했다.

"대가는?"

"방금 당신이 말하지 않았는가?"

엄생의 눈이 이글거렸다.

셋이라고는 하나 누구 하나 쉽게 상대할 만한 자가 없다. 그렇다고 상대하지 못할 자들은 아니지만, 자신과 방고를 비롯한 모든 수하들이 나선다 해도 나중에 힘이 부족하면 달아나는 것까지는 막기 어렵다.

'그런데… 저놈들은 모두 처음 보는 놈들인데, 왜 저들의 목숨을 살리려는 것이지?'

엄생의 머리는 쉬지 않고 돌아갔다.

"우리가 잠시 후 너희를 저 무리 속에 집어넣을 수 없다고 생각하는 것이냐?"

"후후후, 그럴 실력은 있을지도 모르나 우리 입을 막을 실력은 안 되지. 당신 말이 길어지는 것을 보니 자네도 알고 있는 것 같은데."

엄생은 말문이 막혔다. 보통 놈들이 아니었다. 그는 아무래도 이번에는 손해보는 거래를 할 수밖에 없을 것 같다는 생각을 했다.

"거래가 효력이 있으려면 저것들도 입을 다물어주어야 하는데… 네놈이 무엇으로 그걸 담보하겠다는 거냐?"

엄생이 노리는 것은 복면인들과 사군 일행의 관계였다.

"그 점은 나도 유감스럽게 생각하네. 저 사람들에게 부탁할 수밖에 없겠지. 하지만 모두 중원을 떠나야 할 사람들이니 안심해도 좋을 걸세."

"뭣이?"

말 같지 않은 거래 조건이라고 생각한 엄생이 분노를 터뜨리려는 순간, 담장 밖에서 누군가 헛기침을 했다.

"험!"

그 소리에 엄생은 또 한 번 놀랐다. 상대는 더 있었다.

엄생을 상대하던 복면인이 다시 입을 열었다.

"거래를 하지 않으면 당장 오늘 밤 힘든 일을 겪는 것은 물론, 앞으로 자네들은 중원에 발을 붙이기가 쉽지 않지. 하지만 내 조건을 받아들인다면 그 반대로 우리가 떠나고 자네가 남게 되는 걸세. 시간이 많지 않네. 보아하니 몸이 크게 상한 사람들도 있는 것 같은데, 좋은 거래란 때를 놓치면 후일 크게 후회하는 법이지. 너무 걱정은 말게. 자네 일을 떠벌이다가는 저들도 무사하지 못할 테니까 말일세."

들고 있는 엄생의 입이 흉하게 일그러졌다. 하지만 복면인은 조금도 개의치 않고 말을 이어갔다.

"중원제일상이니 거래 조건이 그리 썩 나쁘지만은 않다는 것을 알겠지. 그리고 방금 헛기침을 한 사람은 거래가 안전하게 끝날 때까지 근처에 남아서 자네들을 감시할 걸세. 만일 뒤를 밟는 자가 있다거나 하는 귀찮은 문제가 생기면 화전을 쏘게 되어 있네. 그때는 거래가 깨어진 것으로 알겠네."

엄생의 손이 부들거렸다.

배가 파도에 넘실거렸다.

선실 안 제갈청은 아직도 침상 신세를 지고 있었다.

그는 아직 제대로 몸을 운신하지 못했지만, 예향의 두 시비 덕분에 불편은커녕 호강을 하며 지내고 있었다. 두 여자가 마치 경쟁이라도 하듯 그를 간호해 주었기 때문이다.

그는 문득 섬 생활도 꽤 괜찮을 것 같다는 생각을 했다.

갑판은 날마다 붐볐다.

제갈옥은 선미(船尾)의 난간에 기대어 바다를 바라보는 오경동 곁에 나란히 섰다.

"섬에 살아보셨나요?"

"나는 어디에 사느냐 하는 것 따위에는 별 관심이 없소. 내 관심사는 딱 하나뿐이란 것을 아직도 모르시오?"

오경동이 퉁명스레 말을 받았다.

그 대답이 마음에 들었는지 제갈옥은 살며시 오경동의 어깨에 머리를 기댔다.

선수(船首) 쪽 갑판에도 한 떼의 남녀가 모여 있었다.

"대체 그분을 어떻게 만난 거지요?"

사군이 물었다. 서로 간에 지난 일들을 말하느라 미처 그 일을 물어보지 못했는데, 문득 생각이 난 것이다. 그러자 정청화가 나서서 대답했다.

"말을 듣자니 그분은 원래 제갈 소저 주변을 얼쩡거리고 있었는데, 심옥만당의 문이 며칠째 닫혀 있다는 말을 듣고 탐문 끝에 당일 아침에 마차 세 대가 빠져나갔다는 것을 알고는 황급히 마차를 추적해 따라오다가 연 언니 일행을 만났다고 하더군요."

"원래 며칠에 한 번씩 들르곤 했는데, 그때는 미처 그분을 생각하지 못했어요."

예향이 나서서 하는 말이었다.

"서로 아는 사이였나요?"

사군이 이상하다는 듯이 묻자 이번에는 연청아가 나섰다.

"당신이 걱정되어 섬에 남아 있을 수가 없었어요. 아버님을 졸라 갈의현을 죽인 당일, 그곳에 도착했다가 섭정왕부에서 일이 벌어졌다는 것을 알고는 며칠 동안 당신의 도주 방향을 계산하고 탐문해 보다 심옥만당이 수상하더군요. 몇 사람이 오가더니 마차가 나오는 것을 보고는 당신이 타고 있을 것이라 짐작했지요. 아무래도 느낌이 이상하다는 아버님의 말씀에 모습을 드러내지 않고 계속 따라가는데, 그분이 마차를 몰래 살피는 것을 보고는 서로 통하게 되어 동업자가 된 것이 전부예요."

사군은 갑판에 누워 파랗게 갠 하늘을 보았다.

지나간 구름들이 모든 더러운 것들을 씻어간 하늘이기에 눈부시게 파랬다. 정청화와 예향, 그리고 연청아의 고개도 사군의 눈이 향한 하늘로 향했다.

연청아는 앞으로는 쓸쓸한 밤도 더러 있을 거란 생각을 했다.

終